늑대와 양피지

늑대와 향신료의 새로운 이야기

Ⅳ

하세쿠라 이스나 지음

아야쿠라 쥬우 일러스트

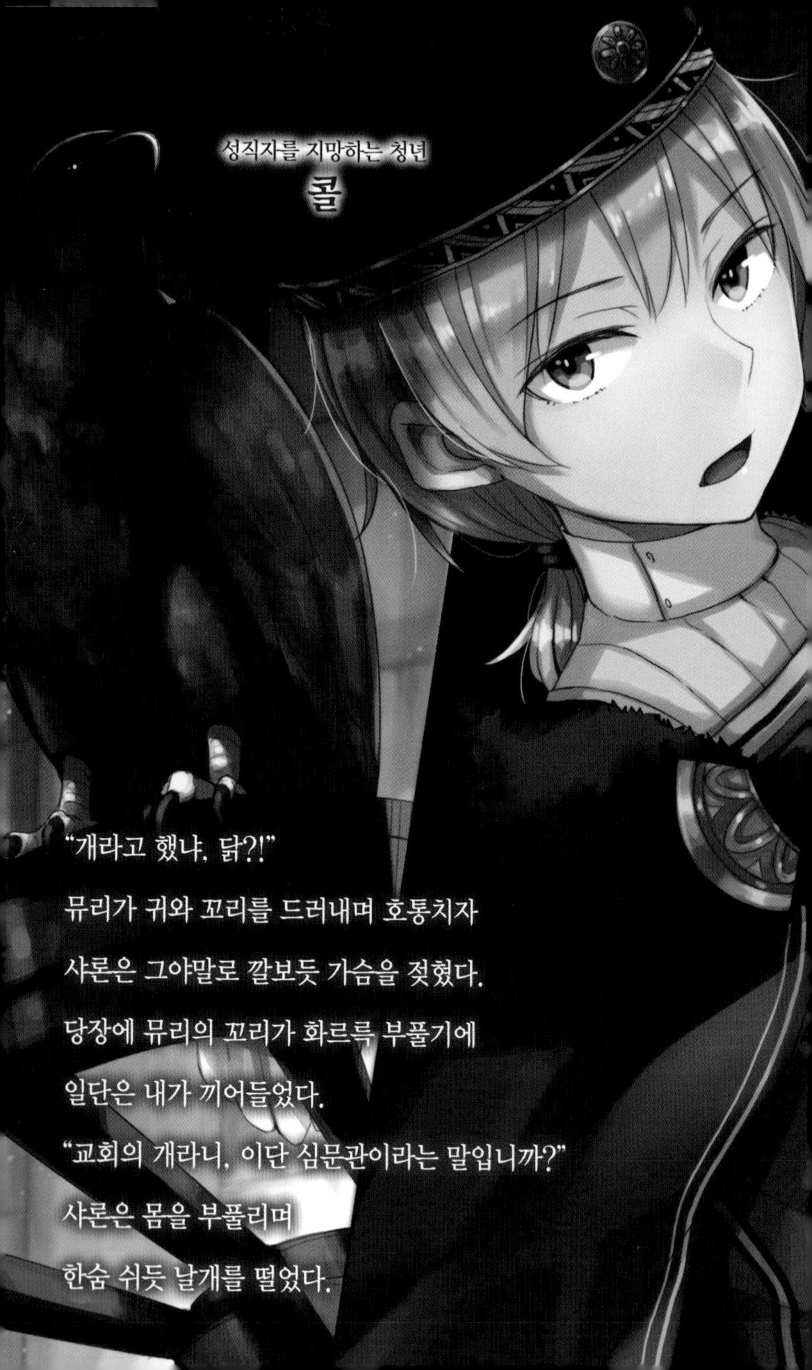

성직자를 지망하는 청년

콜

"개라고 했냐, 닭?!"

뮤리가 귀와 꼬리를 드러내며 호통치자

샤론은 그야말로 깔보듯 가슴을 젖혔다.

당장에 뮤리의 꼬리가 화르륵 부풀기에

일단은 내가 끼어들었다.

"교회의 개라니, 이단 심문관이라는 말입니까?"

샤론은 몸을 부풀리며

한숨 쉬듯 날개를 떨었다.

늑대와 행상인의 딸
뮤리

라우즈번 징세인 조합 부조합장
엘리즈 샤론

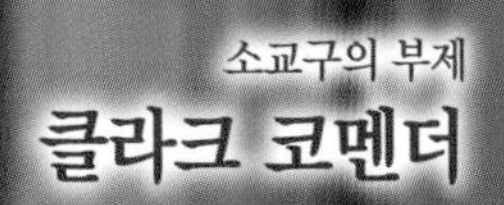

"말씀 많이 들었습니다!

그 무엇보다.

세속어 번역본의 초고 필사본을 입수한 순간.

저는 닫혀 있던 눈이 뜨이는 것 같았습니다!

앞으로 사목은 이렇게 해야 한다고!"

신을 두려워하지 않는 여상인

에이브 볼란

"오랜만이구나, 콜."

윈필 왕국 귀족
하이랜드
"여명의 추기경이 귀가했소."

CONTENTS

늑대와 향신료의 새로운 이야기

늑대와 양피지

Ⅳ

eXtreme novel

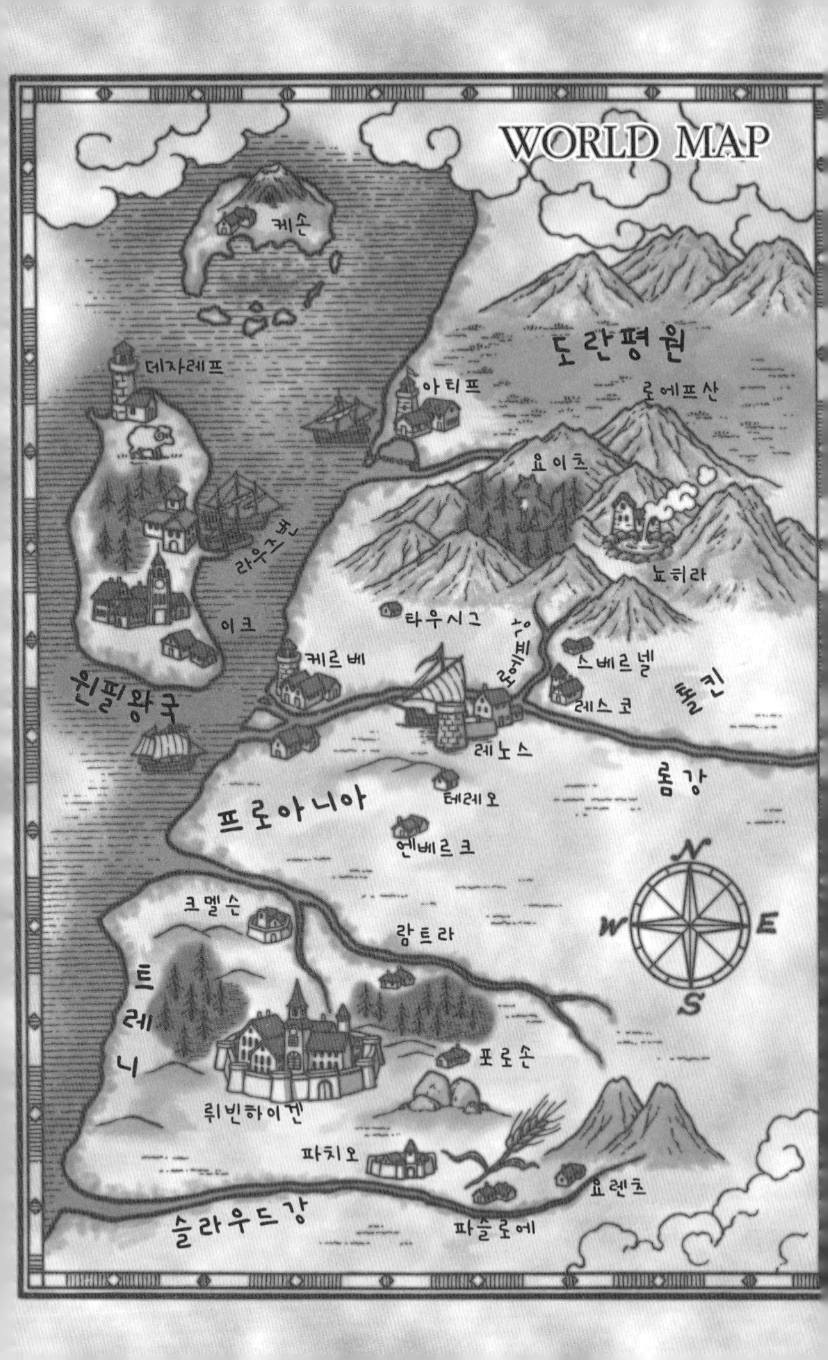
WORLD MAP
케손
도란평원
데자레프
아티프
로에프산
요이츠
라우스강
뇨히라
이크
타우시그
케르베
로에베강
스베르넬
레스코
톨킨
윈필왕국
레노스
롬강
테레오
프로아니아
엔베르크
크멜슨
람트라
트레니
포로손
뤼빈하이겐
파치오
요렌츠
슬라우드강
파슬로에
N
W
E
S

서막

「북방 도서지역에서 배를 타고 윈필 왕국 제2위의 항만도시 라우즈번으로 향했습니다. 가는 도중 폭풍을 만나 데자레프라는 항구도시에 기착했습니다. 저희는 그곳에서 대성당의 보물을 둘러싼 문제에 직면하게 되었습니다. 우여곡절은 있었습니다만, 데자레프에서 만난 양의 화신, 일레니아 씨와 힘을 모아 무사히 해결할 수 있었습니다…. 여행은 순조롭습니다. 아무 염려 마십시오. 토트 콜.」

"후우…."

펜을 놓고 책상 앞에서 잠시 쉰다. 활짝 열린 나무창 너머로 날이 저물기 시작한 시가지가 붉게 물들어 있다. 이 일대는 이미 봄기운이 완연하고 밤에도 추위가 누그러진 덕분인지 거리는 꽤 떠들썩했다.

다 쓴 편지를 다시 읽어 보니 내용이 몹시 건조한 것 같다. 좀 더 자세히 써야 하려나 하면서도 펜은 쥐지 않았다.

편지의 수신인은 방랑 학생으로 떠돌던 어린 시절 노잣돈이 떨어져 망연자실하고 있던 것을 거두어 준 은인 로렌스와 그의 아내 호로다. 로렌스는 전직 행상인으로, 지금은 북방의 온천 마을 뇨히라에서 '늑대와 향신료'라는 온천장을 경영하고 있다. 나는 십 년 정도 그곳에서 일하다가 성직자가 되겠다는 꿈을 끝내 버리지 못해 교회 개혁의 목소리가 드높은 세상 속으로 나섰다. 그 이후로 여행이 일단락될 때마다 근황을 보고하며 편지를 쓰고 있는데, 편지를 쓸 때마다 약간… 아니, 적잖이 양심의 가책을 느낀다.

왜냐하면.

"오라버니~!"

문 두드리는 소리도 없이 방문이 벌컥 열리고 소녀의 활달한 음성이 울렸다.

타다다다 경쾌한 발걸음이 이어지는가 싶더니 의자에 앉아 있는 나를 뒤에서 껴안는다.

"바깥은 벌써 축제로 떠들썩해! 어서 가자!"

소녀는 깔깔대고 웃으면서 목을 감은 팔로 내 몸을 뒤흔든다.

"아이참, 오라버니는!"

은인인 로렌스와 호로의 외동딸이자, 나를 오라버니라고 부르며 따르는 이 뮤리야말로 편지를 쓸 때마다 고민에 빠지게 되는 원인이다.

재에 은가루를 섞은 듯한 신비한 빛깔의 머리카락은 아버지에게서, 붉은 기가 도는 아름다운 눈과 생김새는 어머니에게서 이어받았다. 곱게 가만히 있으면 귀족의 딸인가 싶을 정도이건만, 아직 어려서 그런지, 아니면 타고나기를 왈가닥이어서 그런지 소년 차림이 무척 잘 어울린다. 지금도 시내 공방에서 일하는 견습생 차림으로 머리는 아무렇게나 묶은 것이 아주 제격이라는… 생각을 하다 문득 깨달았다.

"뮤리, 옷차림이 왜 이래요?"

평소의 뮤리는 저렇게 수수한 옷이 아니라, 성직자 지망생에 오라비를 대신한다고 주장하는 사람의 눈으로 보기엔 부끄럽기 그지없다 싶은 옷을 입는다.

"왜냐니? 여자들은 축제를 중간까지밖에 참가할 수 없다잖아."

축제라는 단어에 창밖이 왁자지껄한 이유가 이해됐다.

하지만 뮤리의 해명에는 의문이 남는다.

"…그럼, 남자 차림을 한 뮤리는 축제에서 무엇을 할 생각인데요?"

"어? 그야 뻔하지. 곶까지 쭉 이어지게 장작을 쌓아 만든 불의 길을 물고기 모형을 짊어지고 오르기로 돼 있잖아. 아, 오라버니도 참가할 거라고 말해 뒀어."

"나도…?"

얼결에 되묻자 뮤리의 눈이 휘둥그레진다.

"당연한 거 아냐?! 이곳 사람들은 다들 오라버니 덕분에 몇 년 만에 축제를 열게 됐다고 생각하는데? 가서 얼굴을 비쳐야지. 안 그러면 실례야!"

현재 우리가 체류 중인 항구도시 데자레프는 시내에서 바닷가 곶에 있는 대성당까지 이어지는 길에 불의 오르막을 만들어 그 길을 물고기 모형을 지고 오른 뒤, 마지막엔 대성당 앞에서 하늘로 태워 올리는 축제가 명물이었다고 한다. 어업이 활발한 도시이기에 교회의 가르침이 널리 퍼진 지금까지도 이어지고 있는 옛 시대의 잔재다.

그런 축제를 최근 몇 년간 왕국과 교회의 대립이 격화되며 열지 못했다.

축제를 주관하는 대성당은 3년 동안이나 폐쇄되어 있었고, 설상가상 대주교는 책무를 내팽개치고 도망쳤다. 성당에 남아 있던 이는 대주교가 이따금 성무를 대신 떠맡겼던, 대주교를 꼭 닮은 전직 양치기 한 사람뿐. 더욱이 대성당의 보물 밀매를 둘러싼 사건까지 일어난… 상황에 우리가 우연히 관여하게 되었다.

최종적으로 보물을 밀매한 자들을 찾아낸 것이 열흘 전쯤. 사건이 해결된 뒤로 양치기 출신의 가짜 주교는 신앙심에 눈을 떠 자신이 대주교임을 선언하며 시와 화해를 제안했다.

교회와 시의 화해는 참 잘된 일이라 여기나, 왕국과 교회가 정면으로 충돌하고 있는 상황에서 제대로 잘 풀릴지 불안감이 있었다. 게다가 대주교를 자처한 인물은 가짜일 뿐 아니라 사람들에게 그 사실을 솔직하게 털어놓겠다고 하니.

그런데 깜짝 놀랄 만한 결과가 나왔다.

사람들은 전부터 대주교가 가짜 인물로 바뀌어 있다는 것을 진작 눈치채고 있었고, 오히려 가짜 대주교—즉 양치기 출신이기는 하나 성실한 인물에게 더 호감을 품고 있었다. 그런 까닭에 대화는 맥 빠질 만큼 술술 풀렸다. 내가 말을 보태고 자시고 할 것도 없었다. 전직 양치기는 본인의 인품으로 사람들에게 존경받았고, 사람들이 교회 측 인물을 무턱대고 미워하고 있는 건 아니었던 것이다.

그 점을 알게 된 하급 사제들도 저마다 예배당 문을 열어 사람들을 들이기 시작했다. 그리하여 윈필 왕국의 도시에는 몇 년 만에 신의 축복이 되돌아오게 되었다.

수복할 수 없을 것처럼 보이는 싸움도 어느 한쪽이 먼저 다가가면 뜻밖에 쉽게 해결되기도 하는 좋은 예다.

물론 시와 대성당이 화해를 이루었어도 그 후 서로 논의해야 할 일은 산더미였다. 무엇보다, 교회의 총본산은 이 화해를 인정하지 않을 수도 있다. 그런 와중에 제일 먼저 논의된 것이 몇 년간 열리지 못하고 있는 축제를 다시 개최하자는 것이었으니, 그간 사람들의 속이 얼마나 답답했는지 알 것 같다. 축제 재개의 제안이 나오자마자 바로 가결되었다는 보고를 받은 것이 나흘 전쯤.

일련의 사건을 되짚어 보면, 그 어느 곳에도 내가 공헌한 부분은 없을뿐더러, 이곳에 신앙과 축제가 되돌아온 것은 이곳에서 살아온 사람들 스스로가 행동에 나선 덕이라 할 것이다.

그런 전후 사정을 줄줄이 설명했으나, 말을 마치자 뮤리는 감탄하기는커녕 입술을 삐죽였다.

"하여간에 오라버니는 또 그런 소리! 사람들이 고마워할 때는 잘 받아들일 줄도 알아야 한다고! 어휴… 앗!"

뮤리가 귓전에 대고 큰 소리를 지르며 손을 내밀어 집어 든 것은 책상 위에 있던 편지였다.

"어휴, 아버지한테 보내는 편지에도 또 거짓말을 썼네!"

가슴이 뜨끔했다.

"거, 거짓말은 안 썼어요."

나도 모르게 말이 빨라진다. 뮤리가 샛눈으로 이쪽을 흘겨본다.

"일레니아 씨 얘기는 썼는데 우리가 한 대모험은 하나도 안 썼잖아. 좀 더 써! 모처럼 엄청 활약했으니까!"

"대모험이라니…. 그런 얘긴 절대 못 써요…."

뮤리는 큰 은혜를 입은 주인 부부의 외동딸이다. 나를 따라 여행에 나선 탓에 몇 번이나 목숨이 위태로울 뻔한 소동에 휘말렸다. 그런 이야기를 솔직하게 편지에 썼다간 아버지인 로렌스가 대체 얼마나 걱정을 할지. 그러니 매번 무던하게 최대한 사실을 요약해서 편지를 쓰고 있다.

하지만 뮤리의 말대로 이게 거짓말은 아닌가 하는 고민은 있다. 정말로 로렌스와 호로를 생각한다면, 있는 그대로 솔직한 내용을 써서 딸을 염려하는 부모에게 진실을 알려야 하는 것이 아닐까.

생각은 그렇게 하면서도 영 그러질 못한다.

우선은 로렌스 부부가 괜한 걱정을 하게 만드는 것이 과연 바람직한가 하는 이유에서.

그리고 또 한 가지는….

그 원인 제공자가 붉은 눈으로 이쪽을 빤히 보고 있다.

"그리고, 나랑 오라버니 일도 안 썼잖아."

"예?"

하고 되묻자마자 뮤리의 머리 위에서 파닥파닥 나비 날갯짓 같은 소리가 나고, 뒤쪽에서는 모피 다발을 휘두르는 소리가 들린다.

늑대 귀와 꼬리가 나와 있다.

"오라버니가 나한테, 자기랑 연인 사이가 되고 싶으면 오라버니가 아니라 다른 호칭으로 부르라고 했다는 얘기라든가."

"커헉."

사레가 들려 콜록콜록 기침을 터뜨린다. 피는 이어지지 않았어도 오누이 단둘의 여행이라 여긴 건 나 혼자만의 생각으로, 뮤리는 그런 뜨뜻미지근한 이유로 여행길에 따라나선 것이 아니었다. 게다가 원래 늑대라서 그런 건지, 아니면 저 나이 소녀 특유의 심한 억측 탓인지 틈만 나면 공략해 온다.

그런 자세한 이야기를 뇨히라에서 딸의 안위를 염려하고 있을 아버지 로렌스에게 어찌 정직하게 쓸 수 있겠는가.

"뮤, 뮤리!"

"오라버니가 그랬잖아! 하지만 뭐… 저기 그… 나도 바꾸지는 못하고 있지만서도."

뮤리는 아쉬운 표정으로 내 어깨에 턱을 얹었다.

뮤리는 나를 이성으로 좋아한다고 하지만, 나로서는 뮤리와 연인 사이가 된 모습은 상상조차 되지 않는다. 애당초 연인을 오라버니라 부르는 것도 이상하거니와, 뮤리에게 오라버니가 아닌 다른 호칭으로 불리는 것도 상상이 가지 않았다.

그러니, 혹시 연인 사이가 되면 나를 뭐라 부를 생각이냐고 물었더니 뮤리는 한참을 우물쭈물하다가 끝내 오라버니라고밖에는 부르지 못했다. 습관이라는 게 그렇게 강력한 거다. 하물며 갓난아기 때부터 돌봐 온 뮤리를 여동생이 아니라 한 여자로 보라니, 느닷없이 그게 가능할 리 없지 않겠는가.

하지만 뮤리는 당연히 그 정도로 물러서지 않는다.

"뭐, 그건 그렇다 치고. 그럼, 오라버니와 밤새 같은 모포 아래에서 뜨거운 밤을 보냈다, 라든가."

그러면서 몸을 배배 꼬는 건 자기 생각엔 나름 야한 이야기를 하고 있다 싶어서겠지만, 천진한 아이의 귀여움이라면 또 몰라도 그런 쪽의 매력 과시는 아직 멀었다.

그러니 냉정하게, 싸늘히 대꾸한다.

"뜨거운 밤이야 맞긴 하지만, 좁은 방에 갇힌 채 불길에 싸여서 그런 거였죠."

"불타는 사랑이란 말도 있잖아?"

그러면서 킥킥 웃는 뮤리를 보며 한숨을 쉰 뒤 말했다.

"어쨌든 그런 얘기는 쓸 수 없어요."

"어휴~ 오라버닌 부끄럼쟁이라니까!"

놀리는 기색도 없이 꼬리를 살랑이며 뺨을 비벼 댄다. 천진난만 그 자체, 여동생으로는 이렇게 귀여운 아이가 또 있을까 싶지만… 하며 미간을 누르고 있자, 뮤리가 "어?" 하면서 나직이 놀라는 소리를 냈다.

"어? 오라버니, 서쪽 바다 끝 얘기는 왜 안 썼어?"

장난을 치는 것도, 농담을 하는 것도 아닌 말투다.

뮤리가 말한 서쪽 바다 끝이란 며칠 전 성당의 보물을 둘러싼 사건을 함께 추적했던 양의 화신 일레니아가 가르쳐 준 곳이다.

이 세상 바다를 서쪽으로 계속 나아가면 새로운 대륙이 있다고 한다. 일레니아는 그곳에 사람이 아닌 이들만의 나라를 세우겠다는 큰 꿈을 안고 있었다.

"바다 끝에 있다는 대륙 이야기는 어머니께 하는 게 좋지 않을까?"

"그렇긴 하지만…."

뮤리의 어머니인 호로는 현랑이라 불리는 사람이 아닌 존재로 수백 년을 산다. 외모도 영원히 젊은 모습이라 한 곳에서 오래 살기는 어렵다. 늑대의 귀와 꼬리를 감출 수 있는 뮤리조차 인간 세상에서 살아가기 쉽지 않은데, 옛 시대의 정령에 더 가까운 호로야말로 신대륙 이야기가 걸맞을 수도 있다.

그러나, 이야기하지 않는 편이 낫다고 판단했다.

"섣불리 서쪽 바다 끝 이야기를 했다가 로렌스 씨의 귀에 들어가기라도 하면 어떨 것 같아요?"

뮤리가 어리둥절한 표정으로 고개를 갸웃한다.

"아버지 귀에?"

"호로 씨를 위해 모든 것을 다 내던지고 서쪽 끝으로 가는 선단을 꾸리려 할 것 같지 않아요?"

"아~…."

호로와 로렌스는 뇨히라에서도 금실 좋기로 평판이 자자한 부부인데, 딸의 시점에서 보면 부모가 그렇게 사이좋은 것이 좀 숨이 막히는 모양이다.

"호로 씨는 조용한 생활을 좋아하고, 로렌스 씨는 어딘지 모르게 모험이라면 혹하는 경향이 있잖아요."

남 말할 처지는 아니지만, 하고 생각하고 있는데 뮤리가 귀를 쫑긋거린다.

"그러게. 그래서 멍청한 수컷의 고삐는 단단히 쥐어야 한다고 어머니도 말했어."

그러면서 뮤리가 내 목을 팔로 꽉 조인다.

어떤 의미인지는 추측하지 않기로 한다.

"그러니까 서쪽 바다 끝에 대륙이 있다는 이야기를 편지에 썼다간 호로 씨에게 괜한 원망을 살지도 몰라요. 내 남편에게 쓸데없는 걸 가르쳐 주다니… 하면서 노려보는 모습이 상상되지 않아요?"

뮤리가 얼굴을 찡그리며 웃는다.

"상상돼. 엄청 상상돼."

"그러니 아직은 비밀로 해 두기로 해요. 언젠가 때가 되면 전하기로 하죠."

호로가 사는 시간에서 보면 로렌스와 지내는 나날은 눈 깜짝할 새의 일일 것이다. 그 짧은 시간을 방해하고 싶지 않다.

"에헤헤. 그렇단 얘기는 또 오라버니와 나, 둘의 비밀이 생겼다는 거네?"

"뭐라고요?"

"아버지 어머니한테 말할 수 없는 일이 자꾸만 늘어나네, 오라버니?"

말만 들으면 참 몹쓸 짓이라도 한 것처럼 들리는데, 뮤리는 그런 게 재미있어 죽겠나 보다.

어처구니가 없어 웃으면서 뮤리의 팔을 잡아 문을 두드리듯 가볍게 흔들었다.

"바보 같은 소리 그만하고, 이제 슬슬 가 볼까요?"

"응? 어딜?"

"어디라니."

정말로 어리둥절한 표정인 뮤리를 보고 웃으며 자리에서 일어섰다.

"축제에 가자면서요? 슬슬 날이 저물 시간인데, 축제는 밤부터가 진짜라고 들었어요."

"아! 깜박했다! 맞아. 어서 가야지!"

"그래요."

손을 잡아당기는 뮤리에게 이끌리다시피 하여 걸음을 내디딘다.

책상 위에는 호로와 로렌스 앞으로 쓴 편지를 펼쳐 놓은 채.

거기에는 정직하다고는 할 수 없으나 최대한 상대를 배려한 마음이 담겨 있다.

현재의 나는 그 정도면 된다고 믿는 수밖에.

"오라버니?"

"아, 미안해요. 그 전에, 축제는 체력 싸움이라잖아요? 먼저 노점에서 뭐 좀 먹고 갈까요?"

"어?! 고기? 고기 먹어도 돼?!"

세상에서 먹는 게 제일 좋아.

어서 어른이 되었으면 싶은 한편, 쭉 이대로여도 좋을 것 같다는 생각이 든다.

"너무 많이 먹으면 안 돼요."

"네에!"

눈을 빛내는 뮤리에게 쐐기를 박은들 소용없을 테니 쓴웃음만 난다.

또한, 야단을 치는 것만이 능사는 아니니.

"아이참, 오라버니!"

손을 잡아끄는 것만으로 부족하다 싶었는지 팔에 매달려 잡아당긴다.

해 질 녘의 시내는 평소보다 더 많은 인파로 북적이고 있었다.

"오라버니. 이쪽이야, 이쪽!"

뮤리가 잡아끄는 대로 알겠다며 따라간다.

역시 뮤리와는 연인 사이가 아니라 이대로 그냥 오누이로 지내고 싶다.

노점을 한 바퀴 돌아 꼬치구이를 세 개나 손에 든 채 함박웃음을 짓는 뮤리를 보며 나도 모르게 웃고 만다.

"참 즐겁다. 그치, 오라버니?"

뮤리의 천진난만함에 눈부셔하며 고개를 끄덕였다.

늑대와 양피지

제 1 막

야단법석이던 데자레프의 축제가 끝나고 며칠 뒤.

아직 날이 채 밝기도 전에 뮤리가 앞장서 이끄는 대로 숙소인 데바우 상회의 방을 몰래 나섰다.

배낭을 등에 짊어진 여행복 차림으로 살금살금 복도를 나아간다. 뮤리가 주위 상황을 살피고 소리가 날 것 같은 마룻바닥을 가리키면 밟지 않고 넘어가며 어두운 와중에도 거침없이 복잡한 건물 안을 나아간다. 끝으로 견습생들이 잠들어 있는 하역장을 지나 아무에게도 들키지 않은 채 무사히 길로 나섰다.

뒤를 돌아보자 데자레프에 있는 동안 신세를 진 데바우 상회의 상관이 어둠 속에 서 있다.

인사를 해야 할 상관 주인은 지금 이곳에 없다. 대성당의 보물을 비밀리에 팔아넘긴 범인이 바로 그였기에, 데바우 상회의 중역인 힐데가 뒤처리를 위해 상회 본관으로 데려간 후로 돌아오지 않고 있다.

그런 까닭에 조금 박정하다 싶기는 해도 여행길에 나선다는 설명과 지금까지 감사했다는 내용을 담은 편지만 방에 두고 나왔다.

"탈출 성공이네."

평소 같으면 흔들고 두드려도 일어나지 않을 만큼 곯아떨어져 있을 시간인데, 뮤리의 눈이 반짝반짝 빛난다. 말을 할 때마다 송곳니가 도드라진 잇새에서 연기처럼 흰 숨이 나오는 것은,

데자레프에는 겨울이 끝난 이 계절, 대륙 쪽에서 습하고 따스한 공기가 흘러들기 때문이다.

이것이 또 참으로 분위기가 좋아서, 모험담을 좋아하는 뮤리는 그저 신이 나는 모양이다.

"말없이 떠나는 게 좀 송구하긴 하네요."

"여행길에 나선다고 하면 송별 잔치에 선물까지 줄 텐데. 아깝다."

"그게 싫어서 이러는 거예요."

한숨을 섞어 가며 말하자 뮤리는 "흐응?" 하며 모르는 척한다.

이 도시에서 나는 '여명의 추기경'이라 불리고 있다.

윈필 왕국과 교회가 대립하여 이 나라에서 교회의 불이 꺼진 지 몇 년. 교착 상황에 홀연히 나타나 사람들을 신앙의 빛으로 비춰 준 새벽빛 같은 떠돌이 성직자.

그게 나라고들 하는데, 과장도 이만저만이 아니다.

사실 나는 일개 신의 종복에 지나지 않고, 정식 성직자도 아니니.

"오라버니는 좀 더 당당해도 될 것 같은데."

"아무리 생각해 봐도 과도한 평가이고, 이것만큼은 천성적으로 안 돼요."

성전에서도 겸손의 미덕을 이야기하고, 그래야 마땅하다고 생각한다. 하지만 무엇보다, 단순히 주목받는 것 자체가 서툴다. 여명의 추기경님이라며 존경하는 눈빛을 접할 때마다 끔찍한 잘못을 저지르고 있는 것만 같다. 나는 그렇게 훌륭한 사람이 아닌데, 라며.

"뭐, 배웅하는 자리에 예쁜 여자가 꽃다발을 주면서 입맞춤하는 건 나도 보기 싫으니까."

어른스러운 척하면서 뮤리가 또 그런 소리를 한다.

평소에는 날 가리켜 바보네 어쩌네 구박을 하면서도 사소한 일로 오라버니를 빼앗길까 봐 질투하는 뮤리는 나름대로 또 귀엽다.

"오라버니는 얼굴이 새빨개져서는 허둥댈 게 뻔하지. 보는 내가 더 창피할 정도로."

앞에 한 말 취소. 하지만 부정할 수도 없으니 속상하다.

"하여간 뮤리는…."

"음후후. 하지만 난 그런 오라버니를 참 좋아하거든?"

"…아, 네. 참 고맙네요."

"어휴! 진짜라니까!"

그런 대화를 주거니 받거니 하며 밤안개로 뿌연 동트기 전의 거리를 항구 쪽으로 나아간다.

그리고 바다 내음이 코를 스치기 시작한 무렵.

어선들이 아침 조업을 나선 직후라 곳곳에 화톳불이 놓였어도 항구는 한산하다.

거기에 사람의 형체 하나가 우뚝 서 있다.

"아, 일레니아 씨!"

뮤리가 달려가 뛰어든다. 안개 속에서 나타난 일레니아는 뮤리보다 약간 큰 키에 새카맣고 복슬복슬한 머리가 특징적인 처자다.

그런 일레니아도 여행복 차림에 큼지막한 궤짝을 옆에 내려놓고 있다.

"일레니아 씨도 같이 가는 거지?"

뮤리가 그러자 일레니아는 난감한 듯이 웃는다.

"어, 그게…."

"자아, 뮤리. 일레니아 씨를 난처하게 하면 안 돼요."

"으음~…."

일레니아는 양의 화신으로, 그 점을 살려 양모 중개인으로 일한다. 여행복 차림인 것은 내륙으로 양모를 사러 가야 해서다. 빠른 곳에선 봄철 양털깎기를 이미 시작했다고 한다.

"뮤리 씨, 또 금방 만나게 될 거예요."

"진짜?"

"네, 그럼요."

가냘프고 살집이 별로 없어 소년처럼 보이는 뮤리와 달리 일레니아는 여성다운 부드러움이 완연하다. 어리광을 부리는 뮤리를 끌어안는 모습이 참으로 보기에 흐뭇하다.

그러나 일레니아가 겉으로 보이는 대로의 얌전한 양이 아니라는 것은 일전의 소동 때 잘 알았다.

이 처자는 **양의 가죽을 쓴 양**인 것이다.

“일레니아 씨가 서쪽 바다 끝으로 갈 때는 나도 도울게.”

“후후. 당연히 그럴 거라 기대하고 있어요.”

그 어느 몽상가도 머뭇거릴 꿈을 일레니아는 진심으로 좇고 있다.

서쪽 끝에 있다는 신대륙에 사람이 아닌 이들의 나라를 세우겠다고 하니.

늑대인 뮤리가 양인 일레니아에게 맘 놓고 어리광을 피우는 것은 일레니아의 강인함을 알기 때문일 것이다. 오히려 뮤리는 일레니아를 자기보다 강한 존재로 여기는 구석이 있다.

일레니아는 뮤리에게 처음 생긴, 사람이 아닌 존재끼리의 친구였다.

“그런데 두 분은 라우즈번으로 간다고 하셨죠?”

“예. 거기에서 만나야 할 사람이 있어서요.”

나의 현 고용주이자 왕족의 피를 이은 귀족, 하이랜드가 거기에서 기다리고 있다.

나의 목표는 교회 개혁을 추진하는 것인데, 그 선두에 선 것이 윈필 왕국이기에 하이랜드 밑에서 일하며 왕국에 일조하려 애쓰는 중이다.

하이랜드의 서신에 따르면, 그곳 라우즈번에서 나를 이 왕국에서도 가장 정점에 가까운 권력자, 왕위계승서열 1위인 왕자에게 소개할 생각이라고 했다.

차기 국왕이 될 인물에게 내가 믿는 신앙의 길을 설파할 기회는 흔치 않다. 이번 일을 계기로 교회 개혁을 추구하는 왕국의 싸움에 보다 큰 동력을 끌어낼 수 있을지도 모른다. 부푸는 기대감을 억누를 길이 없어, 일레니아에게 대답을 하면서도 나도 모르게 힘이 들어갔다.

부드러운 분위기를 유지한 채, 일레니아는 조금 나이 많은 누나처럼 담담히 웃었다.

"저로서는 콜 씨가 제 계획에 협조해 주시면 좋겠는데요…."

반면에 일레니아는 왕위계승서열 2위인 왕자에게 붙으려 하고 있다. 그 왕자는 하이랜드의 말에 따르면 정직한 인물이 아닐뿐더러 왕위를 힘으로 빼앗으려 하는 적이다.

하지만 그런 인물이라서일까, 모험심이 강해 다들 허황하다고 여기는 서쪽 바다 끝의 대륙 이야기에 강한 흥미를 보였다고 한다. 일레니아는 그 왕자를 부추겨서 그 엄청난 모험에 나설 선단을 조직하게 할 속셈이다.

"그 점에 관해서는 저희 나름대로 생각해 보겠습니다."

일레니아는 고개를 끄덕인 뒤 뮤리를 껴안은 팔을 풀더니 단아하게 웃었다.

하지만 눈에는 진지한 빛을 띠며 말했다.

"이 나라의 남쪽은 지리적으로도 대륙과 아주 가깝습니다. 특히 라우즈번은 왕국 제2의 도시입니다. 그간 쌓인 역사도 그렇고, 부(富)도 이 근방과는 현격히 다릅니다. 교회와의 전쟁도 한층 가열하겠지요."

지금 우리가 있는 곳은 대충 북방 지역이라 불린다. 이곳엔 최근까지도 이교도가 당연하게 살고 있었고, 지금도 그 기척이 짙게 남아 있다. 며칠 전 축제도 그 한 예다.

남쪽으로 내려갈수록 교회 세력이 강해지고, 사람의 수도 많아지며, 도시도 거대해진다.

천칭에 올릴 게 많아지면 그만큼 다툼의 규모도 커진다.

"예. 명심하고 있습니다."

대답은 분명하게 했지만, 반은 거짓말이다. 그런 상황을 나는 소문으로 주워들어 지식으로만 알 뿐이다.

하지만 자신의 이상을 위해서는 가야만 하고, 일레니아도 그 점을 잘 안다.

양 아가씨는 담담히 웃으며 고개를 끄덕였다.

"뮤리 씨도 있으니 괜찮을 거예요."

"맞아. 오라버니는 눈앞에 있는 일밖엔 보지 못하기 때문에 혼자 두면 눈 깜짝할 사이에 함정에 처박히겠지만, 내가 있으니까 안심해도 돼."

뮤리가 툭하면 하는 소리다. 세상에는 남자와 여자가 있는데, 나는 여자에 관해선 까맣게 모르니 세상의 반, 또한 사람의 선의밖엔 보지 못하니 거기에서 또 반밖엔 모르는 거란다.

"그것도 다 뮤리가 맛있는 음식에 한눈팔고 있지 않을 때 얘기죠."

그렇게 응수하자 뮤리가 입술을 꾹 다물고는 뺨을 불룩 부풀린다. 일레니아는 쿡쿡 웃고는 뮤리의 어깨에 오른팔을, 이어서 왼팔은 내 어깨에 둘렀다.

끌어당기자 세 사람의 이마가 딱 붙는다.

"부디 조심하세요. 저는 두 분과 만날 수 있었던 걸 정말 기쁘게 생각하고 있어요."

"이, 일레니아 씨…."

뮤리가 중얼거린 것은, 일레니아에게 마음이 울컥해서라기보다는 일레니아의 얼굴이 너무 가까워 어쩔 줄 모르는 나를 보고 혹시 먹잇감을 빼앗기는 게 아닌지 염려가 되어서였으리라.

"후후. 뮤리 씨가 없으면 나도 콜 씨와 단둘이 여행을 하고 싶을 텐데."

"그, 그건 안 돼. 일레니아 씨라도 그것만은 안 돼!"

"물론이죠."

일레니아는 나를 보며 짓궂게 웃고는 팔을 풀었다.

"그럼, 여행길을 지체시키면 여행객 실격이니."

일레니아는 무거워 보이는 궤짝을 가볍게 등에 짊어진다.

그러다가 "앗." 했다.

"중요한 말을 깜박했습니다. 라우즈번에는 징세인으로 일하는 제 지인이 있거든요. 징세를 어떻게 하는지는 그분께 배웠는데, 이름은 '샤론'이라고 합니다."

"샤론 씨요?"

궤짝을 짊어진 일레니아가 즐거운 듯이 미소 짓는다.

"예. 교회 개혁에 일조할 수 있을 거라 생각하니, 꼭 한번 만나 보세요."

"알겠습니다."

그 샤론이라는 인물도 사람은 아니겠지만, 어쨌든 징세인 연줄이 생기면 여러모로 도움이 될 테니.

"자, 이러다 날 밝겠습니다. 그럼 우리 또 만납시다."

그러고는 성큼 걸음을 내디딘다. 안개는 이제 몸에 달라붙을 만큼 진해져서 열 걸음을 세었을 무렵엔 일레니아의 복슬복슬한 검은 머리카락이 어렴풋한 형체가 되었다. 뮤리는 일레니아가 사라진 쪽을 계속 바라보며 당장에라도 달려 나갈 것 같은 분위기였으나, 양손을 꼭 쥔 채 움직이지 않았다.

여행길에서 만난 친구, 떠돌이 삶에는 피치 못할 이별. 둘 다 뮤리는 처음 겪는 일이겠으나, 열심히 받아들이려 하고 있었다.

재촉하지 않고, 이 현명한 소녀가 납득할 수 있게끔 기다렸다.

그리고 현랑 호로의 딸은 역시 그 피를 반듯하게 이어받고 있었다.

"오라버니, 우리도 가자."

툭 치면 금방이라도 울음이 터질 듯하면서도, 뮤리는 웃으며 그렇게 말했다.

"그래요. 갑시다."

평소엔 뮤리 쪽에서 손을 잡아 오는데, 내가 먼저 그 손을 잡았다.

뮤리는 약간 놀란 듯이 고개를 들었다가 이내 힘을 주며 손을 꼭 맞잡았다.

그래도 울지는 않는다.

어렸던 여동생이 또 이렇게 어른이 되었다.

"라우즈번은 어떤 곳일까요."

북방 도서지역에서 우리를 태워 주었던 선박에 다시 올라 요제프 선장과 선원들에게 인사를 나누었다. 이번에는 다른 손님도 없어 선창에는 우리뿐이었다.

그래도 이 도시에서 뭔가 좋은 일거리를 잡았는지 선창은 화물로 가득 차 있었다.

"큰 도시랬지?"

선창에 뚫린 창으로 아주 살짝 빛이 든다. 새벽녘이 다 되었나 보다.

희미한 윤곽으로 뮤리가 늑대의 귀와 꼬리를 내놓고 있는 걸 알았다.

달리 손님도 없고, 선원들은 선창에 좀처럼 내려오지 않으니 괜찮으리라.

“그래요. 왕국에서 두 번째로 번화한 도시라고 해요.”

“맛있는 음식도 있을까?”

바닥에 앉자 뮤리가 부리나케 무릎 사이로 들어온다. 일레니아와 이별한 후라 어리광을 부리고 싶은가 했는데, 몸이 따뜻하다. 그냥 졸려서 그런가.

“당연히 있겠죠. 쓸데없는 건 안 살 거지만요.”

머리를 쓰다듬자 모포 대신인 꼬리가 살랑살랑한다.

“오라버니 못됐어.”

뮤리는 한마디 하고는 살짝 모로 눕더니 이내 새근새근 소리를 내기 시작했다.

배는 날이 밝기를 기다리지 않은 채 출항했다.

신의 가호가 있기를.

조용히 중얼거린 후 나도 눈을 감았다.

데자레프를 떠나 남쪽으로 내려가는 바다는 실로 잔잔했다.

뮤리는 따스한 남풍에 머리카락을 날리며, 맞바람에 저항해 나아가는 선박 조종기술에 눈을 반짝이기도 하고, 무풍일 때는 노를 젓는 선원들의 씩씩한 모습에 감탄하기도 했다.

또한, 배는 연안에서 크게 벗어나지 않고 나아가고 있기에 왕국의 풍경이 잘 보였다. 뮤리가 나고 자란 산악지대와는 정반대로 온화한 평야가 지평선까지 이어진 것이 뮤리에게는 여전히 신기한 광경이었나 보다.

하지만 그것도 잠시. 처음에만 반짝 신기해하고는 그다지 쳐다보지 않았다. 이유를 묻자, 너무 평평해서 오히려 왠지 불안하단다. 늑대라서 몸을 숨길 나무들이 없으면 진정이 안 되는 건가.

어쨌든 이러저러하며 느긋이 뱃길 여행을 만끽한 사흘째 오전.

"오라버니~ 아직이야~?"

뮤리가 뱃전에 턱을 얹고는 따분한 듯 물었다.

이제 곧 라우즈번에 도착한다는 이야기를 어제 들었기에, 뮤리는 해가 뜨기도 전에 일어나 매일 하는 머리 손질도 대충 하고는 이제나저제나 갑판에서 기다리고 있었다.

그런데 좀처럼 도시가 나타나지 않으니 지루한 모양이다.

"뮤리, 저기요. 저쪽. 저기는 좀 번화하네요."

뿌루퉁한 뮤리의 어깨를 다독이며 배가 나아가는 저편 앞쪽을 가리켰다.

그쪽에는 야트막하게 곶이 뻗어 있다. 곶 끝에는 목제 등대가 서 있고, 뭍 쪽으로는 건물이 밀집해 있다. 길을 따라 줄줄이 늘어선 노점 곳곳에서 음식을 준비하는 연기가 피어난다. 아담한 숙박 거리였다.

"에이~… 전에 본 곳이 훨씬 번화하네…. 게다가 애걔~ 저게 뭐야? 저 작은 성…. 데자레프 대성당에 비하면 헛간이군."

그러면서 뮤리는 어깨를 으쓱인다. 마치 '나는 이미 드넓은 세상을 다 보고 와서 이런 흔한 것들엔 새삼 감동도 안 된다'는 투로.

그에 반해 나는 나잇값도 못 한 채 가슴이 두근두근했다.

"저건 성이 아니에요."

"어~? 그럼 뭔데? 왠지 아주 얄따랗게 생긴 게 모양이 이상해."

곶 후미에 펼쳐진 거리 한복판에는 주위 건물보다 두 배는 높은 석조건물이 서 있다. 뮤리 말대로 그 건물은 양쪽에서 손으로 누른 것처럼 얄따랗다.

사람이 거주하는 건물은 아니니 그럴 만도 하다.

"저건 세관이에요."

"세관?"

뮤리가 늑대 귀를 쫑긋하듯 한쪽 눈썹을 추키며 이쪽을 본다.

"아티프에서도 봤잖아요. 도시를 에워싸듯 시벽이 있고, 입구에 문이 있던 거.”

“우~? 응. 하지만 저 건물 너머로 도시가 있을 것 같진 않은데….”

뮤리가 눈을 응시하며 그렇게 말한다.

“저건 그 시벽 문으로 들어가기 위한 입구예요. 오래되고 큰 도시엔 흔해요.”

“…어?”

뮤리가 고개를 들어 나를 쳐다볼 때쯤에는 배가 곶을 선회해 들어가고 있었다. 경치를 즐기고 있었는지 등대 아래 나그네가 지나가는 우리 배를 향해 손을 흔든다. 머리 위를 나는 바닷새의 수도 점점 늘어나고, 몇 척이나 되는 선박이 대륙을 향해 먼 바다로 나서고 있다.

뮤리는 그제야 공기의 변화를 알아챘나 보다.

“어, 엇….”

돛을 움직이자 뱃머리가 크게 돈다.

그리고 곶을 넘어선 순간.

“어엇!”

뮤리의 음성이 터지자 머리 위의 바닷새가 놀란 듯 끼룩 소리를 지르고는 날아갔다.

배가 나아가는 곳, 뮤리의 시선 끝에는 거인이 집합한 것처럼 무수한 건물이 서 있었다.

담장 높은 훌륭한 시벽이 건물의 무리를 에워싸려 하나, 불어난 건물은 시벽 밖으로까지 한없이 넘쳐 난다. 지붕이 붉은 기와로 통일된 탓에 그야말로 녹색 대지에서 붉은 온천이 솟구치는 듯한 광경이었다.

"우와~…! 산속에서 진드기가 저렇게 떼 지어 있는 걸 본 적 있는데…!"

뮤리가 감탄의 한숨과 더불어 정확하기는 해도 으스스한 표현을 하는 바람에 살짝 소름이 돋았다.

배가 다가갈수록 건물 모양새도 확실해져서, 그 웅대한 광경에 금세 마음을 빼앗겼다. 곳곳에 보이는 뾰족탑은 교회의 종탑이리라. 어느 정도 큰 시가지에 가야만 볼 수 있는 종탑이 몇 개나 솟아 있다.

건물들이 온통 밀집해 갑갑해 보이는 가운데, 이따금 높고 네모진 건물이 가슴을 펴듯 서 있다. 필시 대저택이거나 대상회의 상관이겠지. 큰 도시엔 거부들도 많을 테니.

그것만이 아니라, 북방에서 본 도시와는 규모뿐 아니라 분위기도 달랐다. 사람이 살기엔 가혹한 환경의 북방 지역은 아직도 검은 숲의 세력이 엄연히 남아 있다.

그런데 이만큼 남쪽으로 내려오니 세상은 완전히 인간의 것이 되어 있다.

인간이라는 종족의 힘을 풀어놓으면 이토록 활짝 꽃을 피우는구나, 하는 생각이 들게 하는 광경이었다.

"굉장하다. 진짜 굉장해! 오라버니, 굉장해!"

야단법석을 떨며 뮤리가 내 옷자락을 잡고 마구 흔든다.

귀와 꼬리가 튀어나올까 봐 조마조마했는데, 뮤리는 크게 숨을 들이마시는가 싶더니 울 것 같은 웃음을 띤 이상한 얼굴로 입을 꾹 다물었다. 눈을 깜빡이는 시간도 아까운 표정으로 점점 가까워지는 시가지를 바라본다.

뮤리의 이런 모습을 보면 사랑하는 자식은 여행을 보내라는 말이 정말 옳다는 생각이 든다.

그런 뮤리의 머리를 쓰다듬어 주며 나도 시가지에 눈길을 주었다.

곶 후미에 세관이 있는 것은 시벽이 더 이상은 시벽의 구실을 하지 못하는 탓이다. 넘쳐 난 주위 건물들만으로도 데자레프 같은 도시를 몇 개는 만들 수 있다.

앞바다에는 북방 도서지역에서 본 거대한 선박이 여러 척이나 정박해 있었다. 도시 하나를 통째로 옮길 수 있을 것 같은 배인데, 저기에 화물을 잔뜩 실어 와도 이 도시라면 모조리 삼켜 버리리라.

라우즈번은 윈필 왕국 제2의 도시.

대도시는 바로 이런 것이다, 하는 위풍당당한 모습이었다.

라우즈번의 앞바다는 바다라기보다 배로 이루어진 바다의 도시 같았다.
거대한 선박은 물에 잠기는 선체 부분이 너무 깊기에 앞바다에 정박하고, 그 주위로 크고 작은 다양한 배가 모여 있는데, 그런 무리가 하나둘이 아니었다. 그 틈새를 조그만 배가 쉴 새 없이 드나드는 모습이 번화한 시내 풍경 그대로다.
"이런 바다 세계가 있더라고 아버지한테 얘기해도 믿지 않을지도 몰라."
흥분으로 뺨이 발그레해져서 뮤리가 그런 말을 한다. 뇨히라 산중에 있으면 절대 보지 못할 광경이긴 하다.
그러나 뮤리의 아버지인 로렌스는 일찍이 광범위한 지역을 돌아다닌 행상인이라…는 말을 하려다가 말았다. 굳이 지적하는 것도 멋이 없으니.
"그러게요. 이야기를 하면 아마 깜짝 놀랄 거예요."
흥분한 기색으로 항구에 대해 이야기하는 뮤리를 무릎에 앉힌 채 기뻐하는 로렌스의 모습이 눈에 선하다. 그야말로 아버지와 어린 딸의 바람직한 모습.
"아~ 빨리 안에도 들어가고 싶다. 굉장한 것들이 엄청나게 많을 거야."
통통 튀듯 말하는 뮤리를 보며 흐뭇한 웃음이 나지만, 긴장을 늦춰선 안 된다.

“놀러 온 거 아니에요.”

“‘뭐든 다 즐기지 않으면 손해야’라고 어머니가 그랬거든? 현랑 님 말씀이거든?”

“…꼭 이럴 때만 호로 씨 핑계 좀 대지 말아요.”

“음후후. 게다가 저만큼 큰 도시라면, 이번엔 어떤 대모험을 할 수 있을까?”

“이제 대모험은 없어요.”

“뭐어~?”

모험 없는 여행이 여행이냐는 투였다. 지금까지 그토록 험한 일을 당했으면서도 전혀 지칠 줄을 모르는 건 젊어서일까.

“그럼 오라버니는 여기에서 뭘 할 건데?”

“하이랜드 님과 만나서 왕자님을 뵙고 내 생각을 말씀드릴 거예요. 그런 뒤엔… 하이랜드 님의 연줄을 타고 이 왕국의 신학자 여러분과 교류하고 싶어요. 성전의 세속어 번역이 얼마나 진전되었는지도 확인하고 싶고, 학식 있는 분들과 만나게 될 좋은 기회일 테니까요.”

그 모든 것이 내게는 분에 넘치는 영광이라 가슴이 설렌다.

하지만 뮤리는 얼굴을 잔뜩 찡그렸다.

“또 복잡한 얘기를 하면서, 순진히 사기 같은 책하고 얽힌 일을 하려고?”

"복잡하지 않아요. 중요한 신학 이야기예요. 그리고 성전은 사기가 아니에요!"

뮤리는 여봐란듯이 양손으로 귀를 막고는 들리지 않는 척이다.

이 나이 또래 아이들이 교회의 가르침을 귀담아듣지 않는 게 드문 일은 아니나, 뮤리의 경우엔 성전을 다 읽고 나서 저러니 더 문제다. 물론, 그 성전을 읽은 이유도 성직자가 되고자 하는 인물과 연인이 될 구실을 찾기 위해서였으니.

영리한 왈가닥 소녀만큼 감당 안 되는 것도 없다.

"어휴…. 오라버니가 루워드 아저씨처럼 용맹하면 얼마나 좋아."

실망했다는 투로 그런 소리를 하며 팔에 매달린다.

루워드는 옛날 옛적 호로의 동료였던 늑대의 이름인 '뮤리'와 그 유품을 오늘날까지 계승해 온 용병단의 단장이다. 호탕하고 용감무쌍. 의리 있고 정이 많은 면도 있어 온천장 무희들에게도 대인기다.

영웅의 현신 같은 루워드에 비교를 당하니 쓴웃음조차 안 나온다.

"나는 일개 성직자 지망생이에요. 별 볼 일 없고 시시하긴 해도 나름대로 세상에 도움이 되는 일을 할 수 있을 것으로 생각해요."

뭍에 있는 시가지를 바라보며 그렇게 말하자, 뮤리가 바짝 달려들어 내 팔에 얼굴을 비벼 댔다.

“아우, 난 오라버니가 멋졌으면 좋겠단 말이야!”

이럴 때만 이상하게 어린애 같은 소리를 하는데, 굳이 따지자면 그 점에서는 뮤리와 내 입장이 반대일 거다.

“뮤리야말로 멋지게 활약한 장면이 많았으니, 그거면 된 거 아니에요?”

이 은빛 소녀 덕분에 목숨을 구한 적이 한두 번이 아니다. 늘 의지가 되고, 야단도 많이 맞았다.

성별과 연령이 거꾸로였다면… 하는 상상이 언뜻 든다.

눈부시게 활약한 뮤리의 이름이 후세 대대로 전해지는 영웅담이 될 게 뻔한데.

“아우~ 오라버니~….”

팔을 잡아당기며 흔든다.

사람에겐 각자 천성이란 게 있고, 가는 길이 있는 법이다.

뮤리가 떼쓰는 것을 그렇게 받아넘기며, 요제프가 모는 배가 복잡하기 이를 데 없는 항구를 요리조리 빠져나가는 모습을 즐겁게 바라보았다. 그때였다.

“거기 가는 배! 정지!”

느닷없는 고함에 깜짝 놀랐다. 처음엔 항구의 잔교가 코앞이기에 배를 입항시키는 수로 안내인인가 했는데, 아무래도 아닌 것 같다. 나란히 달리는 배에는 크기는 작아도 왕국기, 그리고 이 도시의 문장기로 보이는 깃발이 펄럭이고, 배에 탄 이들에게서도 일사불란함이 느껴졌다. 항구 경비병인지.

무슨 일인가 하고 있자, 선장인 요제프가 달려오더니 작은 배의 깃발을 보자마자 한숨을 푹 쉬었다.

“운도 없지. 불심검문이에요.”

“불심검문?”

“징세요. 도시 문장기를 다는 건 징세리가 타고 있는 배라는 뜻이거든요.”

“징세리?”

뮤리가 고개를 갸웃한다.

“세금을 걷는 일을 하는 사람이에요. 일레니아 씨가 맡았던 일 같은 거요.”

“세금… 십시일반 서로 돕자는 거구나?”

좁은 마을에서 자란 뮤리에겐 세금이 그런 인상인가 보다.

“그렇게 온화한 것이라면 얼마나 좋겠습니까마는, 이렇게 거대한 도시에선 모든 배를 전수조사할 수 없는 대신, 몇몇을 본보기로 삼아 처벌하는 일이 많아요.”

요제프는 내뱉듯 말했다.

“안 그래도 징세리는 우리 무역상인들에겐 천적인데. 꼬투리를 잡아 물어뜯는 게 먹잇감을 후무리는 상어가 따로 없다고요.”

북방의 엄혹한 바다를 터전으로 장사하는 요제프는 특히나 적의를 고스란히 드러냈다. 요제프를 모험가로 여기며 따르는 뮤리도 완전히 요제프를 편들고 나섰다.

"요제프 아저씨, 지면 안 돼."

"당연하지. 남방의 나약한 놈들에게 당했다가는 오텀 님과 검은 성모님께 면이 안 서지."

뮤리가 송곳니를 드러내고 웃으며 요제프의 어깨를 다독인다.

그러고 있자 배가 정지해 앞길을 가로막았다.

"우리는 라우즈번 징세인 조합이다! 화물을 점검하겠다!"

그들이 다시금 외치며 이름을 대자 요제프는 당황하며 중얼거렸다.

"징세인 조합…? 징세리가 아니라?"

요제프가 고개를 외로 꼬는 것을 보자 뮤리도 고개를 외로 꼬며 이쪽을 쳐다본다.

"있잖아 오라버니, 징세인과 징세리는 뭐가 달라?"

"어…."

예전에 여행하며 익힌 지식을 박박 긁어내야 했다.

"하는 일은 거의 같은데 위상이 달라요."

징세리는 관리다. 예를 들자면 시벽의 관세소에서 오가는 여행객에게 세금을 걷는다. 수상한 인물이 도시를 드나들지 않도록 감시하는 면도 있기에 선량한 시민이 조직하는 동종업종의 조합이 아니라 시정 참사회에 소속한 공적 임무의 수행자다. 그 밖의 여러 가지 징세는 일레니아가 그렇게 했듯이 뜨내기가 징세권을 입찰해 각자 재량껏 세금을 받아 낸다.

그렇다 보니 애당초 징세인들이 모여서 만든 조합이라는 것 자체가 흔치 않다. 조합을 세우려면 그 도시에 오래 살았고, 같은 직업에 종사하는 이들의 참여가 있어야 하니.

어쩌면 이곳은 거대 도시라 징세를 통고할 일도 많고, 징세인이 뜨내기가 아니라 어엿한 이곳 주민으로서 조합을 결성할 만한 하나의 직업이 되었는지도 모른다.

"뭐, 왕국과 도시의 문장기를 달았는데 가짜일 리도 없고… 어이! 줄사다리 내려!"

요제프의 지시에 따라 선원이 줄사다리를 내렸다.

잠시 후 경비병과 비슷한 차림을 한 이들이 속속 올라왔다.

바다 위에서 하는 일인 만큼 강철 갑옷까지는 아니어도 가죽 흉갑을 두르고 있는 품이 전투태세다. 뱃사람 중엔 거친 이들이 많기에 자위의 의미이겠으나, 그래도 너무 과한 인상이었다. 징세인이라기보다는 병사, 요컨대 시벽에서 일하는 징세리처럼 보였다.

"누가 선장인가?"

오른팔에 붉은 천을 감은 남자가 물었다. 잘 관리한 수염에서도 관록이 느껴지는 것이, 책임자인 모양이다.

"접니다! 어이! 화물증서 가져와!"

"우리는 라우즈번 징세인 조합에서 나왔다. 시정 참사회의 무장 허가를 받았고, 윈필 국왕의 특권하에 행동하고 있다. 우리의 말은 곧 왕의 말, 우리의 명령은 곧 왕명임을 명심하라."

"저희는 그저 상선일 뿐입니다. 왕께서 눈여겨보실 만한 건 없을 텐데요."

"그것은 우리가 판단하지."

곁에서 듣기에도 조마조마할 만큼 험악한데, 피차 자주 겪는 일인지 상황 자체는 원만하게 진행되었다. 요제프가 화물의 출처를 증명하는 증서를 내밀자 수염 난 징세인이 그것을 검토한다. 그의 부하들이 검토된 양피지를 한 장씩 받아 들고 선창으로 내려갔다.

선원들은 그 모습을 멀리서 빙 둘러싼 채 불만스럽게 지켜보고 있었다.

"그나저나 이 도시에서는 징세인이 조합으로 활동하십니까? 북방에서는 이런 일은 별로 본 적이 없는데요."

한가로운 듯이 요제프는 잡담처럼 말문을 열었다.

"최근 몇 년 새의 일이야. 왕명을 거역하고 세금 납부를 거부하는 자들이 줄을 잇는 바람에. 특히 이곳은 바다 쪽으로 열린 도시인데, 바다에서는 정체불명인 자들이 들어오거든. 우리 징세인도 일치단결해 사안에 대처해야 했지."

수염 난 징세인의 말투는 긍지 높은 전문가가 따로 없었다. 데자레프에서는 일레니아처럼 부업 삼아 하던 일도 이렇게 번창한 도시에서는 규모도, 격도 다를 것이다.

마지막 양피지를 부하에게 건네더니 수염 난 징세인은 적의가 가득한 시선으로 요제프를 보았다.

"데자레프에서 왔나? 데바우 상회의 화물이 많군. 형태를 보아하니, 원래는 북방의 배였나?"

"그렇습니다. 중간에 폭풍을 만나 데자레프로 떠밀려 갔거든요. 평소엔 이렇게 남쪽까지 오지 않는데 사람을 태워야 해서."

"사람."

하더니 징세인은 고개를 돌렸다.

시선이 곧장 이쪽으로 향한다.

"저 사람?"

"예. 저분은 북방에서는 널리 알려진 고명한…."

하며 요제프가 또 과장된 말을 하려던 그때. 뮤리가 별안간 내 앞을 막아서는가 싶더니, 눈앞 요제프의 가슴을 창끝이 겨누고 있었다.

그제야 비로소 내 좌우에도 어느 결엔가 창을 든 이들이 서 있는 것을 알았다.

"저기, 이건…."

양옆에 선 이들에게 물었으나 물론 대답하지 않는다. 대답은

커녕 격렬한 적의가 담긴 눈으로 본다.

"이게 무슨 짓들이시오?! 이 도시의 징세인은 예의도 모르는 것이오?!"

창끝이 겨누고 있는데도 아랑곳없이 요제프가 버럭 소리치자, 수염 난 징세인은 말없이 눈만 힐끗하고는 턱을 까딱였다.

"연행해."

"가라."

등을 밀치는 바람에 헛발을 디뎠다. 즉각 뮤리가 분노에 찬 형상으로 소리쳤다.

"오라버니한테 손대지 마!"

"엇."

늑대의 박력에 징세인들이 움찔한다. 그러나 뮤리의 겉모습은 평범한 소녀다.

이내 정신을 차린 남자가 손을 쳐들자 나도 모르게 뮤리의 몸을 안아 감쌌다.

"용서하십시오. 나이 어린 소녀입니다."

뮤리가 품속에서 몸부림을 치며 눈앞의 적을 물어뜯을 기세로 씩씩댔으나, 사태를 악화시켜서는 안 된다.

게다가 저들이 징세리가 아니라 징세인이라면 연줄이 있다.

"그쪽 징세인 조합의 샤론 님께 연락을 취해 주시겠습니까?"

일레니아에게서 들은 이름을 꺼내자 징세인들의 움직임이 우뚝 멎는다.

자기네 동료 중에 아는 이가 있으면 험하게 대하지는 않을 것이다 싶었고, 무슨 오해가 있는 거라면 풀리겠거니 했다. 또한 일레니아의 소개이니 샤론이라는 이는 사람이 아닌 존재일 테고, 그러면 우리 편을 들어줄 거라는 계산도 있었다.

그러자 수염 난 징세인이 탐색하듯 물었다.

"…부조합장님과 아는 사이인가?"

샤론이라는 인물이 뜻밖의 거물인 것에 놀랐으나 내색하지 않고 대답했다.

"데자레프에서 양모 중개인으로 일하시는 일레니아 님께 소개받았습니다. 일레니아 님의 이름을 대면 아실 겁니다."

하이랜드를 의지하는 방법도 있으나 그쪽은 신중해야 할 것 같았다. 왜냐하면, 현재 이 나라에서 대대적으로 발행되고 있는 징세권은 어쨌거나 교회에 대한 것이고, 그것은 왕위계승서열 2위인 클리벤드 왕자의 권위에 의한 것이라 들었기에. 그렇다면 라우즈번의 징세인 조합 또한 클리벤드 왕자 진영인 것으로 보아야 한다. 하이랜드는 그에 반해 왕위계승서열 1위인 왕자를 지지하고 있다.

이 자리에서 하이랜드의 이름을 꺼내면 일이 꼬일 수도 있다.

"…알겠소. 어쨌든 동행하시오. 부조합장님도 항구에 계시니."

수염 난 징세인의 눈짓 덕에 창끝이 겨눠지지는 않았다.

"알겠습니다."

그렇게 대답하고 뮤리를 품에서 풀어주었다. 그러자 뮤리도 따라오려는 것을 다른 징세인이 막아섰다.

"혼자 오시오."

동료를 떼어 놓는 것은 기본적인 대응이다.

"왜…."

음성이 또 거칠어지려는 뮤리를 말리며 귓엣말로 속삭였다.

"하이랜드 님을."

그러니 우리도 차선책을 마련한다.

사태가 좋지 않게 흘러갈 것 같으면 하이랜드에게 개입을 부탁하는 게 낫다.

뮤리는 내 말뜻은 이내 파악한 눈치였으나 돌아보며 얼굴을 찌푸렸다. 함께 갈 수 없어서 그런 건지, 좌우지간 하이랜드가 싫어서 그런 건지는 모르겠다. 어쩌면 둘 다일 수도 있으나, 요제프와 함께 있으라고 손짓으로 전하자 마뜩잖은 기색이면서도 내 뜻을 따라 주었다.

원망스러운 눈빛인 걸 보니 나중에 또 한소리 듣게 되겠구나.

"그럼, 우리 배로."

수염 난 징세인이 시키는 대로 고개를 끄덕이며 따라나섰다.

줄사다리를 타고 내려가 배 위에 서자 수염 난 징세인만 내려와 부하들에게 지시를 내린다.

“이 배는 이대로 이 잔교에 대고 화물을 검사해.”

“예!”

그러고는 수염 난 징세인이 자리에 앉을 새도 없이 작은 배는 출발했다. 잔교 근처로 다가가자 다른 배가 일으킨 파도가 몰려드는 탓에 배가 몹시 출렁였다.

항구는 인파로 가득한데, 적잖은 이들이 호기심 어린 눈길을 보내왔다.

“내리시오.”

배는 금세 작은 선박용 선착장에 도착했다. 비틀비틀 배에서 내린 뒤, 계단을 걸어 항구에 올랐다. 긴장으로 속이 쓰렸다. 항구에서 기다리고 있는 이들은 십여 명쯤. 요제프의 배에 오른 이들과 같은 차림을 했고, 물론 전원 무기를 들었다. 그 뒤편으로도 사람들이 우글우글했다.

생각보다 뭔가 더 큰 일에 휘말린 것일 수도 있겠다.

마른침을 삼키고 있자, 수염 난 징세인이 앞으로 쓱 나서 어떤 인물에게 다가갔다.

긴 적갈색 머리를 묶은 늘씬한 인물로, 녹색 방한복을 입고 허리에는 가는 단검을 찼다. 차림으로 보아 이 도시에서 꽤 지위가 높다는 것을 이내 알겠다. 그런 한편, 신발은 무릎까지 오는 투박한 것으로, 외부 활동이 잦고, 남에게 지시를 내리는 쪽이다.

그리고 나를 가만히 응시하는 눈의 그 독특한 분위기.

필시 저 인물이 일레니아가 말한 샤론일 것이다.

"뭐? 일레니아의?"

수염 난 징세인에게 귀엣말을 듣자 샤론인 듯한 인물이 목청을 높였다. 부조합장이라고 하여 호리호리한 남성인 줄 알았는데, 여성이었던 모양이다. 저 나이 대의 여성으로 조합의 중역이라는 데에 놀랐다. 능력이 뛰어난가 보다.

"알겠다. 어쨌든 적은 아니다."

그러자 이내 무장한 징세인들이 자세를 풀었다. 불온한 일은 벌어지지 않을 듯하여 그 점에는 안도했으나, 저들이 경계하는 정도가 매우 높은 것이 염려되었다.

샤론의 이름을 대지 않았으면 그야말로 죄인 취급을 당했을 것이다.

그 샤론으로 생각되는 여성이 내 앞으로 걸어왔다.

"엘리즈 샤론."

그러면서 손을 내밀기에 맞잡았는데, 감촉이 묘했다. 아가씨의 손처럼 부드럽지는 않으나 그렇다고 직인의 손처럼 단단하지도 않다. 그리고 그 눈.

단순히 날카로운 것과도 다르고 눈 깜빡임도 많지 않은, 독특한 분위기를 강하게 느꼈다.

'새'라는 생각이 언뜻 들었다.

샤론은 새의 화신이리라.

"토트 콜이라고 합니다."

"알아."

그러면서 샤론은 악수하는 손을 쭉 잡아당기더니 내 귀에 가까이 대고 말했다.

"여명의 추기경."

순간적으로 대답을 못 했는데, 샤론이 덧붙였다.

"일레니아에게서 편지가 와 있다. 그리고 큰 고래를 따라 내 동료가 편지를 전했었지."

역시나.

"그렇게 불리고 있긴 합니다만, 제 분수에는 맞지 않는다고 생각합니다…."

"흥?"

하며 예리한 시선을 던지더니 샤론은 몸을 떼고 악수도 풀었다.

"그건 그렇고, 동행이 있을 텐데?"

"예. 지금은 배에."

"그렇군."

샤론은 그렇게 말한 뒤 시선을 거두고 뭔가 생각하더니 다시 나를 돌아보았다.

"당신은 하이랜드 경을 따른다고 들었는데."

그 시선에서 친근감이 들지 않는 것은 눈매가 매섭기 때문만은 아니리라.

부조합장씩이나 되면 정치적인 문제도 파악하고 있을 터.

"당신은 지금 입장이 미묘해."

"알고 있습니다."

나는 교회 개혁을 호소하고 있으니, 불의라 할 만큼 축적된 교회의 재산을 되찾고자 하는 징세인들과 심정적으로는 같은 편이다. 그러나 교회에 대한 징세권을 발행하는 권한은 하이랜드가 가담한 제1왕자 측과는 적대관계인 왕위계승서열 2위의 클리벤드 왕자가 쥐고 있다. 게다가 그 왕자는 단순히 교회를 징계하기 위해 징세권을 발행하고 있는 것이 아닌 듯하다. 하이랜드의 말에 따르면, 왕위 찬탈을 위한 비용을 긁어모으려는 속셈으로 보인다고 한다.

단순하게 적군 아군으로 가를 수가 없고, 그러면서도 서로의 목적은 묘하게 겹친다. 그렇기에 샤론은 동료를 보는 눈빛은 아니면서도 이런 말을 한 것이리라.

"우리는 당신의 명성이 탐나는데."

협조 요청이 아니라, 거친 장사를 하는 상인과 같은 제안 방식이었다.

그때 수염 난 징세인이 다가왔다.

"부조합장님. 길게 끄시는 건 좋지 않을 듯한데요."

"…그렇겠지."

샤론은 그렇게 대답하고는 동료 징세인을 돌아보았다.

"조합 회관으로 돌아간다. 교회 놈들이 여기로 올 거야. 당신도 같이 가. 할 말이 있으니."

다른 이들과 같이 나가려 하는 샤론에게 황급히 말을 던졌다.

"교회 측을 피해 도망치시는 겁니까?"

데자레프에서는 교회 측 사람이 대성당에 틀어박혀 있는 탓에 여러 가지 문제가 일어났었다.

일부러 찾아온다면 서로 만나 대화를 하는 게 좋지 않을까…라고 생각한 것도 잠시. 샤론이 돌아보더니 성가신 듯이 눈살을 찌푸렸다.

"여기 사정을 잘 알지도 못하고 왔나?"

어렴풋이 짜증을 보이더니 걸음을 내디뎠다.

"아무튼, 따라와."

샤론이 말한 이곳의 사정이 무엇인지는 짐작도 가지 않았으나, 적어도 샤론이 적은 아닌 듯했다. 지금은 그냥 따라가는 게 낫겠다고 판단하고, 사람들을 헤치며 항구 깊숙한 곳으로 향하는 샤론 일행을 쫓아갔다.

라우즈번 항구에는 안 그래도 사람이 많았는데, 샤론을 비롯한 징세인들을 보자 모여드는 이들이 많았다. 요제프가 그랬듯, 징세인은 장사를 방해하고 사람들의 소소한 삶을 걷어차는 악마의 하수인이라 여기고들 있는지 욕설이 수없이 날아든다. 앞장서서 인파를 헤치는 징세인들도 거의 시비조다.

그런 한편, 교회의 부패를 규탄해 달라, 부자들한테서 되찾아 달라며 응원의 말을 보내는 이들도 적지 않았고, 생각이 다른 구경꾼들 간에 싸움이 벌어지기도 했다.

아무래도 도시의 의견이 통일되지 않은 듯하다.

사람들의 싸움과 열기 속을 성큼성큼 나아가다 보니 이윽고 대로변의 큰 건물이 보였다.

왕국기와 도시 문장기가 걸려 있으니 징세인 조합의 조합 회관이리라.

징세인들이 걸음을 빨리해 곧 길을 건너기만 하면 되는 그때였다.

"잠깐! 잠깐, 거기 서!"

노여움에 찬 음성이 항구의 소란을 압도하듯 울려 퍼졌다. 주위 징세인들이 혀를 차며 얼굴을 찌푸렸다. 그에 비해 대부분 구경꾼의 반응은 달랐다. 휘파람을 날리고 발을 구르며 "마침내 납셨네!" 하는 외침까지 터졌다.

이런 분위기를 시벽 안에서 본 적이 있다. 네거리 광장에서 벌어지는 투계 또는 투견을 구경하는 광경.

"멈추지 마. 계속 가."

샤론의 말에 징세인들은 속도를 높이려 했으나, 구경꾼들이 저항하듯 촘촘히 모여 길을 막아섰다.

그리고 오른편 인파가 갈라졌다.

그 너머에서 나타난 것은, 그 또한 무장한 집단. 그러나 그들은 징세인들과 장비의 질이 확연히 달랐다. 거리의 치안을 지키는 것이 아니라 전장에서 목숨 걸고 싸우는 자들의 차림.

용병이었다.

"거기 서라는 말이 안 들리나?!"

옷자락이 떨릴 만큼 쩌렁쩌렁한 음성에 징세인들이 걸음을 멈춘다.

게다가 이곳에서는 평소 혐오의 대상인 징세인들과 적대관계인 이들인지, 앞을 가로막은 사람들이 있어 영 나아갈 수가 없다.

"당신네 징세인 조합은 남의 지갑에서 돈을 갈취하는 것뿐 아니라, 급기야 유괴에까지 손을 대게 됐나?!"

하고 소리친 것은 박박 민 둥근 머리에 콧수염만 기른, 배불뚝이 키 작은 남자였다.

하지만 키만 작지, 어깨 팔 다리 할 것 없이 온통 근육질이다. 손에 든 것이 전투용 도끼인 것도 한몫해 전설 속 산중에 사는 땅의 정령을 떠올리게 했다.

그에 맞서고 나선 것은 용병과는 정반대 분위기의 샤론이었다.

"조사해야 할 필요가 있어 동행했을 뿐이다."

한 걸음도 물러서지 않고 내려다보듯 땅딸보 용병과 대치한다.

"유괴범들과 핑겟거리가 똑같군."

"오호라. 그쪽은 그런 **장삿거리**가 특기인가 보지?"

"퉤."

용병은 침을 뱉더니 목을 빙그르 돌렸다.

"왠지 맘에 안 드는 놈이로군. 어쨌든, 너희가 교역선에 멋대로 올라타 고객을 데려간 것을 우리 쪽 사람이 봤다."

"고객? 고객이라?"

샤론이 뭔가 파악했다는 투로 빈정댄다.

땅딸보 용병은 짜증스레 얼굴을 찌푸리고는 말했다.

"교역에 종사하는 배에 탄 사람은 전원이 우리 무역상인 조합의 고객이라는 뜻이다. 그들을 응대하는 건 전부 우리 영역이다. 너희 징세인들이 데려가서야 이 바닥의 질서가 무너지지!"

무역상인 조합? 저 용병이?

나도 세상 물정을 그리 잘 아는 것은 아니지만, 아무리 뜯어봐도 저 사람은 용병이지 상인은 아니다. 대상회는 강도에 대비해 경비 설 사람을 고용하기도 하지만, 지금 우리를 가로막고 있는 이들은 대충 열에서 열다섯. 작은 부대 규모다.

게다가 아까 샤론이 한 말을 생각해 보면, 저들은 교회 측 사람이기도 하다.

무역상인 조합을 자처하는, 완전무장한 용병부대.

큰 도시에는 그만큼 역할을 잘 해내는 사람도 많아 일이 복잡해지는 듯했다.

"우리의 행동은 곧 왕명이다."

"여기가 왕국 안일지는 모르겠으나, 무역상인 조합은 이 나라에서만 권위를 인정받은 게 아니거든. 혹시 당신이 책임지고 바다 건너 상인을 모조리 적으로 돌릴 건가?"

"읏…."

처음으로 샤론이 대꾸를 하지 못한다.

하지만 그 즈음엔 길 건너가 소란스러워지더니 징세인 조합 건물에서 지원군이 고함을 지르며 뛰어나오고 있었다. 주위 구경꾼들도 전부 무역상인 조합의 편인 것은 아니기에 구경꾼들 간에도 싸움이 불길처럼 퍼져 나갔다. 이대로 가다가는 시정 참사회에서 경비병을 출동시키는 사태로 번질지도 모른다.

용병의 얼굴이 떨떠름해지자, 때는 이때다 싶게 샤론이 나섰다.

"너희 뜻대로는 안 된다."

용병이 관자놀이에 푸른 힘줄이 설 만큼 이를 악물고, 일촉즉발로 팽팽한 순간.

"잠시 말 좀 합시다."

느긋한 음성이 끼어들었다.

"뭐야?! 어디 끼어들…."

다른 용병이 버럭 소리치다가 도중에 숨을 헉 들이켰다.

그제야 서로 노려보고 있던 두 사람도 시선을 돌렸다가 "앗." 소리를 냈다.

"왕께서 내리신 재판권 칙허장이오. 우리는 왕명으로 이 다툼에 재판권을 행사할 것을 선언하오. 이 다툼은 주군이신 하이랜드 경의 이름으로 우리가 맡을 것이오."

이쪽은 그야말로 아담한 몸집의 노인이었으나 차림이 달랐다. 화려함을 과시하는 게 아니라 자신이 어떠한 지위에 있는지를 확실하게 알리는 식으로 잘 갖춰 입은 차림이다. 콧수염도 용병과 달리 달걀흰자로 고정했는지 깔끔한 호를 그리고 있다.

높이 쳐든 양피지에는 유려한 서명 옆에 옥새가 찍혀 있다.

이 나라에서는 저것보다 높은 권위가 있을 리 없는 국왕의 옥새.

양 진영 모두 표정이 좋지 않았으나, 마지못해하면서도 먼저 무릎을 꿇은 것은 징세인 조합이었다.

"말씀 받잡겠습니다."

"음."

노인은 고개를 끄덕인 뒤 시선을 용병에게 돌렸다.

"그쪽은?"

"윽."

용병은 끙 소리를 낸 뒤 어깨 너머로 뒤를 돌아본다. 구경꾼에 섞여 무역상인 조합 측 사람들인지 차림새는 좋으나 어딘지 모르게 빈틈없는 눈초리를 한 장년의 남자들이 모여 있었다. 서로 얼굴을 마주하며 뭔가를 의논하더니 떨떠름한 표정으로 고개를 끄덕였다.

"알겠소. 왕께는 경의를 표해야 하니."

"현명한 판단이오. 물론 우리는 중립의 입장이니 양쪽 모두에게 공평하게 처리할 것이오. 그리고 여기 계신 분은 우리 주군의 특별한 손님이시오."

샤론은 무릎을 꿇은 채 고개를 들지 않았으나, 용병들은 대체 너는 누구냐는 눈빛을 거침없이 보내왔다. 뭐라 대답해야 할지 몰라 난감해하고 있자, 하이랜드의 이름이 든 칙허장을 둘둘 말아 품에 넣은 노인은 웃음기 하나 없이 걸음을 내디뎠다.

"주군의 명으로 모시러 왔습니다. 한스라고 합니다."

"아, 어… 예…."

여전히 난감하여 얼빠진 대답을 하고 만다.

"가시지요."

하며 한스가 당연한 듯이 앞장선다.

샤론이 마음에 걸려 돌아보자, 여전히 눈을 내리깐 자세로 있다. 요컨대 이야기할 기회는 나중에 또 있으리라는 뜻이리라.

왕의 칙허장을 가졌으니 후환이 두려워 구경꾼들도 자발적으로 한스에게 길을 터 준다.

그리고 사람들이 갈라진 그 너머. 한눈에도 알 수 있게 기사다운 장비를 갖춘 자들 여럿과 말을 탄 귀족 분위기의 남자가 두엇.

그들의 호위를 받으며 눈에 띄게 갈기가 근사한 말에 올라타고 있는 것은, 얼굴을 잔뜩 찡그린 뮤리와 안심한 기색의 하이랜드였다.

나그네가 큰 도시를 방문하면 숙소는 대개 세 가지로 나뉜다.

돈을 내면 누구나 묵을 수 있는 여관, 연줄이 있어야만 묵을 수 있는 각종 조합과 상회의 객실.

그리고 특별한 지위에 있는 이들만이 빌릴 수 있는 시내의 저택.

"…우리 온천장보다 큰 집이 수두룩하네…."

하이랜드가 마련해 준 마차에서 뮤리가 못마땅한 듯이 중얼거렸다.

광장의 소동에서 벗어나 하이랜드에게 이끌려 온 이 구역에는 큰 저택이 줄줄이 늘어서 있었다. 길은 깨끗한 돌바닥, 그 주변을 어슬렁거리는 떠돌이 개조차도 털에 윤기가 돌았다. 대부분 저택 문간에 우아하게 엎드려 자고 있기에 그 댁에서 키우는 사냥개인가 했는데, 그냥 각 저택 일꾼들이 귀여워해서 아예 눌러살고 있는 거란다.

집 지키는 역할을 겸하니 저택 사람들에게도 개에게도 피차 이득인 관계.

기품마저 느껴지는 떠돌이 개 앞을 마차로 지나갈 때마다 늑대의 피를 이은 뮤리는 적개심에 불타는 시선을 던졌다. 저택들은 모두 중정을 둘러싸는 구조인데, 그 안을 작은 과수원처럼 꾸미는 게 유행인지 앞을 지날 때마다 햇살 아래 녹음이 보였다. 시끄럽고 혼란스러운 도시 안의 낙원이 따로 없다.

하이랜드의 임시 거주지도 그런 저택 중 하나였다.

"인척이 소유한 집인데, 빌릴 데가 여기밖에 없어서. 거느린 이들이 없다면 아무 여관이나 빌릴 수 있겠으나, 왕국 내에서는 도통 그럴 자유도 없거든."

마차에서 내리며 하이랜드가 피곤한 듯 말하자, 아까 양피지를 쳐들고 나를 도와주었던 한스가 하이랜드를 빤히 노려본다. 명분보다는 실리를 중시하는 주인의 권위를 지키는 집사, 인가 보다.

"저쪽에 가서 이야기하지. 꼬마 아가씨를 위해 달달한 음식도 준비해 두었으니."

"아, 진짜?!"

하이랜드가 빌린 저택 앞에도 개가 있어서 눈싸움을 하고 있던 뮤리는 그 말에 바로 얼굴이 환해져서 돌아보았다.

하이랜드에게 불경하기 짝이 없는 태도를 취하면서도 먹을 것에 따라 저리도 쉽게 회유된다. 하이랜드는 그런 뮤리의 솔직함을 즐거워하지만, 오라비 된 입장에선 창피할 따름이다.

정면 입구로 들어서 복도가 아니라 방과 방이 직접 연결된 건물 안으로 걸어간다.

"이 방이 밝고 따뜻하지."

하이랜드가 안내한 곳은 중정이 내다보이는 남향의 방이었다.

"먼저, 오랜만의 재회를 신께 감사드리지."

길쭉한 식탁에 놓인 등받이가 높은 의자에 앉자, 은잔에 포도주를 졸졸이 따라 준다.

뮤리는 자기한테만은 술이 되기 전의 포도 과즙을 준 것이 불만인 듯했으나, 일단은 건배했다.

"케손과 데자레프에서의 활약은 참으로 훌륭했다. 그대는 바야흐로 여명의 추기경이야."

그 별명을 하이랜드에게 보내는 서신에 직접 쓴 적은 없다. 나도 모르는 경로로 널리 퍼진 모양이다.

"말씀 거둬 주십시오…. 과장된 평가입니다."

"후후. 여전한 듯하니 마음이 놓이는군. 그런데."

하며 하이랜드는 자세를 바로 했다.

"이 라우즈번의 상황을 설명한 서신을 데자레프로 보낸 직후에 그대가 이곳으로 오는 배에 탔다는 서신을 받았다. 그래서 항구로 사람을 보내 그대들이 도착하기를 기다렸는데, 배가 너무 많이 있는 바람에 징세인 조합에게 허를 찔렸지. 그 점은 미안하군."

하이랜드는 왕족이니 고개는 숙이지 않으나 눈을 내리깔며 사의를 표했다. 방구석에 서 있던 한스의 안색이 변하고, 나도 당황했다.

"당치 않습니다. 그리고 결국엔 아무 일도 없었습니다. 하이랜드 님 덕분입니다."

"내 덕… 내 혈통 덕이겠지."

하이랜드는 고귀한 혈통이면서도 드물게 잘난 척하는 면이 없는데, 그렇다고 자학적인 성격인 것도 아니다.

무슨 일이 있었나 하여 당혹스러워하고 있자 이런 소리를 했다.

"그대의 활약을 듣고, 그럼 나도 분발해야지 했는데, 이곳에선 전혀 성과를 내지 못했거든. 내 이름 따윈 기껏해야 구경꾼이나 흩뜨리는 정도지."

"아가씨!"

질타의 음성이 날아들었다.

"아랫사람 앞에서 그 무슨 말씀을. 가문의 이름에 흠이 갑니다!"

하이랜드는 다소 지친 듯한, 그러면서도 경애가 느껴지는 눈빛으로 한스를 보았다.

"영감. 그 아가씨 소리 좀 그만해."

"하지만!"

"아아, 맞다. 시내에서 재판권을 행사하게 된 경위를 시정 참사회에 가서 설명해 주고 오지 않겠어? 지금쯤 보고를 받고 인상을 구기고 있을 테니. 그들의 체면도 세워 줘야지. 조속히 처리해 줘."

"…알겠습니다."

한스는 들으란 듯이 한숨을 푹 쉬더니 인사를 하고 방에서 나갔다.

문이 닫히는 것과 동시에 하이랜드가 힘없이 웃는다.

"우리 집안의 품위를 지켜 주는 든든한 인물이긴 한데, 세월이 아무리 흘러도 저 사람 머릿속에서 나는 어린 여자아이인 거지. 난감하다니까."

"그 기분, 알아."

뮤리가 힘차게 동의하더니 내 쪽으로 책망하는 눈길을 준다.

하이랜드가 즐겁게 웃고는 뮤리를 향해 잔을 쳐들었다.

"어쨌든, 용감하게 이곳으로 들어왔건만 아무것도 할 수가 없어 무력감에 빠져 있던 참이다. 특히 최근 일주일간은 사태가 급박하게 전개돼서, 그대가 오기를 이제나저제나 기다리고 있었지."

"그러셨습니까⋯. 하지만 저도 당황스러웠습니다. 항구의 그 소란은 대체."

나도 이곳저곳 떠돌았던 몸이라 어느 도시에 가더라도 반드시 있는 다툼이 뭔지는 안다.

빵가게와 푸줏간 조합의 반목은 특히 유명해서, 시인들의 단골 주제가 된다. 그 밖에도 선술집 조합과 숙박업 조합은 영업장소가 겹치기 때문에 사이가 좋지 않고, 도검 대장간 조합과 나이프 직인조합의 구역다툼도 영원히 결론이 나지 않을 것이다.

그런 의미에서 징세인과 상인들의 다툼도 드문 일은 아니었다.

하지만 쌍방 모두 무기를 들고 항구에서 대치하는 것은 심상치 않은 상황이다.

게다가 한쪽은 왕국 권력자의 비호 아래 세금을 걷으러 다니는 자들. 그런 이들에게 공공연히 무기를 들고 싸움을 걸다니, 이유야 어찌 됐건 그것은 곧 왕권에 대한 도전으로 봐도 무방하다.

뒷배가 있지 않고는 할 수 없는 짓이다.

"그 용병들은 무역상인 조합에 고용되어 있고, 무역상인 조합은 교회 측이라 들었습니다. 그뿐 아니라 징세인 조합은 처음부터 저를 노리고 있던 듯한데…."

"그래. 내가 골머리를 앓고 있는 것도 바로 그 문제지. 무역상인 조합은 공식적으로 교회의 편을 들면서 징세인들과 대립하고 있거든. 그러니 징세인들이 그대를 노린 건 성직자로 보여서였을 거야. 이곳 대성당을 지원하러 왔거나, 사절로 온 게 아닌가 싶어서."

남쪽으로 내려가면 갈수록 교회의 힘이 강력해진다고 일레니아도 말했다.

고립무원의 느낌이었던 데자레프 대성당과는 다른 모양이다.

"그래서 양 진영이 다투는 듯한 모습을 하게 된 건가요…. 하지만 마음에 걸리는 점이 있습니다. 상인이 장사를 하려면 해당 지역 권력자의 허가가 필요하지 않습니까? 교회의 편을 들면서 징세인들과 그렇게 노골적으로 대립해도 괜찮은가요?"

로렌스와 함께한 예전 행상 여행에서 지역 권력자의 기분 하나에 장사가 어떤 식으로 좌지우지되는지 목격했었다. 하이랜드가 골머리를 앓을 것도 없이 왕국의 권위를 내세우면 그만 아닌지. 장사를 못 하게 되면 상인들은 뭍에 던져진 물고기 꼴이 된다.

그렇게 생각했는데, 하이랜드가 지긋지긋한 듯이 얼굴을 찌푸렸다.

“그 말이 맞기는 하나, 이 도시의 무역상인 조합이라 해도 주체는 이곳 사람들이 아닌 게 문제지. 왕국 밖, 그것도 남방에 본거지를 둔 상회의 모임이거든. 남방은 교회의 세력권이니. 이 나라에서 장사를 하려면 물론 국왕 폐하의 기분을 맞춰야 하겠지만, 교회의 편도 들어야 본국에서 입장이 곤란해지지 않지. 게다가 교회는 최근 들어 강경한 반격에 나서려 하고 있거든. 저들이 강하게 나오는 것은 교회의 강한 뒷받침이 있어서야.”

“교회가요? 지금까지 교회는 크게 움직이는 것은 삼가고 있지 않았습니까. 그들이 강하게 나올 만한, 교회 측의 강력한 아군이 대륙에 나타난 겁니까?”

보수적인 권력자, 손에서 놓기에는 아까운 막대한 부를 쥔 수도원과 교회를 자신의 영지에 둔 귀족 등과 같은, 교회 개혁을 바라지 않는 자들도 있다. 그런 자들이 결탁해 교회의 편을 들며 윈필 왕국과 대적하는 동맹을 결성했다 해도 놀랍지 않다.

얼마든지 가능한 불길한 예감에 마음을 다잡고 있자, 하이랜드가 난감한 웃음을 짓는다.

“이유를 말해도 되겠나? 그보다, 그대는 정말 알아채지 못했나?”

영문을 몰라 하고 있자, 하이랜드는 포도주를 마신 뒤 미안한 표정을 지었다.

“그대가 원인이다.”

“예?”

“여명의, 추기경.”

하이랜드는 그 별명을 중얼거리고 큰 한숨을 지었다.

“나는, 그대라는 인재를 발견한 내 눈이 옳았다는 것을 자랑스러워해야 하겠으나, 예상했던 것 이상의 상황에 다소 두려움을 느끼고 있지. 내 맞은편에 앉아 있는 그대는 서자인 왕족은 가질 수 없는 영향력을 갖고 있거든.”

농담을 하는 것 같진 않았다.

“자세히… 여쭤도, 될지요?”

하이랜드의 모호한 웃음은 큰일에 휘말리게 해서 미안하다고 사과하는 것처럼 보였다.

그렇기에 가슴이 수런거린다.

대체 나는 세상에 어떻게 비치고 있고, 어떤 식으로 이야기가 퍼지고 있기에.

“시작은 아티프에서였다. 그대와 신께서 보내신 늑대 덕에 나는 개혁의 봉화를 올릴 수 있었지. 그리고 수많은 교회 관계자가 민중의 분노가 깊은 것을 알고 당황해 부산을 떨었다.”

‘신께서 보내신 늑대’라는 부분에서 하이랜드는 미소 지었다. 뮤리는 물론 시치미를 뚝 떼고 있고, 하이랜드도 뮤리의 정체를 어디까지 확신하는지는 모르겠으나, 지금의 관계를 무너뜨릴 생각은 없는 듯했다.

하이랜드는 포도주를 마신 뒤 말을 이었다.

"그 후로 그대들은 케손을 중심으로 한 북방 도서지역을 완전히 왕국 측 세력으로 끌어들여 주었지. 청어와 대구를 잡는 큰 어장을 가진 그들이 아군이 되자 이 나라의 지위는 더욱 강해졌다. 윈필 왕국과 대립하면 자동적으로 케손의 해적과 대립하는 꼴이 되니까. 그런 도시는 시장에서 생선이 사라지게 되는데, 그런 싼 생선은 서민용이거든. 생선을 살 수 없게 된 민중은 분노의 화살을 교회와 지역 권력자에게 돌릴 테지. 너희의 사치스러운 생활을 유지하려고 우리가 먹고사는 걸 위협하느냐며."

남쪽 바다에서도 생선은 잡히지만, 북쪽 바다에서 잡히는 청어와 대구는 어획량 면에서 현격히 다르다. 영향력이 막강하리라.

"그리고 데자레프."

하이랜드는 그러면서 한숨을 지었다. 무언가에 항복하는 듯한 찬탄의 한숨이었다.

"그대는 몇 년간이나 교착 상태에 있던 왕국과 교회의 대립에 크나큰 쐐기를 박았지. 지금까지 미묘하게 균형을 유지해왔던 천칭의 한쪽에 털썩 내려앉은 것이나 다름없었다. 굳게 문을 닫았던 데자레프 대성당이 돌연, 한 인물의 활약으로 왕국 도시와 화해하고 문호를 개방했다는 보고가 날아든 순간,

얼마나 큰 충격의 여파가 퍼졌을지 상상이 가나?"

그 설명에 어이가 없을 뿐이었다.

나는 사태 안에 그저 속해 있었을 뿐이니까. 사안은 훨씬 복잡하고 혼란스러우며, 대성당과 교회의 화해도 그럴 만한 까닭과 필연성이 있어서이지, 나 한 사람이 뭘 어쨌다고 그렇게 된 것은 절대 아니라고만 생각했었다.

하지만 그렇지 않다는 걸 깨닫는다.

서신에 담을 수 있는 말은 한정돼 있으니 사람들은 폭풍의 양상을 대충, 그리고 알기 쉽게 기술하는 수밖에 없다.

한정된 글자 수 내에서 복잡한 사태를 뭔가 상징적인 것으로 표현해 설명하게 된다.

내가 여명의 추기경이라 불리게 된 것은 그래서다.

그리고 세상은 그런 빤한 표식을 중심으로 큰 흐름이 생겨난다.

둔하기 짝이 없는 나도 비로소 사태가 파악되었다.

"세 가지 사건이 연이어 일어나니, 사람들은 대부분 단순하게 상상했겠군요?"

그 물음에 하이랜드는 고개를 끄덕였다.

"그런 거지. 여명의 추기경이라는 자가 세상에 나타났으니 머잖아 네 번째 개혁이 일어날 테고, 뒤이어 다섯 번째가 일어난다. 그러면 눈사태를 일으켜 형세가 완전히 결판이 날 것이다…

라며 떠들고 있지. 그래서 교회 측도 결심한 걸 거야. 성무를 정지해 왕국에서 결혼식, 세례식, 장례식을 하지 않으면 왕국 백성들이 어려움에 시달린 끝에 소리를 낼 거라는… 그런 기대하에 사태가 자기네 쪽에 유리하게 돌아가기를 그저 기다리고만 있었던 게 잘못된 방책이었다는 것을 이제야 깨달은 거지."

개미가 낸 하나의 구멍, 이라는 말이 있다. 커다란 둑이 무너지는 사태가 개미가 낸 작은 구멍에서 비롯한다는 의미로 쓰이고, 성전에도 비슷한 표현이 있다.

나의 힘은 미력할지 모른다.

그러나 미력하기에 맨 처음의 작은 구멍을 뚫을 수 있었다.

미처 깨닫지 못하는 사이에 큰일을 **저지른** 것이다.

"그런 까닭에 교회는 공세를 전환해 남쪽 상인들에게 접근한 거지."

생각에 잠겨 있다가 하이랜드의 말에 정신이 들었다.

"지금 왕국 내에선 교회에 대한 과세권이 나날이 늘어나 징세인들의 세력 또한 커지고 있지. 원거리 무역상인들에게 징세리나 징세인은 불구대천의 원수. 이대로 좌시한다면 결국은 자신들에게도 해가 미친다는… 그런 초조함이 있다. 교회는 오랜 고객으로 큰 존재감이 있고, 이야기가 통했다면 편을 들 나름의 이유는 있지."

맑아지기 시작한 머릿속으로 이야기를 정리하고 조금 전 항구의 상황을 돌이켜 본다.

그래도 한 가지 의문이 남아 신경이 쓰였다.

"이야기의 흐름은 알아들었습니다. 그 계기가 저… 아니."

하며 곁에 앉은 뮤리를 본 뒤 말을 정정했다.

"우리의 여행이 계기가 된 듯하다는 점도 이해했습니다."

뮤리가 눈이 동그래져서는 기쁜 듯이 어깨에 얼굴을 문지르려는 것을 슬쩍 피하며 말을 이었다.

"그래도 여전히 무역상인 조합이 무기를 들면서까지 왕권에 반하는 행동을 하는 까닭은 이해가 되지 않습니다. 그런 짓을 했다가는 앞으로도 이 나라에서 장사를 할 수 있을 것 같지 않은데요."

마차 앞에서는 동전을 줍지 말라고 했다.

몇 푼 안 되는 동전을 주우려다가 마차에 깔리면 그보다 더 큰 손해가 어디 있느냐는 건데, 지금 상인들이 하려는 것이 바로 그런 짓이 아닌지.

왕권을 거역하면 상인들은 이 나라 안에서 장사를 하지 못하게 될 게 뻔하다.

세금을 내기 싫어 징세인을 내쫓으려고 교회에 협력한 결과, 장사 전체를 잃는다면 본전도 못 찾는다.

하지만 하이랜드의 표정은 무력감으로 가득했다.

"상인들의 교활함, 그리고 후안무치함을 얕잡아 봤다고 해도 좋아.”

하이랜드의 커다란 탄식이 방 안에 울렸다.

“이 땅에서 장사를 못 하게 할 거라고 위협하자 그들은 태도가 돌변해 이러고 나왔다. 우리 선박들이 이 나라에서 모조리 철수하면 당신들은 한 번의 겨울이라도 날 수 있을 줄 아느냐고.”

헉, 숨을 삼켰다. 용병의 위협을 받자 샤론이 아무 대꾸도 하지 못한 이유가 바로 저것이다.

“이 왕국은 섬나라이고, 한 나라가 제 땅만 경작해서 살아가는 시대는 아득한 옛날에 끝났지. 외국 상인들의 배가 들어오지 않으면 우리 식탁에는 빵도 오르지 못해. 무역이 정체되면 즉시 모든 것이 막힌다. 그런 고통을 이 나라는 이미 십 년도 전에 겪어 봤지.”

그 이야기는 나도 안다. 어릴 때 로렌스와 행상을 하며 이 나라에 온 적이 있는데, 그때 이 나라는 왕의 실정으로 양모 거래가 정지되어 엄청난 불황에 빠져 있던 것을 목격한 바 있다.

그때는 경제활동이 위축된 나머지 왕국 내에서 절대 권력을 쥐고 있던 수도원마저 곤경에 처했었다.

양모 거래가 정지되는 것만으로도 그러할진대, 생필품의 수입까지 막힌다면 어떻게 되겠는가.

상상도 못 할 정도의 대혼란이 일어날 것이 뻔하다.

“물론 그들이 그런 식으로 협박을 하고 나올 줄은 예상했었다. 바로 그런 단결된 교섭력을 확보하기 위해, 그들에게는 남의 나라의 땅인 이곳에서 조합을 결성한 것이니."

의지할 데 없는 머나먼 땅에서는 이해를 함께하는 이들이 서로 모이는 게 철칙이다.

"설명은 이해했습니다만… 그렇다면 하이랜드 님의 말씀으로 볼 때, 그들이 그런 식으로 위협하고 나올 것을 예측하셨다면 대항할 수단도 사전에 생각하셨겠지요?"

"그랬지. 그들의 장사를 방해할 협박 수단은 많이 있다. 그러나, 그 효과가 발휘되지 않는 상황이 딱 하나 있다. 그게, 지금의 이 완벽한 단결인 거지."

하이랜드는 거기까지 말하고는 일단 숨을 멈추더니 방 안을 한 바퀴 둘러보았다.

한스가 아직 돌아오지 않은 것을 확인하는 몸짓이었다는 것은, 마치 뮤리처럼 식탁 위로 몸을 쑥 내미는 것을 보고야 알았다.

"나는 도무지 납득이 안 돼. 어떻게? 욕심 많은 상인들이 어떻게 그토록 단단히 결탁할 수가 있지?"

하이랜드의 고뇌에 찬 표정은 그만큼 고심을 한 끝이기 때문이리라.

"결탁, 이요?"

"그래. 권력을 이용해 상인들의 장사를 방해하는 건 일도 아냐. 하지만, 상인들이 전부 장사를 그만둬 버리면 그건 그것대로 이 나라에게도 몹시 곤란한 일이거든. 그러니 그들이 강하게 결탁하면 우리는 바로 열세에 몰리지."

제각각인 상태에서는 위상이 약한 이들도 모이면 강해진다. 그야말로 조합의 진가가 발휘되는 것이고, 공리주의적인 상인들이라면 이익을 위해 즉시 연대하게 되어 있다.

그렇다면, 권력을 휘두르면 즉시 공손해질 것으로 생각한 하이랜드 측의 심산이야말로 사태를 너무 쉽게 봤다고 해야 할 것이 아닌지.

그런 생각을 하면서 이 이야기를 해야 하나 말아야 하나 주저하는데, 하이랜드가 이런 말을 꺼냈다.

"나는 지금 이 순간에도 믿기지가 않아. 어째서 저 상인들이 사이가 틀어지질 않는지. 그토록 이기적이고, 이익을 극대화하기 위해서라면 무슨 짓이든 다 하는 자들 아니었나?"

그 말에 내 머릿속이 헛돈다. 이익의 극대화? 장사를 방해하려고 하는 권력자를 상대로 이번처럼 단결해서 저항하는 게 바로 그것 아닌가?

그런 당혹감이 얼굴에 드러났던 모양이다.

하이랜드는 나를 보더니 고개를 젓고는 넌더리를 내며 눈살을 찌푸렸다.

"그들은 남쪽 출신 상인들로서 결속하고 있기는 하지만 사이가 좋은 것은 아니야. 상대를 추월할 기회를 호시탐탐 노리고 있지. 그러니 사태가 험악해질수록 그들은 배신의 유혹을 받을 테고, 우리는 애당초 단결 따윈 불가능하리라고 봤었다."

배신? 하며 고개를 외로 꼬고 있자 별안간 엉뚱하게 밝은 음성이 끼어들었다. 곁에 있는 뮤리가 아하, 하며 조그맣게 웃은 것이었다.

"전쟁놀이를 할 때도 그게 늘 문제지. 먼저 튀어나가야 제일 얻는 게 많거든."

포도 과즙도, 설탕과자도 거들떠보지 않고 뮤리가 눈을 빛내며 말했다.

하이랜드는 뮤리의 무례를 나무라기는커녕 말 한번 잘 했다며 손이라도 잡을 기세였다.

"바로 그거지! 제일 먼저 튀어나간 자가 가장 큰 이득을 얻으니."

무슨 소리인가 하고 있자 뮤리가 짓궂게 웃는다.

"오라버니는 사람의 좋은 면만 보니까 모를 수도 있어."

윽. 맞받아치고 싶지만, 상상이 가지 않는 게 맞긴 했다.

"콜. 그대도 생각해 봐. 지금까지 서로 다투며 시장의 판도를 놓고 다투던 적들이 왕국의 시장에서 퇴각하겠노라 스스로 천명하고 나선 상황이란 말이다. 거기서 혼자만 슬쩍 빠져나가면 어떻게 될 것 같나? 남몰래 왕국에 협력하겠다고 했을 때 얻을 이익을 생각 안 할 리가 없잖나!"

그렇다. 그럴 수도 있다.

상인들이 정말로 공리적이고 최대 이윤을 추구한다면 그런 방도도 있다.

"그리고 상인들은 죄다 어처구니가 없을 만큼 머리가 잘 도는 별종들이잖나. 전원이 대번에 같은 생각을 하지. 그럼 통솔이 될 리 없잖아? 단박에 배신의 각축장이 되어 결속은 무너지고 말지. 그렇게 되지 않을 리가 없는데."

"하지만 그렇게 안 됐다는 거지?"

뮤리의 물음에 하이랜드는 고개를 끄덕이고는 심각한 표정을 지었다.

"그건 교회 측이 이탈을 막을 만큼 막대한 보상을 하고 있다는 겁니까?"

특히나 상인들은 신앙이니 충의니 하는 것과는 거리가 멀다.

"또는, 본국에서 뭔가 징벌적인 말을 들었을 수도 있는데…. 전원이 입을 맞출 정도의 징벌이란 게 과연 있기나 한가? 그렇다고 이익을 제안했다고 보는 것도 역시 이해가 되지 않아. 그럼 얼마만큼 막대한 금액을 보장했다는 건지?"

교회는 하늘에 닿을 듯 막대한 부와 권력을 축적했고, 그래서 민중의 원망을 사고 있다.

말이 그렇지, 거기에도 한도는 있을 것이다.

그런데 교회가 외국 상인 전원이 이 나라에서의 장사판을 잃어도 상관없다고 할 수 있을 만큼의 돈벌이를 약속했거나, 또는 처벌을 갖췄다면, 그것은 바꿔 말하면 요제프의 배 위에서 본 무수한 수의 상선과 그 거래를 모조리 교회가 지배할 수 있다는 뜻이다.

그런 일은, 그야말로 신이라도 불가능할 것 같은데.

"그런 한편, 외국 상인들이 정말로 이 나라에서 떠나면 그것도 큰일이다. 즉시 시장에서는 곡물과 육류의 매점이 일어나고, 온갖 상품 가격이 폭등하고, 약탈이 발생한다. 이 나라는 대혼란에 빠지게 돼. 그렇게 되면 교회는 망설임 없이 전쟁을 일으킬 거야."

설마, 하는 말은 목구멍에서 돌처럼 응어리졌다.

하이랜드는 바로 그런 교회와의 전쟁을 고려해 우리를 북방도서지역으로 보냈었다. 그곳은 이 근방의 식량창고일 뿐 아니라, 해협을 끼고 전쟁이 벌어지면 어부이자 해적인 그들의 협력이 중요하기 때문이다. 그러나 물고기는 물고기이지 곡물이나 기름, 기타 생활필수품을 대체하지는 못한다.

모든 상인이 떠나 버리면 왕국은 식량 보급로를 차단당하는 것이나 다름없다.

교회가 반격을 획책하기엔 절호의 기회라 할 것이다.

"게다가 이 이야기는 여기에서 끝이 아니다."

하이랜드는 두통을 참는 것처럼 머리에 손을 얹고는 말했다.

"물가가 치솟고 약탈이 일어나 그 틈을 타고 교회가 전쟁을 일으켜 세상이 대혼란에 빠지게 되면, 그 혼란을 빌미로 클리벤드 왕자가 왕위계승권을 놓고 내란을 일으킬 가능성도 있거든. 우리가 우려하는 것은 실은 그쪽이다. 교회와의 전쟁엔 조정이라는 선택지도 있으나, 내란은 어느 한쪽을 교수형에 처해야 수습되니까."

언제든 혼란은 하위의 존재가 기어오르기 위한 절호의 기회가 된다.

하이랜드 측은 외부에 있는 교회 이상으로 집안에서의 봉기도 경계해야만 한다.

그야말로 내우외환의 상황이다.

"그러니 나는 징세인들의 교회에 대한 공격적인 태도 또한 클리벤드 왕자의 지시가 아닐까 의심하고 있다. 일부러 교회와 분쟁을 일으켜 전쟁의 계기를 만들려는 게 아닌가 하는."

대화는 시간낭비라고 생각하는 호전적인 영주의 사례는 셀 수 없이 많고, 전쟁터에서의 무용담이야말로 귀족의 명예라 여기는 이들도 무수하다.

"지나친 의심인지도 모르겠지만… 이 도시의 징세인들은 참 이상하거든. 떠돌이였을 그들이 결속해서는 하나의 깃발 아래 충성을 맹세한 용병들처럼 행동한단 말이지. 그대도 보았지?"

항구의 상황을 돌이켜 본다. 확실히 그들의 일사불란함에는 항구에서의 징세 상황에 익숙할 요제프도 놀랐었다.

"하지만 생각하면 생각할수록 클리벤드 왕자에게는 돌 하나 던져 여러 마리의 새를 잡을 방법이거든. 과세권을 휘둘러 내란을 일으키기 위한 자금을 벌어들이고, 교회를 궁지에 내몬 끝에 전쟁이 일어나더라도 왕국 내에 혼란이 일어나면 내란의 여건이 조성될 테니까. 물론, 교회가 그대로 꼬리를 말고 왕국에서 도망치면 왕국과 교회 간의 전쟁에 주역이었다 주장할 수 있으니 나쁠 게 하나도 없지. 곁에 대단한 책사가 있는 게 분명해."

호시탐탐 왕위를 노리는 그들은 절묘하게 돌을 던지고 있다.

"물론, 폐하도 나도 교회에 굴할 생각은 없다. 그러나 왕국의 안녕 또한 염두에 두어야 하지."

이대로 가다간 외국 상인들은 왕국에서 철수하고 심각한 물자 부족으로 정세가 불안해진다. 그렇게 흔들릴 왕국을 노리는 이는, 대립 중인 교회만이 아니다.

왕위계승 다툼으로 황폐해진 왕국의 이야기는 일일이 셀 수 없을 만큼 많다.

하이랜드가 좋은 영주일수록 나라가 황폐해지는 것은 견딜 수가 없으리라.

그리고 나 역시 사람들의 불행을 두고만 볼 수는 없다.

그럴 순 없으나, 눈앞의 상황은 너무도 복잡하고 혼란했다.

"물론 이것은 전부 추측에 지나지 않는다고 할 수도 있다. 그러나… 무역상인들의 태도, 징세인들의 기세에 좋지 않은 쪽으로만 상상이 되니…."

하며 하이랜드는 지친 듯이 의자에 푹 내려앉았다.

왕족의 일원인 하이랜드는 왕국 내 사람들의 운명에 대한 책임이 있다.

마음이 다정한 사람일수록 그 중책이 무겁게 느껴질 테지.

"어쩌면 사람들의 그런 예상에 도박을 거는 담력시험일지도 몰라."

뮤리가 구리 접시에서 과일 설탕절임을 집어 들며 그런 소리를 한다.

"충분히 가능한 이야기인데, 나는 도박엔 서툴러서."

뇨히라에서 수많은 귀족을 보아 왔으나 하이랜드만큼 성실한 인물은 보지 못했다.

게다가 진상이 어찌 됐든 교회는 어떤 책략을 꾸며 상인들을 제 편으로 끌어들였고, 그 결과 상인들이 결속해 왕국에 대항하고 있는 것은 사실이다.

어떻게 그러는 것인지는 몰라도, 한 가지는 안다.

"하나씩 생각해 보면, 저 같은 사람은 도저히 어찌할 수 없는 거대한 이야기로만 보입니다… 그러나."

하이랜드와 뮤리가 주목한다.

"그러나, 저는 전쟁만큼은 피해야 한다고 생각합니다."

하이랜드는 진중히 고개를 끄덕였다.

"게다가, 여기에서 개혁의 기운이 꺾이게 할 수도 없습니다. 우리는 여기까지 왔습니다. 만일 여기에서 꺾이면 교회의 악폐를 바로잡을 기회가 몇 십 년은 멀어지고 말 겁니다."

눈앞의 역경에 굴해 무릎을 꿇고 내뺄 기회는 얼마든지 있었다.

그래도 이게 바른길이라고 믿고 여기까지 걸어왔다.

"그대의 말에 전적으로 찬성하지만, 무슨 뾰족한 수가 있겠나? 물론 여명의 추기경이라는 이름을 효과적으로 활용하면 아티프 때처럼 사람들의 마음을 모아 대항할 수도 있을지 모르겠으나…."

하이랜드가 말끝을 흐리는 것은, 이번에는 아티프와는 전혀 다른 상황이기 때문이다.

이번에는 단순히 적을 물리치기만 하면 되는 게 아니다. 교회의 편을 드는 상인을 궁지에 몰면 이 도시에서 도망칠 테고, 그것은 왕국으로서는 매우 곤란한 상황이다. 그러니 상인들은 도시에 남아야 하고, 그렇다고 그 압력에 굴해 교회에 양보하면 개혁은 멀어지고 만다.

더욱 골치 아픈 것은, 아군이어야 할 징세인들의 동향까지 신경 써야 한다는 점이다. 왜냐하면 그들은 클리벤드 왕자의 책략으로 교회를 궁지에 몰아 일부러 전쟁을 일으키려 들지도 모르니.

신학 문답이 따로 없다.

세 마리 소가 뿔을 맞댄 채 힘을 겨룬다. 어느 한 마리를 치워도 남은 두 마리가 힘에 쏠려 나를 덮칠 것이다.

세 마리를 동시에 쓰러뜨리지 않으면서도 어떻게든 두 마리를 다스려야 한다.

"제일 먼저 떠오르는 것은 교회와 무역상인 조합을 떼어 놓는 것이네요."

"그렇지. 그들의 이해관계를 파악하면 거기에 쐐기를 박을 수 있겠으나…."

거기에서 대화가 끊기는 것은, 이 자리에 있는 게 왕족과 성직자 견습생이기 때문이리라. 상인들의 생각 따위 알 길이 없다.

"데바우 상회 측에는 의논해 보셨습니까?"

북방 일대를 지배하는 상회는 하이랜드 측의 아군이다.

"해 봤는데, 그들은 이만큼까지 남쪽으로 내려오면 제삼자에 가깝지. 무역상인 조합의 일원도 아니고, 애당초 남방의 대상회와는 이해가 대립하게 마련이니까. 내부 일은 전혀 아는 게 없었다."

"그렇군요…."

그러면 내가 할 수 있는 건 한정되어 있다.
출중한 전직 상인인 로렌스에게 서신을 보내야 할지도 모르겠다.
그렇게 생각하자마자.
"일단 해 봐야 할 일은 있잖아."
"뭐?"
나와 하이랜드의 음성이 겹쳤다.
두 사람의 시선을 모은 뮤리는 어깨를 으쓱여 보였다.
"우선은 적의 정세를 살펴야지. 오라버니, 도시의 상황을 돌아보고 다니면 묘안도 떠오르지 않을까?"
그렇게 단순한 이야기가 아니…라고 생각하다 이내 깨닫는다.
"뮤리가 그저 돌아다니며 놀고 싶어서 그러는 거 아니고요?"
"그게 뭔 소리야!"
뺨을 부풀리는 뮤리의 모습에 하이랜드의 맥 빠진 웃음소리가 더해졌다.
"하하하. 하지만 나쁜 선택도 아닌 듯하네."
"하이랜드 님, 너무 받아 주시면…."
"아니, 아니. 사람들의 심정을 간파하지 못한 탓에 아티프에서는 교회 측이 허를 찔린 꼴이 됐지. 영지의 일을 잘 파악하지 못한 영주 또한 태도를 바꾸어야 하지 않겠어?"
맞는 말이기는 하나, 해냈다는 표정의 뮤리를 보자 영 납득이 가지 않는다. 단순히 이런 이야기에 질려서 바깥으로 나가고 싶어 하는 것처럼만 보였다.

"게다가, 그대가 중요인물인 것은 이미 움직일 수 없는 사실이다. 그대의 얼굴과 이름이 알려지면 그대는 행동의 자유를 잃을 테고, 사람들은 사실을 곧이곧대로 말하지 않게 될 거야."

하이랜드의 얼굴에는 다소 씁쓸한 웃음이 있다. 권위 있는 왕족의 혈통인 게 좋은 것만은 아니리라.

그리고 여명의 추기경인지 뭔지 하는 이름은 하이랜드 이상의 권위를 지녀 가고 있는 듯하다.

"더욱이, 그대라면 이 저택 안에서 나와 함께 그늘진 얼굴을 하고 우울하게 왕국을 둘러싼 암운을 의논하는 데 몰두하며 지내는 게 괴롭진 않을지 몰라도."

"나는, 절대로, 싫어."

뮤리의 말에 하이랜드는 장난스럽게 어깨를 으쓱였다.

"나는 그대들과 좋은 관계를 맺고 싶거든."

하이랜드는 뮤리의 어디가 그토록 마음에 들었는지 모르겠으나, 확실히 뮤리가 진저리를 내며 못마땅해하는 모습은 쉽게 상상이 간다.

그리고 생각만 해 본다고 해결될 문제가 아닌 것도 사실이니, 일단은 누가 무엇을 꾀하고 있는지 찬찬히 조사해 보는 것밖에는 방도가 없을 듯하다.

그렇게 생각하니, 본의는 아니나 뮤리의 말이 옳은 것처럼 느껴진다.

“그러네요. 그럼, 내일이라도….”

“아직 대낮이거든?!”

뮤리의 험악한 기세에 놀라 몸을 뒤로 젖히자 하이랜드가 어깨를 들썩이며 웃었다.

“후후후. 맞는 말이다. 게다가 여차하면 내일부터는 그대에게 진정서를 든 사자가 밀려들지도 몰라.”

거봐라, 하며 뮤리가 노려보기도 하니 어쩔 수 없이 내가 물러섰다.

“이 나라 왕족의 말단인 자로서도 왕국 제2의 도시를 그대에게 보여 주고 싶어. 이곳에 오면 꼭 들러 봐야 할 가게도 있고.”

“가게? 어떤 가게?”

천진난만한 뮤리의 물음에 하이랜드는 비밀 암호라도 가르쳐 주는 듯한 투로 말했다.

“양고기 전문점인데, 그 이름 또한 ‘황금 양치(羊齒)’이지.”

뮤리가 당장에 눈을 빛낸다.

“오라버니!”

어깨를 붙잡혀 이리 뒤흔들리는데, 이런 내가 여명의 추기경이라는 걸 어찌 믿을 수 있겠는가.

“예, 알았어요. 알겠다니까요.”

"아, 하지만."

하며 뮤리가 별안간 동작을 멈췄다.

왜 그러나 했더니, 은빛 늑대 소녀가 하이랜드에게 이렇게 묻는다.

"저기, 혹시 옷 좀 없을까?"

"옷?"

"응. 오라버니는 성직자라는 걸 동경하는 사내애라서, 그 흉내를 낸 옷밖엔 안 갖고 있단 말야."

하이랜드는 웃음을 뿜으려다 간신히 참았다.

사람을 마치 병사를 동경해 나무막대나 휘두르는 어린애처럼 말하기에 노려봤으나, 뮤리는 기죽지 않고 웃음으로 받아쳤다.

"아니, 실제로 그렇다. 성직자 분위기의 차림을 하고 거리를 돌아다녀서 좋을 일은 없겠지."

하이랜드는 그렇게 말한 뒤 의자에서 일어섰다.

"마련해 올 테니 기다려 줘."

"하이랜드 님, 하지만…."

"멋진 것으로!"

하이랜드가 시선을 돌려 대답한 쪽은 뮤리였다.

"맡겨 봐."

묘하게 뜻이 맞는 두 사람을 앞에 두고, 나오느니 땅이 꺼질 듯한 한숨뿐이었다.

하이랜드가 가져다준 것은 나름 멋지다 할 옷이었다.

"오라버니, 그런 건 잘 어울리네."

놀리는 말투였으나 뮤리가 눈을 빛내는 걸 보니 정말 어울리는 모양이다. 기쁜 것 같기도 하고, 나쁜 짓을 하는 것 같기도 한 복잡한 기분인데, 일단은 솔직히 칭찬을 받아들여 둔다.

"옷 색깔인 진홍빛이 진하지도 옅지도 않은 게 참 절묘해. 금색 테두리가 들어간 이쪽의 이 케이프도 먹색에 가까운 진한 갈색이라 아주 좋아. 근데, 이 털가죽은 뭐야? 토끼는 아니지?"

"그건 바다짐승의 털가죽이다. 물도 튕겨 내고, 얇아도 놀랍도록 따뜻하지. 이런 털가죽 감촉은 뭍짐승에겐 거의 없어."

"응. 굉장히 보들보들한데… 기름을 뿌린 것처럼 매끈매끈한 게 재밌어! 허리띠도 자수가 들어가서 좋네. 바지는 설산의 사냥꾼들처럼 허리싸개와 같이 입는 거구나. 신발도 무릎까지 오고."

"신발은 원래 전쟁터에 나가는 이들이 신던 거라 이런데, 용맹해 보이지?"

"응. 하지만 완력을 으스대는 게 아니라 지적인 분위기인 점이 좋네."

"오오, 아주 잘 이해했네. 뇨히라에는 귀족 손님들도 많아서 그런지 역시나 보는 눈이 있어.”

아까부터 옷을 차려입은 나를 안주 삼아 뮤리와 하이랜드는 옷 품평에 열심이다.

“이 모자가 특히 대단해!”

“그렇지?! 이 모자가 드높은 교양을 은근히 드러내 위엄을 보이는 거지.”

납작하면서도 둥그스름한, 테 없는 털가죽 모자로 케이프와 같은 재질이다. 놋쇠 장식과 금실 테두리가 고상하게 배합된 일품이었다.

“뇨히라에서는 본 적이 없는데, 세상엔 이런 옷을 입는 일을 하는 사람도 있구나.”

“그렇지. 뇨히라는 다양한 나라에서 모여드는 중립지대라 할 수 있으니, 과장된 예식 같은 건 못 하지. 그러니 의장병은 볼 기회가 없었을 거야.”

즉, 나는 현재 왕후 귀족이 예식 때 거느리는 종복과 같은 차림을 하고 있다.

그에 비해 뮤리는 눈이 번쩍 뜨일 만큼 새하얀 후드 달린 외투를 입고, 그 위에 투박한 검은 가죽 띠를 둘렀다. 잠그는 부분이 금으로 되어 있어, 단순한 제복인데도 확실하게 높은 신분으로 보인다.

그러니 둘이 나란히 서면 어느 영지에서 여행 온, 어느 귀족

가의 딸과 호위기사 격이다.

"분할 만큼 잘 어울린다."

하이랜드의 말에 뮤리는 간지러운 듯이 웃었다.

"그쪽도 아주 높은 사람으로 보여."

"뮤리!"

어느 안전인지도 잊고 주의를 주고 말았는데, 정작 하이랜드는 즐겁기만 한가 보다.

"하하하. 어쨌든 이곳에는 귀족들과 귀족 흉내를 내는 부자들이 많아서 그리 눈에 띌 염려도 없어."

"죄송합니다. 이런 옷까지 빌리고…."

송구스러워하자 하이랜드는 슬쩍 어깨를 으쓱였다.

"무슨. 이 정도 협력은 아끼지 않을 거야. 그대는 내가 내리는 포상은 일절 받으려 하지 않으니 말이지."

약간 책망하는 말투인 것은 나름대로 진심이 담겨 있기 때문이리라. 왕족 된 자, 사명을 다한 종복에게는 그에 상응하는 보수를 내려야 한다며 지금까지의 활약에 포상을 내리겠다고 했었다.

자세한 내용을 듣지는 않았으나, 하이랜드는 귀족 중에서도 귀족인 왕족이기에 엄청난 금액을 내릴 것 같아 내내 고사해 왔다.

"그래 뭐, 즐겨 주면 됐어."

하이랜드의 말에 공손히 머리를 숙였다.

그런 뒤 뮤리를 돌아보자, 거리 산책과 양고기의 예감에 잔뜩 들떠 있을 줄 알았는데 뜻밖에 고개를 숙인 채 표정이 굳어 있었다.

내가 하이랜드에게 고개를 숙인 게 또 마음에 들지 않았나 하여 어이없어하는데, 뮤리는 고개는 들지 않은 채, 그러나 윗눈질은 하며 하이랜드에게 이렇게 말했다.

"같이 갈래?"

하이랜드를 '금발'이라 부르며 매번 무례한 태도를 보이곤 했다. 때로는 이를 드러내며 맞서기까지 했던 뮤리의 말에 나는 물론이거니와 하이랜드가 제일 놀라워했다.

뮤리는 오라버니가 여성인 하이랜드를 모시는 걸 영 탐탁지 않아 했는데, 옷 취향이 일치하자 비로소 닫혔던 마음을 연 것인지.

하이랜드는 한순간 당장에라도 울음을 터뜨릴 것 같은 표정을 지었다. 귀족은 고독하다고 들은 적이 있다.

그러나 그와 동시에 진심을 감추는 데 능숙한 신분.

이내 웃음을 지으며 이렇게 말했다.

"참으로 기쁜 제안이나, 나와 식사를 함께하다가는 그대들이 눈에 띄고 말 거다. 그러다 혹시 여명의 추기경이 아니냐는 의심을 사게 되면 쓸데없는 탐색을 당할 수도 있겠지. 그러니 그대들 둘이 즐기고 와."

"…아티프에서는 보통 사람으로 변장했었잖아."

"거기는 나한테는 다른 나라니까. 하지만 여기는 곳곳에 아는 이들이 있거든. 게다가 '황금 양치'는 그런 이들도 많이 모이는 인기 음식점이니."

하녀 변장은 한스가 용납지 않을 테니. 뮤리가 아쉬운 얼굴을 하자 하이랜드는 뮤리의 앞에 쓱 무릎을 꿇고는 손을 잡았다.

"나도 마음이 편치 않아. 숙녀께서 식사를 함께하자는데 거절하는 것은 본래 예의에 어긋나는 짓이니."

나는 한참 동안 하이랜드가 남자인 줄 알았다.

하이랜드의 저런 몸짓은 너무도 잘 어울린다.

"…이렇게 왕자님처럼 나오면 오라버니가 착각해서 질투할지도 몰라."

"그건 곤란하지."

뮤리와 하이랜드는 죽이 척척 맞는다.

나란히 키득키득 웃으니 나로서는 씁쓸한 얼굴로 눈길을 피하는 수밖에.

"우리 왕국을 마음껏 즐겨 줘."

"응. 그럼 가자, 오라버니."

"어, 엇."

하며 뮤리에게 손이 잡혀 끌려 나간다. 하이랜드는 뮤리를 어서 데리고 가라는 투로 손으로 미는 시늉까지 해 보였다.

이것저것 괜한 신경을 쓰는 내가 더 이상한 사람처럼 여겨진다. 방에서 나갈 때 뮤리가 하이랜드에게 손을 흔들자 하이랜드도 기쁜 듯이 마주 손을 흔들었다.

신분을 초월한 우정, 으로 여기는 수밖에 없을 것 같다.

"그럼 오라버니."

하며 저택을 나서자 뮤리가 말했다.

"어여쁜 아가씨의 호위, 잘 부탁해?"

자기 입으로 저런 말을 하는 뻔뻔함만 없었다면 확실히 귀족의 영애 저리 가라일 만큼 어여쁘다.

"예, 알겠습니다."

그렇게 대답한 뒤 뮤리의 손을 고쳐 잡고 돌바닥 길을 걸어 나갔다.

근사한 저택들이 늘어선 구역을 벗어나자 대번에 분위기가 시끄러워졌다.

하이랜드의 집을 나서기 전엔 이런 차림을 했다가는 너무 튀는 게 아닐까 은근히 걱정했는데 전혀 그렇지 않았다. 아니, 그보다는 사람은 많고 활기로 가득해 아무도 남에게 신경 쓸 틈이 없는 듯했다.

그리고 작은 아가씨 또한 거리 풍경에 압도된 얼굴이었다.

"오라버니. 뭐야, 여기… 가도 가도 도시가 자꾸 나와…!"

수수께끼 같은 말인데, 무슨 이야기를 하고 싶은 것인지는 안다. 이만큼 도시가 커지면 일반적인 도시와는 구조가 다르다.

라우즈번만큼 규모가 큰 대도시 안에는 흔히 있는 직인 거리며 상점가 대신 도시 안에 무수한 작은 도시가 있게 된다. 대개는 작은 교구로 나뉘어, 그 구역에 사는 이들만 모이는 교회, 예배당을 중심으로 구역 전용 빵가게, 푸줏간, 주점 같은 각종 상점과 직인 공방들이 늘어서 있다. 길을 사이에 두고 맞은편 구역도 같은 구조이니 다른 교구로 굳이 물건을 사러 갈 일이 없다.

그런 무수한 작은 교구는 대로로 연결되고, 거기에도 독자적인 세계가 만들어져 있다.

예를 들면, 외부에서 온 이들을 상대로 하는 노점상이며 직인 공방이 늘어서 있는데, 이런 곳에서 물건을 사는 지역 주민은 없다. 네거리에서 곡예사가 펼치는 재주도 이곳 주민들은 평소 생활로 바빠서인지, 아니면 너무 많이 봐서 물렸는지 그냥 지나간다. 그런가 하면 이 근방 아이들이 떼를 지어 우르르 달려가고, 방목해 키우는 닭이나 돼지가 노점에서 나온 쓰레기를 노리고 어슬렁댄다. 그리고 그런 혼잡한 와중을 말 네 필이 끄는 부잣집 마차가 으스대며 지나가려다가 소금에 절인 생선을 가득

실은 짐수레 인부들과 서로 길을 양보하라며 고함을 지르고 있다. 가만 보니 짐수레 뒤에는 떨어진 소금을 핥으려고 이 근방 떠돌이 개란 개는 다 모여 난리가 아니다.

혼돈 그 자체.

하도 혼잡해 뮤리가 혹시 눌려 찌부러지는 게 아닌지 불안해져서, 숨 쉬는 것도 잊고 거리 구경에 넋이 나간 뮤리의 손을 잡아끌어 길가로 피했다.

그곳이 우연히 작은 예배당 앞이었다.

"어? 오라버니, 여기는 교회야?"

거리 풍경에 흥분한 탓인지, 아니면 인파에 시달린 탓인지 머리도 옷도 다 흐트러지고 뺨이 발그레한 뮤리가 꿈에서 깨어난 듯이 물었다.

엉망이 된 옷을 바로잡을 생각도 하지 않기에 하는 수 없이 무릎을 꿇고 허리띠를 다시 매어 주었는데, 그러는 사이에도 가만있지를 못하고 낡은 예배당을 흥미진진하게 쳐다본다.

"맞아요. 이 구역의 예배당이겠죠. 아이참, 자세 똑바로 해요."

도무지 가만있지 않는 데다 뮤리의 허리가 가늘어 어디 걸릴 데가 없으니 딱딱한 허리띠를 잘 맬 수가 없다. 설상가상, 뮤리는 예배당 앞에도 떠돌이 개가 엎드려 있는 것을 보더니 바로 목을 크르르 울리며 위협했다.

귀가 긴 대형견인데, 늑대가 노려보자 몸을 움츠릴 수밖에 없는지 비굴하게 윗눈질을 하며 가늘고 불쌍한 소리를 냈다.

"뮤리, 그만해요. 불쌍하잖아요."

악전고투하며 가죽 허리띠를 고쳐 맨 뒤, 일어나며 뮤리의 머리를 톡 쳤다.

"아얏. 왜, 왜 때려?"

뮤리도 개처럼 윗눈질을 하지만, 거기엔 복종이 아니라 항의의 뜻이 담겼다.

"아무나 물어뜯으려고 하니까 그렇죠."

한숨을 섞어 가며 말한 뒤 뮤리의 후드를 손으로 바로잡는다.

"좀 더 차분해져 봐요. 모처럼 예쁘게 차려입었는데 아깝잖아요."

"엇."

뮤리는 놀란 듯이 몸을 딱 세우더니 이내 기뻐하며 헤실헤실한다. 꼬리가 나와 있었으면 떠돌이 개도 놀랄 만큼 파닥댔으리라.

"진짜? 오라버니, 진짜로? 예뻐? 응? 한 번 더 말해 봐!"

"장난 안 치고, 왈가닥 짓 안 하면 해 줄게요."

"어어~ 장난도 안 쳤고, 왈가닥 짓도 안 했는데…."

그런 소리가 나오나 싶은데, 뮤리가 "앗." 하며 뭔가를 깨달은 듯하더니 어깨 너머로 귀가 긴 개를 돌아본다. 뮤리에게 째

림을 당한 개는 마치 왕의 노여운 시선을 받은 신하처럼 벌떡 일어나더니 앞다리를 모으고 자세를 바로 했다.

"**이건** 일레니아 씨한테서 배운 거거든?"

또 말도 안 되는 소리를 하면서 어물쩍 넘어가려는 줄 알았는데, 뜻밖의 이름을 대서 놀랐다.

"일레니아 씨가?"

"응. 작은 마을에선 눈에 띄어서 안 되지만, 사람이 많은 도시에서는 길거리를 돌아다니는 짐승이 아주 많으니까 내 편으로 삼을 수 있으면 되도록 그렇게 해 두래."

그러면서 뮤리가 손을 까딱까딱한다. 그러자 귀가 긴 개가 몸을 일으켜 곁으로 와서는 뮤리가 머리를 쓰다듬는 대로 가만히 있었다.

"도시에서 혼자 장사를 하다 보면 아무래도 공격을 받는 일이 잦다고 하거든. 숙소에 도둑도 여러 번 들었는데, 닭이나 돼지가 가르쳐 줘서 무사히 넘어가기도 했대."

그러고 보니 일레니아가 묵고 있던 숙소는 방 바깥에까지 재고품이 쌓여 있었다.

어느 상회든 호위병을 고용하는 것을 생각하면 좀 부주의하다 싶었는데, 대책은 세우고 있었던 거다. 그것도 사람이 아닌 이들만의 방법으로.

"내 편은 많을수록 좋고, 우리 힘은 아낌없이 써야 한다고 일레니아 씨한테 배웠어."

귀가 긴 개는 뮤리를 완전히 주인님으로 인정했는지, 뮤리가 머리를 쓰다듬자 꼬리를 흔들다가 뭔가 지시가 내려지기를 기다리듯 뒷다리로 껑충 뛰어오르기도 했다. 뮤리의 그런 모습을 보며 아무 말도 못 한 채 서 있던 것은, 개를 멋지게 다루는 것에 감탄해서가 아니었다.

뮤리가 아주 중요한 조언을 나 아닌 다른 사람에게서 들었다는 것에 격하게 동요했기 때문이다.

여행에 나선 뒤로 뮤리는 보호받기만 하는 여자아이가 아니라는 것을 보여 주었고, 되레 내가 더 큰 도움을 받았다. 그런데도 오라버니, 오라버니 하며 여전히 잘 따랐고, 저 작은 몸을 품에 꼭 안고 있으면 더 그런 생각이 들곤 했다.

뮤리에 관해서라면 속속들이 잘 알고, 앞으로도 내가 잘 이끌어 줄 수 있을 거라고.

어쩌면 이런 게 '독점욕'이라는 거겠지.

"뭐, 어머니는 숲속에 사는 곰하고도 아무렇지 않게 대화를 해서 벌집이 어디 있는지 물을 수 있지만, 나는 거기까지는 안 되니까 겸사겸사 연습도 할 겸… 엇, 오라버니? 왜, 왜 그래?"

뮤리가 나를 보며 의아한 표정을 지었다.

아무것도 아니라고 말하고 싶지만, 여기는 신께서 거하시는 예배당 바로 앞. 거짓말을 할 순 없다.

"아니… 뮤리가 좋은 친구를 만났구나 싶어서요."

거짓말을 하지 않는 대신, 수많은 감정을 이 말 뒤로 감춰 둔다.

뮤리가 다양한 사람들을 만나 성장하는 것은 반겨야 할 일이다.

귀여운 여동생이 자신의 손에서 떠나가는 어렴풋한 아픔과 쓸쓸함은 로렌스와 재회할 때까지 간직해 두기로 했다.

"우… 응? 그러게. 일레니아 씨랑은 좀 더 많이 얘기하고 싶었는데."

뮤리가 그러면서 아쉬운 듯 고개를 갸웃하는 뒤편으로, 귀가 긴 개 외에도 몇 마리 개가 더 모여들어 부하처럼 앞다리를 모으고 앉아 있었다.

그런 광경을 보자, 뇨히라에서 마을 꼬맹이들의 대장으로 군림하던 무렵의 뮤리가 떠올라 피식 웃고 말았다.

"기회를 봐서 또 만나러 가요."

"응!"

그러자 이내 환한 얼굴로 팔에 매달리는, 평소와 다름없는 뮤리의 모습에 약간 안심이 됐다. 하지만 앞으로 여행을 계속하다 보면 나는 가르쳐 줄 수 없는 것을 내가 모르는 누군가에게서 배우는 일이 많아질 거다. 그럴 때마다 지금의 뮤리는 추억 속의 뮤리가 되어 가겠지.

그게 자연스러운 일이라는 걸 알면서도 '지금 이 순간만큼은' 하며 어리광을 부리는 뮤리를 달래고 있자, 문득 뒤편에 앉아 있는 개들이 묘한 시선을 보내고 있는 듯한 기분이 들었다.

우리 주인님께 지금 얼빠진 낯짝의 네놈이 뭔 짓을 하는 것이냐? 라고 하는 것처럼 보이는 건 내 기분 탓일까.

개들의 시선에서 도망치려는 건 아니나, 예배당을 쳐다보며 뮤리에게 말했다.

"그건 그렇고, 저기에 잠깐 들러도 될까요?"

모처럼 머나먼 대도시에 왔으니 이 지역 예배당을 봐 두고 싶다.

"어? 난 상관없지만…. 마음대로 들어가도 될까? 누가 있는 것 같진 않은데?"

지금까지의 여행을 통해 뮤리도 예배당이 어떤 위상인지 이해한 모양이다.

"떠돌이 개가 진을 치고 있다는 건, 평소 사람들이 드나들며 먹이를 준다는 뜻이겠죠? 게다가 데자레프에서처럼 문에 못이 박혀 있지도 않고."

뮤리는 예배당의 살짝 기울어진 문 틈새로 안을 엿본 뒤 돌아보았다.

"그렇게 보고 싶다면 어쩔 수 없네. 그럼 잠깐만이다?"

평소 샛길로 빠지고 싶어 하는 쪽은 뮤리인데, 입장이 반대가 된 게 기쁜가 보다.

알겠다고 쓴웃음을 지으면서 뮤리의 머리에 손을 얹자 간지러운 듯이 목을 움츠린다.

역시 개들의 시선이 신경 쓰였으나, 그렇지 않은 척하면서 문을 열고 예배당 안으로 들어갔다.

작은 예배당이다. 놓여 있는 긴 의자엔 스무 명쯤 앉을 수 있을까. 필시 이 건물이 있는 교구 사람들만 모일 테니 그 정도로도 충분하리라.

제단이라기보다는 시장에서 노점상이 상품을 내놓고 팔 때 쓰는 것 같은 연단에 등받이 없는 긴 의자로만 꾸민 소박함이 오히려 마음에 든다. 게다가 천장 높이가 보통 건물의 3층에 가깝고, 환한 천창도 여럿이라 개방적인 분위기였다.

물론 좋은 점만 있는 것은 아니어서, 왕국과 교회가 다툰 흔적도 이내 발견할 수 있었다. 교회 문장이 제거된 흔적이 벽에 남아 있다. 아마도 데자레프처럼 이 예배당에도 사제가 오래 부재중이리라.

그러나 바닥은 잘 청소돼 있고, 의자도 깨끗이 닦여 있다. 여기에 모이는 사람들의 신앙심이 눈에 선하여 기쁘게 바라보며 연단에 다가갔다가 거기에 있는 물건에 눈이 번쩍 뜨였다.

"이건…."

"와, 무슨 책이야?"

모험담을 포함해 뭔가 읽을거리를 좋아하는 뮤리가 곁에서 손을 쑥 내밀어 팔락팔락 넘겨 본다.

그러고는 이내 알아챘다.

"어? 이건."

"세속어로 번역된 성전의 일부네요."

설교에 자주 등장하는 유명한 대목을 발췌했는데, 게다가 내가 번역한 부분이다. 조잡하고, 당장에라도 풀어질 듯한 끈으로 묶여 있지만 종이에 손때가 묻어 있다. 많은 사람이 읽고 있다는 증거다.

예배당에서 교회 문장을 치운다고 신앙심까지 사라지지는 않는다. 사제도 얼굴을 내밀지 않는 상황에서 아마도 이 책자만은 사람들의 마음을 보듬고 있으리라.

게다가 이것은 내가 잠을 아껴 가며 번역한 부분.

내가 한 일이 사람들에게 신앙의 양식이 되고 있다.

그 사실에 가슴 벅차하고 있는데, 뮤리가 책자를 들여다보며 말했다.

"오라버니가 번역한 부분이네."

뜻밖의 말에 숨이 멎는다.

그러나 천천히 뒤돌아본 뮤리는 내가 놀라는 것에 오히려 의아한 표정을 지었다.

"문장이 오라버니 말투랑 똑같다니까? 바로 알 수 있어."

"그, 그래요?"

동요한 채로 되묻자 뮤리는 조금 울컥한 표정을 지었다.

"내가 모를 리가 없잖아? 오라버니에 대해서는 내가 세상에서 제일 잘 안다고!"

당당히 선언하는 뮤리를 보자, 아까 나도 비슷한 생각을 한 것 같은… 기분이 들었으나 입 밖으로는 말하지 않았다.

심연을 들여다보면 심연 또한 너를 들여다본다는 말이 참 맞다.

"근데, 오라버니가 쓴 글을 사람들이 다 읽고 있다고 생각하니까 막 자랑하고 싶어진다."

금세 기분이 바뀐 뮤리는 그러면서 간지러운 듯이 웃었다. 입술 밑으로 송곳니를 짓궂게 내보이며 천진하게 웃다가는 불쑥 내 손을 다정하게 잡았다.

산중 날씨보다도 변화무쌍한 뮤리는 놀리는 기색은 눈곱만큼도 없이 이렇게 말했다.

"역시 오라버니는 좀 더 자신감을 가져도 된다고 생각해."

팔은 안으로 굽는다지만… 뮤리의 말이 진심에서 그러는 것인지 아닌지는 나도 분간할 수 있다.

진지한 말에는 진지하게 답해야 하는 법.

"…알겠어요. 고마워요."

지지해 주는 뮤리를 위해서라도 더 열심히 해야지.

그렇게 마음을 다잡는 한편, 다시 책자로 시선을 돌리는 뮤리를 보니 때마침 좋은 기회가 아닌가 싶다.

"그런데 내가 번역한 부분 말인데요…."

"아, 내가 좋아하는 건 오라버니이지, 오라버니가 쓴 성전 내용엔 관심 없어."

"……."

내가 쓴 글이라면 성전을 받아들이지 않을까 했는데, 그런 희망은 단박에 찌부러진다.

뮤리는 오라버니에게 한 방 먹인 것에 만족스럽게 코웃음을 치고는 나를 향해 돌아서서 가슴을 손가락으로 쿡 찔렀다.

"아무튼, 오라버니는 역시 오라버니가 생각하는 것 이상으로 큰 인물이야. 그러니까 이 나라에 큰일이 벌어질지 모른다며 금발이 애를 태우는 옆에서 여명의 추기경님이 멋지게 해결해 줄 거라고 믿어."

사실은 자기가 훨씬 영웅 같으면서 뮤리는 오라버니가 그런 활약을 하길 바라는가 보다. 과한 기대라고 진심으로 생각하지만, 귀여운 여동생이 기대한다는데 오라비로서 그에 부응할 의무가 있을 테니.

이히히 웃으며 내 팔에 매달리는 뮤리의 머리를 쓰다듬으며 최선을 다해 대답했다.

"멋지지는 않겠지만, 어떻게든 도울 수는 있었으면 해요."

불과 한 달 전까지만 해도 산중 온천장에서 허드렛일을 하던 신분으로 이 정도도 심히 불손하다고 생각한다.

그래도 뮤리는 불만이었다.

"아우~ 오라버니는 또~ 금발이 준다는 포상도 거절했지? 틀림없이 엄청난 금은보화를 줬을 텐데!"

"나는 그러려고 길을 나선 게 아니에요. 의식주를 신세 지는 것만으로도 충분해요. 그보다 좀 떨어져요. 이러다 책자가 망가지겠어요."

떨떠름하게 팔에서 떨어지기에 손에 든 책자를 제단에 내려놓았다.

거기에는 고마우신 신의 가르침과 함께 내가 세상에 일조할 수 있기를 바라는 소망의 씨앗이 담겨 있다. 더욱이 그 씨앗이 싹을 틔우려 하고 있으니, 그에 자랑스러움을 느끼지 않는다 하면 거짓이다.

세상을 바꿀 수 있을지도 모른다는 예감에 전율하며 꿈을 꾸는 사내아이가 아직은 내 안에 있는 듯했다.

"미력한 내가 어디까지 할 수 있을지 모르겠지만, 이 나라와 교회를 둘러싼 문제를 해결할 수 있기를 강력히 원해요."

그렇다고 해서 뮤리를 앞에 두고 호언장담할 수는 없고, 자만은 미리 경계해야 한다.

그러자 뮤리는 또 무슨 말을 하려 했는데, 느닷없이 울린 제삼자의 음성이 가로막았다.

「동감이지만, 그 해결인지 뭔지가 무슨 뜻인지는 확인해 둘 필요가 있겠군.」

예배당 안에 인적은 전혀 없었고, 숨을 만한 곳도 없다. 그런데 어디선가 음성이 들려오기에 좌우로 머리를 두리번거렸다.

먼저 알아챈 것은 늑대의 피를 이은 뮤리.

"오라버니, 위쪽."

시선을 올리자 채광용으로 열린 천창의 틀에 새가 한 마리 있다.

신의 종복을 자처하니 신께서 사자를 매개로 나타나셨다고 해야 하겠으나, 공교롭게도 나에게는 신 이외에 마음 짚이는 바가 있었다.

"…샤론 씨, 인가요?"

항구에서 만난 징세인의 이름을 대자 머리 위의 새가 몸을 크게 부풀린 후 날개를 펼쳐 날아오른다.

그러나 이쪽의 눈높이까지 내려오지는 않는다. 보통 건물로 치면 2층 부분 높이까지만. 커다란 벽걸이 촛대 위에 앉아 이쪽을 내려다본다.

"…꼴 보기 싫어."

뮤리가 으르렁대듯 중얼거리는데, 까닭 없이 저럴 리가 있겠느냐는 말도 못 하겠다.

나도 당혹스러울 만큼 벽걸이 위에 앉은 샤론은 이쪽을 명백히 깔보고 있으니.

일레니아는 우호적이었고, 오텀은 무관심에 가까웠다. 사람이 아닌 자가 저토록 노골적인 적의를 드러내니 당황하고 말았다.

「한 가지 묻지.」

훌륭한 독수리의 모습을 한 샤론이 말했다.

「너희는 교회의 개인가?」

“뭐어?”

샤론의 적의에 질세라 노기 띤 뮤리의 음성이 조용한 예배당 안을 울렸다.

늑대와 양피지

제 2 막

새의 왕인 독수리가 저 높은 곳에서 우리를 내려다보고 있다.

나직이 크르르 소리를 내며 독수리를 노려보는 것은 숲의 왕인 늑대의 피를 이은 소녀.

눈길 한 방에 길거리 떠돌이 개들을 부하로 만든 뮤리이니 '개'라고 불린 것은 더없는 모욕이리라.

"개라고 했냐, 닭?!"

뮤리가 귀와 꼬리를 드러내며 호통치자 샤론은 그야말로 깔보듯 가슴을 젖혔다.

당장에 뮤리의 꼬리가 화르륵 부풀기에 일단은 내가 끼어들었다.

"교회의 개라니, 이단 심문관이라는 말입니까?"

샤론은 몸을 부풀리며 한숨 쉬듯 날개를 떨었다.

「시치미 떼기는.」

"야! 내려와! 닭!"

그러면 갈가리 찢어 버리겠다는 투로 기세 험악한 뮤리의 어깨를 누르며 대답했다.

"제가 이단 심문관이라면 이 뮤리의 귀와 꼬리는 어찌 설명하시겠습니까."

사람이 아닌 자들은 교회로부터 악마가 들렸다고 하여 발견 즉시 화형대로 보내지는 운명이다.

그리고 이단 심문관은 이교를 신봉하는 자들, 이교의 신 자체를 찾아내는 게 임무다.

「뻔한 이야기지. 그 개를 데리고 있으면 우리 같은 이들을 식별하기 쉽고, 방심시킬 수도 있으니까. 일석이조… 일석이견이겠지.」

“야! 지금, 날 분명히 개라고… 으읍.”

꼬리가 빵빵하게 부풀어, 벽을 타고 기어올라서라도 물어뜯어 버릴 기세로 뛰쳐나가려는 뮤리의 입을 뒤에서 손으로 막았다. 품 안에서 날뛰는 새끼고양이를 붙든 채 나는 시선을 샤론에게서 떼지 않았다.

“샤론 씨.”

이름을 부르고는 어깨를 으쓱였다.

“연기는 그만하시지요?”

“으읍… 으읍?”

품속에서 뮤리가 얌전해지더니 의아한 듯 귀를 쫑긋댔다.

“우리를 정말로 이단 심문관이라고 의심하는 거라면 이렇게 정체를 드러내 확인하실 이유가 없잖습니까.”

「…….」

샤론은 잠자코 이쪽을 빤히 응시했다.

“우리가 이단 심문관이 아닌가… 하는 의심을 정말 하셨을 수도 있겠지만, 확인은 진작 끝내셨겠지요?”

샤론을 비롯한 징세인들은 윈필 왕국 내에 있는 교회 재산을 거둬들이려 하고 있다. 그러니 교회가 뭔가 방해 공작을 하고 나설 만하다. 일레니아의 편지, 여명의 추기경으로서의 이야기를 듣고서도 여전히 의심하는 것 또한 그만큼 주의를 기해야 하기 때문이라 이해할 수 있다.

그렇더라도 눈앞에 있는 샤론의 행동은 역시 앞뒤가 맞지 않았다.

"일부러 그런 모습으로 여기에 오신 것은 뭔가 다른 용건이 있기 때문 아닙니까?"

「조금은 머리가 돌아가는 모양이군.」

샤론은 그렇게 말한 뒤 날개를 펼치더니 몇 번 크게 펄럭이고는 예배당 구석에 있는 선반 위로 날아 내려왔다. 시선 높이는 이제 나름대로 우리의 눈높이에 맞춰졌다.

「처음엔 강제로 굴복시켜 일을 시킬까 했었다. 개는 길이 들면 시키는 대로 듣기도 하잖아?」

"뭐어?!"

또다시 개라는 말을 듣고 뮤리가 꼬리를 부풀린다. 좀 어른스러워졌다 싶었는데, 너무도 뻔한 도발에 쉽게 넘어간다.

샤론은 새답게 무표정이라 알기 어려웠으나, 왠지 뮤리를 놀리며 즐기는 것처럼 보였다.

"샤론 씨."

나무라듯 이름을 부르자 어깨를 으쓱이듯 꼬리 깃털을 펄럭였다.

「동료 새의 연락을 받고 이 도시 항구에 들어오기 전부터 너희를 내내 감시했는데… 참 나, 너희가 하는 짓은 도저히 못 봐주겠더군.」

어이가 없다는 투로 말을 내뱉었다.

늑대의 후각처럼 새는 눈이 밝기가 이만저만이 아니다. 그러고 보니 이곳 라우즈번으로 올 때 배 위에 내내 바닷새가 있었다.

한편으로는 뮤리와 방심하여 이런저런 짓을 한 것을 누가 봤다고 생각하니 대뜸 창피해진다. 뮤리는 오히려 자랑스럽게 가슴을 펴며 내 팔을 잡는데, 샤론은 그런 모습에 갑갑한 듯 고개를 외면하고 있다.

"샤론 씨, 오해를 사기 전에 말씀드려 둡니다만, 뮤리는 제가 큰 은혜를 입은 분의 딸이고 저에게는 여동생입니다."

"오라버니는 부끄럼쟁이거든."

표정이 빈곤한 새이건만, 샤론이 어이없어하는 기색이 반쯤 벌어진 부리에서 잘 나타났다.

「인간과 인간이 아닌 자의 사이는 그다지 기대할 게 못 된다고 생각하는데.」

"뭐어?!"

뮤리가 펄쩍 뛰는데도 고개를 돌려 슬쩍 받아넘긴다.

「아무리 봐도 거기 있는 개는 길이 잘 든 개였거든. 그럴 리 없다는 생각은 하면서도 영 의문을 떨칠 수가 없었지.」

또 개 소리를 듣자 뮤리는 이를 드러내며 크르르 낮은 울림을 내고, 내 팔을 붙든 손에도 아프도록 힘을 주었다.

「하지만… 개라는 소리에 그 정도로 화를 내는 것을 보면 우리의 자긍심을 잃은 것은 아니겠군. 설마하니 사냥의 선두에 서지는 않겠어.」

그것을 확인할 겸 도발해 본 모양이다.

"의심이 풀려 다행입니다. 재차 말씀드립니다만, 우리는 교회의 편이 아닙니다. 물론 완전한 적도 아닙니다만, 우리의 목표는 교회 개혁이지 타도는 아니니까요."

「당신이 적인지 아군인지는 해석에 따라 다르겠지. 당신은 개를 데리고 다니는 한편, 신앙 또한 진심인 듯하니.」

또 뮤리의 눈이 도끼눈이 되기에 진정시킨 후 말했다.

"세상 만물은 신께서 만드신 것입니다. 그렇다면 모두 공평하게 사랑해야지요."

"공평한 건 싫어!"

당장에 뮤리가 반박을 하자 샤론은 몸을 부풀렸다.

"뮤리, 참…."

"공평한 거 싫어. 내가 제일이라야 해!"

성전에서 인용한 상투적인 문구라는 설명 따윈 들으려고도 하지 않는다.

버럭대는 뮤리를 보며 어쩔 줄 몰라 하자 사론이 불쑥 중얼거렸다.

「…이게 여명의 추기경이라니.」

어이없다는 말투이나, 어찌 화를 내겠는가.

"그 별명은 솔직히 저에겐 걸맞지 않는다고 생각합니다."

「하지만 이미 별명은 붙었다. 원하든 원치 않든 당신은 이미 그런 입장에 있지.」

하이랜드에게도 들은 말이다. 몇 년이나 교착 상태였던 윈필 왕국과 교회의 대립은 지축이 뒤흔들리며 다음 단계로 넘어가려 한다.

그리고 그 원인이 다른 누가 아닌 '나'라는.

"받아들일 수밖에 없는 겁니까."

「그렇지. 기반이 약하면 그 어떤 다리도 무너지고 마니.」

옳은 말이었다.

「게다가.」

하며 하늘의 사냥꾼인 독수리의 눈이 번뜩였다.

「입장을 정하지 않으면 누군가에게 쉽게 이용당한다. 당신은 나에게 적도, 아군도 될 수 있지. 그래선 곤란해.」

"적이야! 네 편을 왜 들어?!"

뮤리가 소리치고는 혀를 쏙 내민다.

샤론은 새답게 머리만 갸웃할 뿐이었다.

“제 입장이 미묘한 것은 맞습니다. 그러나 이 도시의 상황… 아니, 윈필 왕국의 상황에 관해 들었습니다. 샤론 씨 또한 제게 적도, 아군도 될 수 있는 거죠.”

말을 일단 끊고 상대의 무표정 너머로 시선의 초점을 맞췄다.

이 도시의 운명을 좌우할 세 가지 축 중 하나.

국왕의 특권 아래서 움직이고 있는 징세인 조합의 부조합장이 저 샤론이다.

“여러분의 징세 행위가 왕국의 목을 조를 가능성이 있다는 것은 아시지요?”

하이랜드의 말을 종합하면 그런 뜻이다.

교회는 자신들이 열세라는 걸 이해하고 반격의 봉화를 올리려 하고 있다. 특히 이대로 가만있다가는 왕국 내에 있는 교회 재산을 징세인들에게 모조리 몰수당할 수도 있다.

전쟁이라는 선택지를 택할 조짐이 진해지고 있고, 샤론 측 징세인의 뒷배인 클리벤드 왕자는 오히려 그렇게 되기를 바라는 구석이 있다. 징세권을 이용해 교회를 궁지로 내몬 끝에 교회가 전쟁을 일으키면 왕국 내에 대혼란이 일어날 테고, 그 혼란을 틈타 왕위를 찬탈한다….

무수한 왕위 찬탈 이야기가 그러하듯, 혼란은 하위의 존재가 두각을 나타낼 좋은 기회가 된다. 시골 온천장의 일꾼이었던 한 남자가 어느 사이엔가 여명의 추기경이라 불리는 일조차 일어나니.

그러나 만일 전쟁이 일어나 외국 상인들이 모든 무역을 멈추면 윈필 왕국의 사람들에게는 미증유의 비극이 덮친다. 하물며 내전이라니, 차마 어찌 두고 보겠는가.

샤론은 자신이 하고 있는 그 일이 어디로 이어지고 있는지 알고 있을까.

그게 아니면, 하이랜드의 말처럼 알면서도 일부러 그 일을 맡은 건가.

“나는 교회의 악폐를 바로잡고 싶은 것만큼이나 사람들의 평화 또한 원합니다.”

그뿐 아니라, 개인적으로 알게 된 하이랜드도 돕고 싶다. 클리벤드 왕자가 봉기하여 내전이 벌어지면 하이랜드는 보호해야 할 자국민을 상대로 싸울 수밖에 없게 된다.

그리고 만에 하나 지게 되면, 패전의 장수가 어찌 되는지는 역사가 말해 준다.

“샤론 씨는 저의 협력, 그 명성을 원한다고 하셨습니다만, 여러분은 왕국의 상황도 돌아보지 않은 채 징세를 위해서만 제 협력을 구하시는 겁니까?”

다른 것은 다 한심해도, 자신의 신념을 위해서라면 가슴을 펴고 자신 있게 말할 수 있다.

샤론에게 분명하게 뜻을 전하자, 샤론은 잘 알아들었다는 투로 가슴을 젖히고는 이렇게 말했다.

「우리의 목적이 돈이라 생각하는가.」

징세인은 징세권을 낙찰해 자신의 재량껏 세금을 받아 내어 돈을 번다.

하지만 샤론의 말에는 순간 동요했다. 하이랜드의 예측이 맞은 것 같아서였다. 요컨대 징세인들은 클리벤드 왕자의 계략에 따라 교회를 일부러 궁지로 내몰아 전쟁을 일으키려는 첨병이라는 것인가.

만약 그렇다면 나와 샤론은 분명하게 서로의 적으로 갈라지게 된다.

「돈만으로 우리가 결속할 리가. 우리의 목적은 다른 데 있다.」

샤론은 그 자리에서 크게 날개를 펼치고는 고양이가 기지개를 켜듯 몇 번 날갯짓했다.

그리고 한참 뜸을 들인 후 샤론의 입에서 나온 말은 내 예상을 완전히 벗어난 것이었다.

「우리의 목적은, 교회에 대한 복수다.」

"…복, 수?"

너무도 뜻밖이었으나 샤론은 사람이 아닌 자라는 것을 생각해 보면 상상이 가는 과거가 얼마든지 있다.

하지만 그렇다면 의문 또한 든다.

"당신이 교회에 원한을 품었다면… 저는 몇 가지 이유가 짐작 갑니다. 그러면 항구에서 본 징세인들도 사람이 아닌 이들입니까?"

그러면 그렇다고 뮤리가 이야기를 했을 텐데, 그 물음에 샤론은 성가시다는 투로 눈을 가늘게 떴다.

「그렇다면 오히려 쉽게 대성당으로 쳐들어갈 수 있겠지만, 그렇지 않다. 사람이 아닌 자는 나뿐이다. 우리는 동등하게 교회에 원한이 있어 결속한 거다. 사람이든 사람이 아니든 우리 같은 떠돌이를 한데 묶기에 공통된 원한은 더할 나위 없는 이유가 되지.」

샤론의 설명은 의문을 더 키울 뿐이었다. 샤론과 다른 징세인들의 공통된 원한이 대체 무엇인지 짐작도 가지 않는다.

하지만 그 원한이 얼마나 깊은지는 이내 알았다. 샤론의 말에서는 타는 듯한 노기가 생생히 느껴지는데, 눈은 한없이 싸늘했기에.

샤론의 기백에 이끌렸는지, 뮤리가 다리 방향을 바꾸어 자세를 똑바로 했다.

샤론의 저것은 충동적인 행동이 아니다.

그러니 분노가 아니라 원한이다.

「당신이 의심하는 전쟁 이야기는 물론 우리도 알고 있다. 우리가 화근이 될 거라는 것도. 하지만 그렇다고 우리가 징세의 기세를 늦출 생각은 추호도 없다. 우리가 이러는 건 돈 때문도, 하물며 우리의 뒷배가 되어 뭔가를 꾸미고 있는 모양인 왕자를 위해서도 아니라, 오로지 교회에 복수하기 위해서니까. 징세권을 그 도구로 삼은 것은 우연한 결과다. 방법이 이것밖에 없으니 징세권을 낙찰했을 뿐.」

양인 일레니아도 징세권을 도구로 이용했었다.

「왕권에 따른 징세에 응하지 않으면 어떤 처벌이 내려지는지 아나?」

"…교수형이지요."

물론 교회 조직을 상대로 교수형을 선언할 수 있을 리는 없다.

하지만 윈필 왕국 측도 면이 서고, 지금이라면 교회를 공격할 대의명분도 갖춰져 있다.

교회와 싸우기에는 충분한 권위이리라.

"하지만…. 당신에게 어떤 사정이 있는지는 모르겠으나, 개인의 복수를 위해 왕국 전체를 불행하게 만들 생각입니까?"

사람 마음의 위중함을 천칭에 올려놓고 잴 수는 없다. 그래도 성직을 지향하는 자라면 누구든 복수는 용납할 수 없다. 하물며 전쟁이 일어나면 수많은 사람의 삶이 위험해진다.

그리고 샤론은 이미 잘 알고 있는 듯하다.

「말다툼할 생각은 없다. 하지만 알려는 주겠다.」

“…알려 주겠다고요?”

「그렇다.」

샤론은 날개를 펼치더니 이번에는 우아하게 하강해 우리 머리 위를 지나 예배당 출입구 근처의 긴 의자에 앉았다. 눈높이가 우리보다 아래가 된다.

「적어도 교회는 비호할 가치가 없다는 것을. 당신은 악폐를 바로잡고 싶은 모양인데, 그렇다면 우리는 이렇게 제안하겠다. 놈들을 바로잡으려면 거리로 끌고 나와 목을 매달거나 한번은 때려 엎는 수밖에 없다고.」

샤론 하나만 놓고 보면 사람이 아닌 자이니 무슨 일이든 놀랍지 않으나, 징세인 조합에 있는 이들도 공통된 원한을 품고 있다고 했다. 도무지 짐작이 가지 않으나, 판단은 이야기를 듣고 난 후에 해도 늦지 않을 것이다. 적어도 샤론은 알려 주겠다고 한다.

대화를 할 수 있다면 더할 나위가 없다.

“그러면 설명해 주시겠습니까? 다 듣고 난 후에도 막아설 가능성은 있습니다만.”

“오라버니를 이용하려 들면 내가 물어 죽여 버릴 거야.”

샤론은 뮤리를 힐끗 본 뒤 대답했다.

「강요는 하지 않겠다. 우리도 멈출 생각은 전혀 없으니.」

사람을 깔보는 듯한 말투였으나 보기에 따라서는 샤론의 솔직함이라고도 할 수 있다.

중언부언하지 않고 고개를 끄덕였다.

무시당한 뮤리만 크르르 목을 울려 대니, 달래기 위해 대충 머리만 쓰다듬어 둔다.

"그럼 어찌해야?"

예배당은 사람이 자유로이 드나든다. 아침 예배는 진작 끝났고 저녁 예배까지는 아직 시간이 있으나 누가 올 수도 있다.

「보여 주고 싶은 곳이 있다. 거기로 가면 설명하기도 쉽고.」

"그럼…."

이야기하려다가 만다.

"하늘을 날아서 길을 안내하는 건 삼가셨으면 합니다만…."

길이 이루 말할 수 없이 혼잡하니 하늘을 날아 방향을 유도해도 따라가기 힘들다. 뮤리라면 몰라도, 나는 길을 잃을 자신이 있었다.

「걱정하지 마라. 다행히 당신은 의장병 차림을 하고 있으니.」

"?"

하는 찰나, 샤론은 다시금 훌쩍 날아오르더니 어처구니없는 곳에 내려앉았다.

"읏, 아니! 닭! 야! 내려가!"

"샤, 샤론 씨?"

샤론이 앉은 곳은 내 어깨 위였다.

「어깨에 독수리를 태운 의장병이다. 매우 고귀한 가문에 소속한 자로 보일 게 뻔하지. 다들 길을 비켜 줄 거다.」

확실히 그럴지도 모르겠으나, 그 말은 이를 으드득 갈며 성을 내는 뮤리를 보면서 했으니, 뮤리의 반응을 보며 재미있어하는 게 틀림없었다.

장난이 지나친 듯하여 어깨에서 내려보내려 한 순간.

「내가 인간의 모습으로 걸었다가는 쓸데없는 문제가 일어나게 된다. 또 무역상인 조합의 멍청한 놈들이 시비를 걸어와도 상관없나? 왜 내가 하이랜드 경의 저택으로 직접 가지 않았는지를 생각해 봐라.」

"앗."

샤론은 징세인 조합의 부조합장이라는 입장이 있다. 그런 여러 가지 것을 모두 고려하면, 도시 안을 자유로이 돌아다니기 위해서는 독수리의 모습으로 내 어깨에 올라타 있는 게 제일 적합했다.

「알았으면, 가라. 길을 안내하겠다.」

그러더니 샤론은 두어 번 자리를 확인하듯 발을 밟아 다졌다.

훌륭한 발톱이었으나 옷감이 좋아서인지, 아니면 힘 조절을 해서인지 아프지도 않고, 무게도 거의 느껴지지 않는다. 귀에 사락사락 닿는 깃털도 매끄럽고 따스하다고 했다가는 뮤리가 눈알이 튀어나올 지경으로 눈을 부라리며 화를 낼 테니 함구해 두었다.

지금만 해도 오른쪽 어깨에 올라탄 샤론을 무시무시하게 노려보며 일부러 내 오른손을 잡고 있다. 필시, 여차하는 순간 갈가리 찢어 버릴 수 있도록.

"그럼, 길 안내 부탁드립니다."

그렇게 말한 내 음성이 다소 지친 듯한 것이었어도 신께서는 용서해 주시리라 믿었다.

옷이 날개라더니.

잘 알고 있는 사실이었지만, 그래도 이렇게까지 노골적이라는 게 왠지 신기하기도 하다.

독수리 사냥에 열심이라면 틀림없이 광대한 영지를 소유한 귀족일 테니, 격식을 차린 옷을 입고 어깨에 어엿한 독수리를 태운 자가 가는 길을 굳이 막으려 드는 자는 없다.

평소엔 거머리처럼 들러붙는 호객꾼들도 후환이 두려운지 길을 양보한다.

샤론은 그런 상황 따위엔 눈곱만큼도 관심이 없는지, 하늘을 바라보며 이따금 골목길을 돌도록 귀엣말을 했다.

뮤리는 여전히 심기 불편해 보였으나, 샤론이 다시 뭐라 하지도 않으니 잠시 후 노려보던 시선을 거두고 뚱한 얼굴로 걸었다.

그렇게 샤론에게 안내를 받은 것은 골목 깊숙한 곳에 위치한 장소였다. 대로에서 주택이 밀집한 구역으로 들어가, 빨래를 하거나 물을 긷는 여자들이 수다를 떨고 있는 우물가를 두 번 지나고, 시내의 작은 채소밭에서 볕을 쬐고 있는 방목 돼지를 넘어, 어른 둘이 간신히 지나갈까 말까 한 좁은 골목 안으로 들어가자 낡은 건물이 나왔다.

"여기입니까?"

하고 묻자 샤론은 잠자코 날아올라 건물 2층에 열린 나무창 안으로 들어가 버렸다.

"…여기, 아까 그 교회 근처야. 왜 이렇게 걷게 한 거지? 장소를 속이려는 거였다면 진짜 웃기네. 나, 늑대거든?"

기분은 꽤 풀렸어도 여전히 미간을 찌푸린 뮤리가 말했다.

"오래된 도시라 막다른 길이 많아서 그랬겠죠."

이곳에 사는 사람이라면 남의 집 중정이 됐든 부엌이 됐든 마음대로 지나가 지름길을 탈 수 있으리라. 이곳은 나그네는 들어오지 않는, 지역 주민의 공간이다.

그런 곳에 서 있자 차분한 조용함이 내 몸에서 소리를 빨아들이는 것 같고, 이따금 멀리서 들리는 갓난아기의 울음소리도 기분 좋다. 뇨히라의 숲속에 있는 것 같다는 생각을 하고 있자, 문 너머에서 철컥철컥 소리가 났다.

"들어와."

문이 열리고, 간소한 옷을 입은 사람 모습의 샤론이 서 있었다.

타인의 집에는 왠지 특별한 냄새가 있다.

문을 들어서자마자 느낀 압도적인 삶의 냄새에 옛 기억이 되살아났다.

"고아원입니까?"

샤론이 새처럼 무표정한 채로 한쪽 눈썹만 치켜세운다.

"잘 아네."

"저는 어릴 때 방랑 학생이어서, 그 시설에 신세를 많이 졌지요."

뇨히라에 뒤지지 않을 만큼 깊숙한 산촌에서 가출이나 다름없이 학문을 익히겠다며 길을 떠났다. 지금 생각해 보면 어찌 그리 세상 물정을 몰랐는지. 귀족이나 부잣집 출신도 아닌데 떠돌며 배우는 방랑 학생은 고아나 마찬가지다.

가난한 이들이나 갈 곳 없는 이들을 돕는 시설에는 몇 번이나 신세를 졌는데, 이 냄새는 바로 그런 고아원의 것과 똑같았다.

"양가의 도련님인 줄 알았는데."

조금 달리 본 듯한데, 이렇게 살아남은 건 순전히 행운 덕이다.

“그건 됐고. 여기는 짐작한 대로 고아원이나, 아무나 들어올 수 있는 곳은 아니야.”

“그건… 성 루메리아 요양원 같은?”

유명한 수도원 시설로, 특수한 병을 앓아 다른 사람들과 함께 생활할 수 없는 이들을 받는 곳이다. 세상에는 그런 시설이 몇 군데 있다.

그러자 문을 닫아 잠근 후 복도에 걸음을 내디디려던 샤론이 우뚝 서더니, 처음으로 웃음을 지었다.

조금 삐딱한, 서글픈 웃음이었다.

“우리는 독지가가 아니야. 구제받고 있는 건 어린 시절의 우리지.”

“어린 시절의…?”

샤론은 그 물음에는 대답하지 않고 복도 안쪽을 향해 걸어 나간다.

건물은 오래되고 여기저기 낡았으나 청소가 잘되어 있는 것을 알겠다. 가구가 별로 없어 다소 한산한 방을 몇 개 지난 뒤 샤론이 멈춰 섰다. 어느 방이나 나무문 같은 사치스러운 건 달려 있지 않아 안이 훤히 보였다.

눈앞에 있는 방은 창고를 개조한 듯한 곳으로, 성인 한 사람을 에워싸듯 아이들이 짚단 위에 앉아 나무판에 무언가를 열심히 쓰고 있었다.

"미안하군. 수업 중이었나?"

방 안에 대고 묻는 샤론의 너머로 나와 비슷한 또래의 젊은 청년과 시선이 마주쳤다. 특징적인 분위기로 성직자임을 단박에 알았다. 복장으로 볼 때, 주민의 생활에 직접 관여하는 하급 사제직이리라.

"아닙니다. 이제 끝내려던 참인데… 샤론 씨야말로 이 시간에 웬일이신지. 게다가… 그쪽에 계신 분들은?"

문득 보니 청년뿐 아니라 방 안에 있는 아이들의 시선이 모두 이쪽에 쏠려 있다.

게다가 좋지 않은 의미에서 긴장이 감돌고 있었다.

그 점에 당황했다가 우리 차림새 탓이라는 걸 알았다.

"안심해. 관리도 아니고, 교회의 단속도 아니니까. 적은 아니야."

샤론은 그런 뒤 "아직까지는." 하고 덧붙였다.

"따라와."

턱짓을 하자 청년은 다소 머뭇대기는 했으나 고개를 끄덕인 뒤 주위에 앉은 아이들에게 점심시간임을 고했다. 아이들은 수업이 일찍 끝나 기뻐하는 것 같았다.

나이가 제각각인 아이들이 방에서 나가며 호기심 가득한 눈으로 이쪽을 보았다. 나란히 다른 방으로 이동하는 것으로 보아 식당 같은 곳으로 가는 것인지. 개중에는 아직 손가락을 빨

나이의 아이도 있어 누나로 보이는 아이가 손을 잡고 갔다.

일행을 지켜보고 있자, 별안간 주위가 조용해진 기분이 들었다.

"아이는 안 좋아해."

말은 그렇게 하면서도 샤론의 얼굴은 다소 온화해진 것처럼 보였다.

"아, 이 손님 말인데, 여명의 추기경이다."

"엇."

소리를 낸 것은 청년이 아니라 나였다.

감출 생각은 없으나, 그래도 뭔가 순서란 게 있어야 하는 것 아닌가.

게다가 눈앞의 청년은 틀림없는 성직자였다. 지금 윈필 왕국의 어느 곳이든 성당은 문을 닫았고 예배당은 개점휴업 상태이리라. 이 도시의 소교구 예배당에서도 교회의 문장이 치워져 있었다.

그 이야기는 성직자가 성무를 볼 수 없고, 성무를 볼 수 없게 되면 성직자의 직봉인 성직록이 지급 정지되어 수입을 잃는다는 뜻이다. 여기에서 아이들을 가르치고 있는 것은 입에 풀칠할 거리를 벌기 위해서일 수도 있다.

저 청년이 곤궁에 빠진 한 원인이 내게 있다. 이른바 적이니, 그 어떤 비난이 쏟아질지 모를 일이다.

그런 식으로 마른침을 삼킨 직후.

청년의 얼굴에 이내 웃음이 번지더니 샤론을 밀어젖히는 기세로 다가오는가 싶더니 덥석 내 양손을 잡았다.

"그럼, 성전의 세속어 번역을 하신 분입니까?"

"예?"

"말씀 많이 들었습니다! 그 무엇보다, 세속어 번역본의 초고 필사본을 입수한 순간, 저는 닫혀 있던 눈이 뜨이는 것 같았습니다! 앞으로 사목은 이렇게 해야 한다고!"

잡은 손을 붕붕 흔들기까지 하여 얼이 빠졌는데, 적어도 적의를 품고 있는 것 같지는 않다.

청년은 함박웃음을 지으며 흥분하다가 내 손을 놓더니 곁에 선 뮤리에게도 공손히 허리를 굽혀 악수했다. 뮤리는 살짝 놀라면서도 즐거운 듯이 미소 지었다.

그리고 샤론의 헛기침을 듣고서야 비로소 자신의 흥분 상태를 깨달았는지 청년은 화들짝 정신을 차리더니 자세를 바로 했다.

"아, 죄송합니다. 제가 흥분을 했네요. 저는 클라크… 클라크 코멘더라고 합니다. 라우즈번 대주교구 12소교구에서 부제직(副祭職)을 맡고 있습니다."

이번에는 천천히 손을 내민다.

오른쪽 손가락의 굳은살이 눈에 띄어, 예배당 책자를 누가 만들었는지 짐작이 갔다.

"토트 콜이라고 합니다. 신분은 방랑 학생이나 다름없습니다. 여명의 추기경이라 불리고 있어 난감합니다만… 그보다, 혹시 예배당 책자를 만든 분이신지요?"

클라크의 얼굴에 단박에 웃음이 퍼졌다.

"예."

뿌듯해하는 표정. 친근하면서도 어딘지 모르게 도와주고 싶어지는 연약함이 엿보이는 웃음이었다. 성직에 있는 사람은, 뮤리의 표현에 의하면 '어딘가 얼이 빠져 있다'는 공통점이 있나 싶은데, 그 이유를 샤론이 설명해 주었다.

"이 녀석은 성직록이 정지되어 자신이 먹을 빵도 제대로 없으면서 돈이란 돈을 모조리 종이와 잉크에 쏟아 곳곳의 예배당에 책자를 보급하고 있지. 대성당 놈들과 대적하고 있다는 의미에선 여기 이 클라크는 당신의 동료일 거야."

클라크는 샤론의 거친 소개에 부끄럽고도 곤혹스러운 듯한 웃음을 지었다.

그러고 보니 클라크에게서 느껴지는 연약함은 생물로서의 연약함인 것 같기도 하다.

얼굴에 핏기가 없고, 쇄골도 두드러졌다. 헐렁한 옷을 입고 있는 것도 마른 몸을 감추기 위해서인지.

"그만하세요, 샤론 씨. 요즘엔 교구 분들이 많이 가져다주고 계셔서 먹을 것은 부족하지 않아요."

"그런 것 같지 않은데? 남은 것은 또 고아원 밖의 가난한 사람들에게 나눠 주고 있잖아?"

"엇, 그건… 저기, 그리고 저는 대성당은 적은 아니라고…."

그 말엔 힘이 없었고 시선은 허공을 떠돌고 있었다.

샤론은 한숨을 짓고는 이쪽을 보았다.

"이런 녀석이지만, 교회 측에서 발견한 드문 우리 편이다. 이 고아원에서도 아이들에게 읽고 쓰기를 가르쳐 주고 있고."

샤론과 클라크를 번갈아 본 뒤 뮤리를 힐끗 보았다.

클라크가 수업 중이던 방 안을 흥미진진하게 보고 있던 뮤리는 내 시선을 알아챘으나 경계하는 기색은 없다. 일단은 샤론과 클라크가 뭔가 우리를 함정에 빠뜨릴 계략을 꾸미고 있는 것은 아닌가 보다.

"여기는 어떤 고아원입니까? 어느 수도회의 부속시설인가요?"

구빈원, 요양원, 양로원, 그리고 고아원.

시내나 변두리에 세워진 이런 시설은 대개 교회나 수도회 부속시설이다.

그렇다면, 교회의 재산을 몰수하는 징세인이자 교회 사람들을 끌어내어 노상에 매달겠다며 으르렁대는 샤론이 자유로이 드나드는 게 좀 기묘한 것 같다.

"아니, 사설이야. 동료 징세인들과 내가 비용을 부담하고, 나머지는 이 클라크의 인망에 따른 기부로 꾸려 나가고 있지."

뜻밖이었다.

교회를 끔찍하게 싫어하는 샤론이 소교구 부제를 두고 아이들 교육을 하고 있다. 게다가 샤론은 '구제받고 있는 건 과거의 자신'이라고 했다. 그렇다는 이야기는, 이곳에 있는 아이들은 샤론이나 다른 징세인들과 어떤 공통점이 있다는 뜻인데, 그 모든 사정을 관통할 이유라 할 것이 여전히 짐작도 가지 않았다.

그래서 방심했던 거다.

나는 세상의 어두운 부분은 전혀 보질 못한다는 뮤리의 말이 맞았다.

"여기에 있는 고아들은 교회의 사생아들이지."

샤론의 말에 클라크가 뭔가 말을 하려다 그만두었다.

징세인들을 이끄는 독수리의 화신은 분노한 나머지 입꼬리를 웃는 형태로 뒤틀며 말했다.

"나와 다른 징세인들을 포함해 여기에 있는 건 이른바 성직자의 '조카'들이다. 그것도 거치적거려 버려진."

숨 쉬는 것도 잊었다. 그럴 가능성을 눈곱만큼도 생각하지 못했기 때문이기도 했고, 그와 동시에 샤론과 징세인들의 행동이 전부 이해되었기 때문이었다.

교회에 그런 관습이 있다는 건 물론 안다. 그걸 모르는 자가 있을까. 결혼할 수 없는 성직자 대부분이 비공식적으로 아내를 두고 가정을 꾸리고 있다는 건 공공연한 비밀을 넘어, 이젠 아무도 비밀이라 생각조차 하지 않는다.

뮤리가 끈질기게 나와 결혼하고 싶다고 아우성인 것은 그런 악습을 알기 때문인 것도 한 까닭이리라.

하지만 그렇다면 샤론이라는 존재는 너무도 특수한 의미를 띠었다. 샤론은 사람이 아닌 자로, 성직자가 계율을 깬 끝에 태어나 버려진 사생아이니.

"놈들을 왜 노상에 매달고 싶어 하는지 이유를 알겠나?"

멋대로 낳아 멋대로 버린다.

그런 입으로 순결과 청빈, 겸허를 논한다.

샤론은 '원한'이라고 했다. 어째서 징세인이 되었는지도 이해가 됐다.

징세인은 떠돌이가 맡는 일이고, 뒷배를 갖지 못한 고아는 아무리 뛰어나도 어느 도시, 어느 마을에서나 어중간한 존재다. 징세인처럼 미움을 사는 역할이라도 일을 계속할 수 있기만 하면 다행. 그들은 태생 탓에 온갖 고생을 하며 삶을 이어왔다. 그런 그들이 어느 곳에서 교회를 볼 때마다 그곳의 성직자는 신의 복음을 설교하며 잘 먹고 잘 살고 있다면.

게다가 샤론의 경우.

뮤리는 어머니가 현랑 호로이고, 인간인 로렌스와의 사이에서 태어났으나 그 부부는 음악과 웃음으로 가득한, 매사에 낙관적인 온천마을 뇨히라에서도 한층 절로 웃게 할 만큼 금실이 좋다.

하지만 모든 일이 그렇게 기적 같지는 않다.

뮤리에겐 보여 주고 싶지 않은, 세상의 어두운 쪽을 걸어온 산 증인이 눈앞에 있었다.

"여명의 추기경."

샤론이 그 별명을 중얼거리자, 제대로 먹지도 못하고 성전 세속어 번역을 필사하고 있다는 클라크도 고개를 들었다.

"우리에게 힘을 빌려줘."

올곧은 시선과 말로, 미동조차 없이.

"저 썩어 빠진 교회를 쳐부수기 위해."

샤론의 말은 조용한 골목 깊은 곳에서 더 조용하고 차분한 음성으로 울렸다.

그리고, 그렇기에 저 분노와 원한이 얼마나 뿌리 깊은지가 와 닿는다.

설득으로 어찌 될 것이 아니었다.

"당신은 우리 때문에 교회와 전쟁이 벌어질지도 모른다 했지."

"그건."

"들어 봐. 아마 그럴 거야. 그 결과, 이 나라 사람들에게 불행이 닥치겠지. 하지만 이번 기회에 교회를 쳐부수게 되면 우리나 이 고아원에 있는 아이들 같은 존재는 나오지 않게 되겠지. 그게 정의 아닌가?"

단 한 사람의 사욕에서 이러는 게 아니다.

샤론에게도 대의명분과 고통을 함께하는 수많은 동료가 있다.

그녀의 행동에는 근거와 정의가 있다.

"아니면 뭔가."

샤론은 발끝을 내려다보다가 눈을 치켜 노려보듯 말했다.

"당신은 교회의 편으로 우릴 방해할 건가?"

샤론의 오른손이 불온하게 움직인다.

이런 곳까지 데려온 것은 샤론이 결심하고 속을 보여 주어 우리를 설득하기 위해서만이 아니라, 자기네 뜻에 따르지 않으면 비밀리에 처리하기 위해서였나.

샤론이 하는 말은 대화로 풀릴 문제가 아니다.

당연히, 이 자리를 모면하기 위해 거짓으로 그 뜻에 따르겠다고 속일 수도 없다.

모두가 다음 행동에 대처하기 위해 숨죽인 바로 그때, 먼 방에서 뭔가가 쓰러지는 큰 소리가 났다. 한 박자 늦게 아이들의 울음소리까지 들려온다.

"……."

불에 덴 듯 우는 아이와 야단법석이 난 다른 아이들의 음성.

팽팽했던 긴장이 풀리는 건 그것으로 충분했다.

"샤론, 나는 아이들을 보고 올게요."

클라크는 그렇게 말하고 샤론의 어깨를 다독이고는 우리 쪽으로 목례를 한 뒤 복도 끝으로 사라졌다.

그런 모습을 보니, 어쩌면 클라크는 원래부터 샤론을 말릴 생각이었을 수도 있겠다 싶었다. 또한 이 역시 짐작이지만, 샤론은 클라크가 제지할 줄 미리 알았던 게 아닌지.

두 사람은 그 정도로 뜻이 통하는 사이로 느껴졌다.

"저기."

하며 끼어든 것은 뜻밖에도 뮤리였다.

"저기 있잖아, 닭."

그 말에 클라크가 사라진 쪽을 바라보고 있던 샤론의 눈이 매서운 빛을 띠고 뮤리에게 향했으나 뮤리는 꿈쩍도 하지 않는다.

"닭 얘기 좀 해 봐."

"……."

샤론이 말이 없자 뮤리는 내 손을 잡으며 말했다.

"오라버니는 의지가 안 될 때가 많지만, 가끔은 굉장히 도움이 되거든."

알쏭달쏭한 말에 얼굴을 찌푸렸으나 뮤리는 기죽지 않고 히죽 웃음을 지었다.

"그리고 대개는 우리 편. 뭐, 내 편이 첫 번째이긴 하지만."

굳이 그런 걸 따지는 건 그렇다 치고, 뮤리의 얼렁뚱땅 소개에 진실이 없는 것은 아니니.

헛기침을 하고 기분을 다잡은 후 샤론에게 말했다.

"샤론 씨. 저는 당신을 설득할 뜻은 없습니다. 그리고 제가 샤론 씨의 목적… 피의 복수에 완전히 동의할 리도 없겠지요? 그러나 저도 교회의 악폐는 바로잡아야 한다고 생각하는 사람입니다. 완전히 협력할 수는 없어도, 일부는 그럴 수 있을 겁니다. 혹은."

"최소한 우리를 방해하지는 않겠다?"

거기에 바로 동의할 만큼 나도 초짜는 아니다. 무엇보다 이 문제는 이 왕국의 미래를 좌우할 이야기이니까.

입을 다물고 있자 샤론은 물끄러미 이쪽을 바라보고 있다가 지친 듯 한숨을 쉬었다.

"어쨌든 온 힘을 다하겠다고 하기엔 개가 걸림돌일 테니까."

"개 아니야! 닭!"

거리에서 종종 보는 개와 까마귀의 싸움 같은데, 물론 둘 다 진심에서 저러는 것 같지는 않다.

"그건 됐고. 동정하지 않겠다면 그만큼 일을 하기는 수월해지니까. 이야기를 해 보지."

샤론은 그런 말을 하고는 나무창 밖을 향해 턱을 까딱했다.

"이 시간엔 중정에 볕이 잘 들지. 개한테는 딱이겠지?"

"크르르르르."

그 말에는 진심으로 화가 난 뮤리의 머리를 달래듯 쓰다듬은 후 밖으로 나섰다.

빈말로도 근사하다고는 못 할 건물이 빙 둘러 서로 기대듯 서 있다.

그곳은 중정이라기보다는 건물을 대충 세우고 보니 어쩌다 생긴 공간처럼 보이기도 했으나, 확실히 해가 잘 들고 풀도 있었다. 작은 새들이 평화로이 풀밭에서 뭔가를 쪼고 있다.

"너희들, 잠시 나가 있어."

샤론이 손짓을 하자 작은 새들이 포르르 날아올랐다. 작은 동물을 부리는 것은 일레니아만이 아니라, 도시에 사는 사람 아닌 이들의 상투적 수단인가 보다.

"그럼 어디서부터 말을 해야 하려나."

누군가가 햇볕을 쬘 용도로 갖다 놓았을 나무상자에 걸터앉아 샤론이 말을 꺼냈다. 남은 상자는 하나뿐이라 뮤리에게 양보하려는데, 반대로 손을 잡아끌어 나를 앉혔다. 뮤리는 어쩔 생각인가 했더니 당연한 듯이 내 무릎 위에 앉는다.

어리광쟁이 여자애 같은 짓을 하면서도 뮤리는 예리함도 겸비했다.

"닭네 어머니는 어떻게 됐어?"

단숨에 요점을 찌르는 바람에 샤론마저 눈이 휘둥그레졌으나, 잠시 후 어깨를 으쓱이더니 거기서부터 이야기하는 게 빠르겠다고 생각한 모양이었다.

"내 어머니는, 아름다운 금빛 날개를 가진 황금 독수리였다."

"헤에~ 금빛 날개…."

샤론을 닭이라 부르지만, 금빛 날개를 가진 독수리라는 말에는 솔직히 귀가 솔깃한가 보다. 샤론은 그런 뮤리에게 다소 당황했으나 나쁘게 받아들이진 않은 듯하다.

"그리고 어떤 연유에서인지는 모르겠으나, 교회 성직자에게 걸려든 거지. 한동안은 평화로이 살았던 모양이나."

결혼이 금지된 성직자와 설상가상 사람이 아닌 이의 윤리에 어긋나는 사랑.

음유시인은 뭐라 노래할까.

"하지만 놈들은 대개 출세를 하려면 신변 정리를 할 필요가 생기지. 시골의 작은 교회라면 일종의 왕 같은 신분이니 그럴 일도 없지만, 이렇게 큰 도시의 교회로 오려면 필수적인 절차라더군."

작은 교구에서 큰 교구로 오게 되면 거처에서부터 모든 게 바뀌게 된다. 시벽을 넘어 이주하게 되면 신원 보증도 받아야 할 테고, 아이가 있으면 누구의 자식이냐는 문제도 생기고.

"물론 놈들도 조직적으로 썩어 빠진 관습을 반복하고 있으니,

걸림돌이 된 처자식을 버리는 데도 익숙하지. 놈들은 갓난아기의 세례명부를 조작해 다른 사람으로 바꾸고, 거기에서 더 나아가 매장명부에 이름을 적어 넣어 가공의 남편을 죽은 것으로 만들거든. 눈 깜짝할 새에 착한 남편을 앞세워 보낸 아이 딸린 과부가 되는 거야. 그런 모자와 친부 사이에는 아무것도 없고, 아주 깨끗하게 각자의 삶을 살았노라 서류가 증명하는 거지."

그런 이야기에 뮤리가 무릎 위에서 몸을 틀어 나를 올려다보았다.

진짜 아니지? 하며 놀라워한다.

"어디까지나 서류상의 이야기이지만… 그럴 수도 있을 거예요."

옷을 달리 입기만 해도 사람들의 보는 눈이 바뀌듯, 종이와 잉크에 따라 사람의 존재도 쉽게 바뀐다.

"그렇다 해도, 진실은 새어 나가게 돼 있어. 고향의 지역민들은 다들 진실을 아니까. 소문은 쉽게 퍼져 나가지. 원래 성직자의 첩으로 편히 살았던 만큼 주위 시선은 싸늘해서 모자가 있을 곳은 없어져. 대개는 원래 마을이나 도시, 또는 아주 작은 연줄이라도 있는 곳에는 머물 수 없게 되어 어딘가 먼 곳으로 가는 수밖에. 그렇게 되면."

하며 샤론은 한숨을 쉬고 어깨를 늘어뜨렸다.

"아이는 방해물이 되지. 신분증명서가 있다 해도 멀리서 아이를 데리고 온 여자. 시벽 검문소에서 여지없이 걸리게 되지. 중죄를 지은 범죄자와 연루된 건 아닌지, 무슨 부정을 저질러 집에서 쫓겨난 자는 아닌지. 또는… 교회나 귀족에게서 버려진 모자는 아닌지."

샤론은 고개를 들어 눈부신 듯 해를 우러르며 말을 이었다.

"대부분의 어미는 지칠 대로 지쳐 속수무책으로, 아이를 교회나 수도원 앞에 두고 떠나지. 교회에게 그렇게 당했는데 의지할 곳이 교회밖에 없다는 게 참 기가 막히는 거지."

"그런…."

뇨히라에서도 가장 금실 좋은 부부의 딸에게는 상상도 되지 않는 음울한 이야기일 터.

"그럼, 당신… 어머니도?"

뮤리는 샤론을 닭이라 부르지 않았다.

샤론은 그런 뮤리를 보고는 어깨를 으쓱였다.

"이 고아원의 아이들은 방금 한 이야기와 엇비슷한 과정을 거쳐 들어와. 클라크 녀석은 똑똑하기도 해서 '조카'로서 아비 밑에 남겨져 말단 성직자라도 된 거고. 내 어머니와 나는 이야기가 또 달라. 어머니는 날개를 펼치면 웬만한 집은 훌쩍 뒤덮을 만큼 거대한 황금 독수리이니, 숲에서 내가 먹을 것을 잡아 오는 것쯤은 일도 아니거든. 숲속 짐승을 모조리 잡아 모피상과 푸줏간에 내다 팔면 큰 돈벌이도 됐을 거야."

저런 식으로 말하는 건 그렇게 되지 않았다는 뜻이다.

"어머니는 오랜 시간을 살며 인간과 부부가 되는 게 어떤 일인지를 알고 있었다. 나이를 먹지 않는다는 것을 감출 수 없으니, 정체를 밝혔음에도 서로가 그 문제를 넘어 함께했던 거지. 그만큼 상대를 믿었던 거다. 그러나, 그랬으나…."

샤론의 눈에서 빛이 가신다. 햇빛 속에서 더욱 원망의 색으로 눈이 물든다.

"그자는 그런 어머니를 배신했다. 자신의 출세를 위해."

무릎 위에서 뮤리가 몸을 튼다. 샤론의 형형한 증오에 압도되었는지.

"그리고 어머니는 인간 세상이라는 곳을, 그 자체를 견디지 못하게 되었지. 나를 두고 서쪽 바다 너머로 날아간 듯하다."

눈에서 원한이 옅어지고, 슬픔과 애수의 빛으로 바뀐다.

하지만 샤론의 말이 조금 마음에 걸렸다.

"'듯하다'고 하심은?"

샤론은 얼굴을 들고 지친 듯 머리를 기울였다.

"나는 그때 아직 젖먹이였다. 어머니가 나를 맡긴 양 할아버지에게서 들은 이야기다. 할아버지는 모순되게도 수도원에서 양치기를 하고 있지. 우리는 아무리 발버둥 쳐도 교회의 그물에서 벗어날 순 없는 모양이야."

그러니 모조리 불을 질러 무너뜨리겠다. 샤론의 원한은 뒤엉

킨 그물처럼 본인의 몸을 옭매고 있다.

한편으로 나는 세상이 얼마나 좁은지를 새삼 실감했다.

"혹시 그 양이 황금 양인지요?"

샤론은 눈에 띄게 놀랐다.

"하스킨즈를 아나?"

"모든 길은 서로 만나 이어진다지요."

불쑥 튀어나온 성전의 인용구에 샤론은 코웃음을 쳤다.

"저기, 그럼 당신 어머니는 일레니아 씨가 가려고 하는 서쪽 대륙으로 간 거야?"

"뭐? 아아, 그 얘기…. 서쪽 대륙의 전설은 이 왕국뿐 아니라 대륙에서도 서해 바닷가 사람들 사이에 계속 전해 내려오고 있는 이야기지. 할아버지도 나를 이해시키려고 그렇게 말한 걸 거야. 나는 안 믿어."

샤론의 자포자기식 태도에 서쪽 대륙을 믿는 뮤리는 울컥한 표정을 지었다.

"나는 고래한테서 들었어. 터무니없는 이야기는 아니라고."

"…뭐?"

"고래 본인도 도저히 헤엄쳐 갈 수가 없고, 갈 생각도 없다고는 했지만…."

샤론은 말이 안 통한다며 한숨을 지었으나 뮤리는 주장을 이어 나갔다.

"하지만 이런 얘기도 했어. 서쪽 바다 깊숙한 곳에 믿기지 않을 만큼 거대한 발자국이 남아 있다고. 그 흔적은 분명히 서쪽을 향하고 있었다고."

"발자국?"

뮤리는 일어나서 말했다.

"달을 사냥하는 곰."

사람이 아닌 자는 동료들 사이에서 누구나 한 번쯤은 들어봤을, 전설 속의 악당이다.

샤론은 눈을 껌뻑이며 말을 잃었다.

"…말이 돼?"

"내가 거짓말을 한다는 거야?"

또 눈싸움을 시작하려 하기에 끼어들었다.

"오텀 님께서 함부로 말하는 분이 아니신 건 분명합니다."

고래의 화신 오텀이 별난 인물이긴 해도 거짓말을 할 리는 없다.

"…서쪽 바다 끝의, 대륙…."

샤론은 나직이 중얼거리며 눈을 찌푸렸다.

자신의 어머니가 날아간 서쪽 바다 그 너머에 있다는 대륙. 그곳을 향해 날아갔다는 이야기는 하스킨즈가 어린 샤론을 생각해서 지어낸 이야기일 가능성이 크다.

하지만 샤론이 그 가능성을 단호히 부정하려는 심정도 알 것 같았다.

왜냐하면, 샤론의 독수리 모습은 아름답고 용맹해 보이기는 해도 뮤리처럼 숲에 있어도 이상하지 않을 평범한 모습이니까. 필시 자신의 날개로는 도저히 날아갈 수 있는 곳이 아니란 걸 안다. 절대 가지 못할 곳을 애타게 그리는 것은 어리석은 자나 하는 짓으로, 어리석지 않은 이에겐 고통스럽기 짝이 없는 일이다.

일레니아의 경우, 양은 하늘을 날지도 바다를 헤엄치지도 못한다는 걸 알기에 역설적으로 대륙 이야기에 빠져들 수 있는 것인지도 모른다.

그런 생각을 하고 있는데, 샤론도 나무상자에서 일어나 말했다.

"그 대륙이 있든 없든 내가 해야 할 일은 정해져 있다. 교회의 쓰레기 같은 놈들을 끌어내 목을 매달아야지. 복수를 이루지 않고는 어머니를 뵐 면목이 없으니."

동의는 구하지 않는다. 공감조차 바라지 않는지도 모른다.

샤론은 고아원 건물을 힐끗 보았다가 우리를 보았다.

"상대는 막강한 교회 조직이다. 징세권을 방패로 쳐들어갈 좋은 기회는 앞으로 두 번 다시 없겠지. 그러니 방해는 하지 마."

그러고는 걸음을 내디뎌 자리를 뜨며 작은 목소리로 덧붙였다.

"클라크는 내 정체를 모른다. 쓸데없는 소리 하지 마라."

대답할 새도 없이 샤론은 문을 열고 건물 안으로 들어갔다. 아이들이 떠드는 소리가 나무창 틈새로 들려온다.

"흥. 겁쟁이."

문득 정신이 들자 뮤리가 허리에 손을 얹은 자세로 곁에 서 있다.

"자기는 못 날아간다고 대륙 같은 건 없다며 스스로를 포기시키다니."

샤론에 대해 같은 생각을 한 모양인데, 나는 샤론이 겁쟁이라고는 생각하지 않는다.

"고생을 많이 했을 거예요. 현실적인 거죠."

사람은 빵만으로는 살 수 없다고 성전은 말하나, 그렇다고 빵이 없는데 성전만 쥐고 있어 봐야 허기를 면할 수는 없다. 샤론도 수많은 갈등의 끝에 이곳에 와 있는 것일 테니.

"그리고 샤론 씨의 분노는 샤론 씨만의 것이 아닌 듯하니."

"무슨 뜻이야?"

뮤리의 물음에 천천히 숨을 들이마신 뒤 대답했다.

"징세인들을 이끌고 있잖아요? 게다가 이 고아원이요. 샤론 씨는 역경에 처한 사람을 무시할 수 있는 사람이 아닌 거예요. 그러니 서쪽 바다 너머가 궁금하면서도 머릿속에서 배제할 수밖에 없는 거겠죠."

"……."

개라고 불린 분노가 아직은 약간 남아 있는지 뮤리는 못마땅한 얼굴을 했으나 부정은 하지 않았다.

아이들이 밥을 먹으러 가는 행렬을 보며 샤론은 아이는 좋아하지 않는다고 했다.

하지만 그때의 온화한 표정을 눈치 빠른 뮤리가 알아채지 못했을 리 없다.

"저 닭이 화를 내는 이유에는, 물론 나도 동의해."

또다시 닭이라는 별명으로 돌아갔으나, 그것이 오히려 샤론에 대한 친근감을 느끼게 해서 흐뭇해진다.

"…왜 웃어?"

"아무것도 아니에요."

뮤리가 마음 착한 소녀로 자라나 준 게 오라비로서 또 반갑다.

"하지만 어쨌든 누구를 혼내 줘야 할지는 알았지?"

그 말에는 강하게 동의한다.

"샤론 씨 일행과는 목표로 하는 '거리'는 달라도 방향은 같은 듯하네요."

샤론을 비롯한 징세인들이 윈필 왕국을 혼란에 빠뜨려 내란을 일으키기 위해 클리벤드 왕자에게 고용된 첨병이 아니라는 것을 안 것만으로도 큰 수확이었다. 그렇다면 샤론 측을 적으로 볼 필요가 없고, 함께 싸우지 않을 이유도 없다. 또한, 그들이 싸우는 이유가 분노라는 점도 되레 화해의 가능성을 나타내는 것이라 볼 수 있었다.

복수로는 아무것도 얻을 수 없는 법. 어떻게든 막아야 할 일이니까.

"근데 있잖아, 오라버니."

"뭐요?"

하고 되물은 직후.

뮤리가 덥석 뛰어드는 바람에 하마터면 앉아 있던 나무상자에서 자빠질 뻔했다.

"뮤, 뮤리?"

왜 이러나 했더니 뮤리의 후드 아래, 로브 아래로 늑대의 귀와 꼬리가 부풀어 있다.

"오라버니는 나를 버리지 않을 거지?"

숨을 삼킨 것은 한순간.

그럴 리가 없다고 장담할 수 있고, 늘 자신만만한 뮤리 역시 아직 연약한 여자아이의 일면이 남아 있다 싶어 오히려 안도했다.

내 가슴에 얼굴을 대고 있는 뮤리의 마른 등을 쓸어 주며 이렇게 말했다.

"뮤리의 장난질, 왈가닥 짓이 너무 심해지면, 또 모르죠."

"어엉!"

고개를 든 뮤리를 내려다보며 미소를 지었다.

"뮤리는 예의 바른 착한 아이니까 그럴 걱정은 없죠?"

이내 토라져서는 또 품에 안긴다.

꼬리가 못마땅하게 파닥이다가는 뚝 멎는다.

그리고 뮤리는 조그맣게 말했다.

"빌어먹을 교회를 혼내 줘."

뮤리는 무엇이 정의인지를 안다.

내 가슴에 얼굴을 댄 채 고개를 들지 않는 뮤리를 보며 담담히 웃다가 머리에 입을 맞춘다.

"여자아이가 빌어먹을 같은 말을 쓰면 안 돼요."

그러자 바로 꼬리가 파닥파닥 항의의 목청을 높인다. 가만히 있으면 귀족 영애로 보일 만큼 아리따운데, 역시 이런 면은 산촌 출신 왈가닥이다.

하지만 뮤리는 샤론을 위해 화를 낼 줄 안다. 그것이야말로 귀족 영애에게도 지지 않을 뮤리의 고결함이다.

"자, 이러고 있는 걸 샤론 씨가 봤다가는 또 무슨 소리를 들을지 몰라요."

등을 가볍게 톡 치자 꼬리를 파닥이던 뮤리가 싫은 듯이 고개를 든다.

그러고는 윗눈질로 노려본다.

"끝으로 다시 한번 꼭 안아 줘."

어이없는 한숨을 짓고는 "예, 그러죠." 하며 공주님이 명하시는 대로 했다.

샤론 측 징세인들이 단순히 돈 때문에 그러는 게 아니고, 게다가 클리벤드 왕자의 앞잡이도 아니었으며, 그들에게는 그들 나름의 대의명분이 있다는 사실을 알게 된 것은 매우 큰 수확이었다.

물론 신앙의 이념 같은 게 아니라 자신들의 과거를 건 절실한 싸움이기는 하나, 교회의 악폐를 바로잡는다는 의미에서는 우리와 같은 방향을 향하고 있고, 그들의 고통을 덜어 주는 것은 신의 뜻에도 걸맞은 것이라 여겨졌다. 그들 같은 이들을 지지하지 않고 어떻게 내가 올바른 신앙의 모습을 낭랑히 외칠 수 있겠는가.

어떻게 해서든 교회와 상인들을 떼어 놓아 왕국이 물자 부족으로 혼란에 빠진 끝에 그 틈을 타고 전쟁이 나는 사태를 막은 후에 교회와 맞서야 한다.

그리고 교회의 악폐는 기필코 바로잡아야 한다.

"가장 우선해야 할 것은 역시 상인들이겠네요."

그들이 이상한 결속력을 보이는 이유를 알 수만 있다면 거기에 쐐기를 박아 교회에서 멀어지게 할 수 있을지도 모른다. 그리고 상인이라는 무기를 잃으면 교회도 전쟁으로 가는 건 망설이게 될 테니.

하지만 복잡한 신학 이야기라면 다소 자신 있어도, 장사 이야기에는 깜깜하다. 하물며 연기처럼 변화무쌍한 상인의 마음속을 어찌 알겠는가.

내가 그들의 생각을 간파할 수 있을지 불안해졌으나, 곁에 있는 뮤리를 보자 마음이 좀 달라졌다. 가능 불가능을 말하자면 지금까지의 모험도 그랬으니까. 싸움에 임하는 건 나뿐만이 아니다.

고아원을 나선 뒤 길을 가며, 가장 믿음직한 단짝인 뮤리와 상인들에 대한 대책을 논의했다.

뮤리는 쇠뿔도 단김에 빼는 걸 좋아하기에 자기가 남장을 하고 상회에 고용돼 탐색하겠다고 주장하는 데 반해, 나는 여차하면 뮤리의 아버지인 로렌스를 부르는 게 낫지 않겠느냐고 제안했다.

왜냐하면 로렌스는 일찍이 능력 출중한 행상인으로 북방 일대의 경제 상황을 바꿔 놓은 인물이니. 상인과 관련한 문제는 로렌스만큼 믿을 만한 이가 없을 거다 싶은데, 뮤리는 얼굴을 있는 대로 찌푸렸다.

'저럴 것까지야….'라고 생각하는데, 뮤리가 이유를 가르쳐 주었다.

"아버지가 오면 어머니도 올 거 아냐."

안하무인에 제멋대로인 뮤리도 모친인 호로만은 거역하지 못한다. 그뿐 아니라, 주위에서 보기엔 흐뭇한 부부 사이도 친딸에겐 갑갑한 광경으로 비치는가 보다.

그런 면은 역시나 아이 같지만 존중은 해야 할 것이고, 나로서도 로렌스와 현랑 호로를 부르는 것은 최후의 수단으로 미뤄두고 싶다. 금세 두 사람에게 의지해서야 홀로서기를 했다 할 수 없게 되니.

"음…. 하지만 우리만으로는 전력이 부족한 것도 사실이에요. 편지는 아직… 혹은 힐데 씨한테 물어보는 것도… 하이랜드 님이 힐데 씨와 직접 대화를 한 것은 아닐 테니…."

이것도 좀 그래, 저것도 좀 그래, 하며 방법을 궁리하고 있자 뮤리가 기다리다 지친 듯이 말했다.

"그러니까 그쪽은 내가 상회에 밀정으로 잠입하면 된다니까."

"뮤리, 이거 그냥 놀이가 아니거든요?"

"뭐어~? 오라버니는 내가 얼마나 활약해 왔는지 잊었어?"

그런 대화를 주거니 받거니 하며 향한 곳은 음식점 '황금 양치'는 아니었다. 뮤리도 샤론의 그런 이야기를 들은 데다 고아원에서 지내는 아이들을 본 직후인데 양고기에 군침을 흘리는 넉살은 갖추지 못한 듯했고, 나도 푼돈이기는 해도 기부함에 돈을 살짝 넣어 놓고 왔다.

그런 까닭에 노점에서 대충 때운 후 하이랜드가 빌려 쓰고 있는 저택으로 갔는데, 문간에 도착하기 전에 뮤리가 코를 킁킁대며 뭔가를 탐색했다.

"…맡아 본 적이 없는 좋은 냄새가 나."

"뮤리. 아가씨는 그런 짓 하는 거 아니에요. 그리고 방금 노점에서 먹었잖아요."

어이가 없어 한마디 하자 뮤리는 전에 없이 조금 상처받은 표정을 지었다.

"오라버니 바보! 먹을 것 얘기하는 거 아냐!"

"그래요?"

"오라버니는 나를 어린애 취급만 하고! 어휴, 진짜 그거 아니거든? 뭔가 굉장히 짙은 꽃향기 같은 게 난단 말야!"

꽃잎 설탕절임인가 했는데, 짙은 꽃향기라니 향수일 수도 있겠다.

그런 생각을 하면서 하인이 문을 열어 주어 저택 안으로 들어서자 발코니 아래에 훌륭한 사두마차가 서 있었다.

"하이랜드 님께 손님이 오셨나 보네요. 아마 향수 냄새일 거예요."

"향수? 아~ 냄새는 좋은데 먹을 순 없는 그거?"

멋보다는 식욕이라는 데에 조금 안심이 된다.

"참 근사한 마차네요. 귀족 손님이신가."

"어디에서 온 거지? 맡아 본 적 없는 여러 가지 좋은 냄새가 아주 많이 나."

마차는 높다랗고 폭도 넓어 성인 예닐곱 명은 거뜬히 탈 수 있겠다. 검은 칠이 된 마차는 우아한 조각이 되어 있고, 중요한 부분에만 살짝 들어간 금장식이 신비한 위엄을 풍긴다.

마차에 달린 창도 투명한 유리판으로, 저것만으로도 한 재산이 될 것 같다.

"자, 어서 가요."

가만 놔뒀다가는 마차 안까지 들어갈 기세인 뮤리의 손을 잡아끌며 저택 안으로 들어간다.

하이랜드가 손님을 만나고 있다니, 샤론에 관한 보고는 밤에 해야 하려는지. 가능하면 빨리 보고하고 상인과 교회의 관계를 깰 대책을 진지하게 세우고 싶었는데… 하고 있자, 불쑥 나타난 하녀와 맞닥뜨렸다.

인사를 하고 하이랜드가 지금 어쩌고 있는지 좀 물어볼까 하던 참에, 먼저 말을 걸어온다.

"콜 님. 마침 잘 오셨습니다. 하이랜드 님과 여러분께서 기다리고 계십니다."

"예?"

얼결에 되묻고는 뮤리를 쳐다보고 만다. 뮤리는 알쏭달쏭한 표정으로 고개를 갸웃했다.

"혹시 아버지랑 어머니?"

설마 싶지만, 이런 곳에까지 와서 우리를 기다릴 인물이 달리 있을 리가 없다. 애당초 우리가 여기에 있다는 걸 아는 사람이 별로 없다. 양인 일레니아나 고래 오텀이나 알까. 하지만 기다리고 있다니 만나러 가 보는 수밖에.

"그럼 바로 방에 가서 옷을 갈아입고 올 테니."

하녀에게 그렇게 말하는데 뮤리가 끼어들었다.

"평소에 입는 촌스런 옷보다 이게 나은 것 같은데?"

성직을 지향하는 자의 옷이니 촌스럽다는 말은 오히려 칭찬이라고 주장하려는데, "훌륭한 차림이시니 실례가 되지는 않을 겁니다."라는 하녀의 말에 옷을 갈아입는 건 포기했다.

"그럼 이대로 갈까요?"

하녀의 안내로 응접실로 향한다. 방에서 방으로, 엄숙한 초상화를 네 개쯤 지났을 때였다. 닫힌 문 앞에 이색적인 차림의 이인조가 서 있었다.

"콜 님을 모셔 왔습니다."

하녀는 문 앞에 선 두 사람에게 우아하게 인사했다.

이인조는 허리에 금장식이 들어간 장검을 차고 있는 것으로 보아 손님의 호위무사이리라. 콧대가 높고, 볕에 탄 피부에 검은 머리와 눈썹이 몹시 이국적인 분위기를 풍기며, 금사와 은사로 꾸며진 옷을 입은 모습이 뇨히라에서 눈에 띄던 떠돌이 배우 같기도 하다.

추운 북방 뇨히라에서는 인기 있는 연극, 사막의 이야기를 연기하는 배우의 의상이 딱 저랬다.

곁에 있는 뮤리를 힐끗 보자, 아니나 다를까 호기심으로 눈이 반짝반짝하다. 귀와 꼬리가 나오지 않을까 불안할 정도다.

"들어가십시오."

이인조 중 한쪽이 나직이 말하고 문을 노크한 후, 대답이 들리기 전에 문에 귀를 댔다가 천천히 밀어 열었다.

그러자 내 코로도 맡을 수 있을 만큼 기분 좋은 꽃향기가 밀려들었다.

"오오, 콜, 마침 잘 왔어. 사람을 보낼까 하던 중인데."

왕족인 하이랜드가 의자에서 일어나 일부러 맞이해 주기까지 한다.

영광이기는 하나, 손님에 대한 실례가 아닌가 한 것도 잠깐. 예를 갖춰 방 안으로 들이는 척하다 한순간 정색을 하며 표정을 바꾼다.

뮤리도 당연히 알아본 모양이다. 호기심에 들떴던 얼굴에서 표정이 가신다.

나를 찾아온 손님이라는 이가 그 정도로 방심할 수 없는 인물인가 보다.

"여명의 추기경이 귀가했소."

기다란 방 안, 긴 탁자에서도 긴 쪽의 한가운데 앉은 인물을 돌아보다가 순간 눈이 휘둥그레졌다. 실내인데도 커다란 우산을 펼쳐, 곁에 선 처자가 들고 서 있었기 때문이다.

게다가 그 우산이라는 게 눈이 시릴 만큼 새빨간 천에 금사로 동물과 화초 그림을 그려 넣었고, 테두리는 은사가 다발로 늘어져 있는 것이라, 뮤리 못지않게 놀라 입이 쩍 벌어질 만했다.

우산을 표현할 말이 '호화찬란'이라는 것 외엔 없는데, 또 그 우산을 든 처자가 '내 평생 저런 사람은 처음 본다' 싶을 만큼 아름다웠다. 우리 쪽을 보고는 화려한 금장식으로 잔뜩 꾸민 풍성한 흑발 아래 길쭉한 눈으로 미소 지었다.

하지만 그제야 비로소 깨달았다. 처자의 옷이야말로 뇨히라에서 본 무희의 옷과 똑같고, 우산에 그려진 동물도 등에 혹이 달린 말과 비슷하게 생긴 생물이었다.

그리고 그런 우산 밑 의자에 우아하게 앉은 채로 얼굴이 보이지 않는 인물은 성직자의 로브와 비슷하기는 하나 가는 무늬가 들어간 사치스러운 옷을 입고, 목에는 특징적인 녹색 보석을 걸고 있었다. 여기에서 한참 남쪽, 햇빛이 너무도 강렬해 태양보다는 달을 사랑한다는 곳의 서사시에 나오는 보석이다.

사막의 주민.

그러나 사막 이야기는 알아도 그런 곳에는 가 본 적이 없고, 아는 이도 당연히 없다.

대체 누구지, 라고 생각한 순간.

"오랜만이구나, 콜."

우산 밑에서 들려온 음성에 당황했다.

상대가 내 이름을 알고 있어서가 아니다. 내가 상대의 음성을 알기 때문이다.

"설마…."

그렇다. 내가 이곳에 있다는 것을 아는 인물이 세상에는 한 사람 더 있었다.

우산 밑의 인물이 손을 흔들자 곁에 선 처자가 공손히 커다란 우산을 옆으로 내렸다.

그 밑에서 나타난 것은, 너무도 그리운 얼굴이었다.

"에이브 씨!"

내가 뮤리 또래일 적, 로렌스와 호로를 따라 모험이라고밖에는 말할 수 없는 나날을 보내던 시절. 수많은 사람을 만나고, 수많은 경험을 했다. 개중에서도 잊을 수 없는 인물을 꼽으라면 그 첫 번째로 떠오르는 것이 에이브 볼란의 이름이다.

로렌스와는 또 다른 기질의 상인으로, 현랑 호로가 경계할 만큼 굶주린 늑대를 닮은 인물이다. 하이랜드가 경계하는 것도 당연하달까.

하지만 에이브는 행동거지 때문에 오해받기 쉬우나 심지는 악한 사람이 아니다. 그런 에이브가 남방에서 대성공을 거뒀다는 것은 알고 있었으나, 십 년 새에 더욱 큰 부를 쌓은 모양이었다.

"에이브 씨, 정말 오랜만에 뵙습니다!"

에이브는 옛날부터 나를 여러모로 돌봐 주었는데, 에이브의 본거지는 아득히 먼 남방이라 편지를 주고받는 게 고작이었다.

다시 만나게 된 게 너무 기뻐서 그만 쪼르르 달려가고 말았다.

"일레니아한테서 편지를 받았거든. 꼭 만나야겠다는 생각에 노 달린 배를 섭외해서 달려왔지."

"그러셨군요. 하지만, 상당히 멀리서 오신 게 아닌지…."

"뭐, 그럴 만한 이유도 있고… 후후, 저게 그 녀석 딸인가. 쏙 뺐군."

호로와 로렌스의 결혼식에도 온 에이브이기에 호로에게 자식이 있다는 것은 물론 안다. 그런 에이브가 자신을 쳐다보자 뮤리는 얼굴이 눈에 띄게 굳었다.

그리고 에이브는 불현듯 겸연쩍은 웃음을 지었다. 그렇게 웃으면서 왕비가 신하에게 그러하듯 한쪽 손을 들어 이쪽으로 손등이 보이도록 내밀었다.

"콜, 연상의 숙녀에게는 그에 상응하는 인사법이 있지?"

무슨 그런 방자한 소리를, 이라는 생각은 들지 않는다. 에이브는 그런 연극 같은 일을 몹시 즐기니, 나도 신하처럼 무릎을 꿇어 그 손을 잡고 손등에 이마를 댔다가는 입을 맞췄다. 기사가 숙녀에게 하는 예법이다.

하이랜드와 뮤리가 나란히 숨을 삼키는 듯했으나, 고개를 들자 에이브는 도저히 대부호인 권력자라고는 여겨지지 않을 만큼 해맑고 즐겁게 웃고 있었다.

"농담 삼아 기사의 예법을 가르쳐 준 게 십 년도 더 전의 일인데, 잘도 기억하고 있구나."

"에이브 씨에게 많은 것을 배웠죠. 세상에는 돈벌이에 태연히 목숨을 거는 사람이 있다는 것도 포함해서."

에이브는 소리 없이 미소를 더욱 진하게 지은 후 상인답게 빈틈없는 면을 보였다.

"실례했습니다, 하이랜드 경. 간만의 재회라 소란을 떨었습니다."

"아, 아니…."

에이브는 윈필 왕국의 귀족 출신으로 몰락한 끝에 대상인이 되었다. 그러면서도 왕족인 하이랜드와 대등하거나 그 이상으로 우아하게 행동하는 것이 참으로 대단하기 그지없다.

"두 사람은 아는 사이였던가."

당황한 기색인 하이랜드에게 멋쩍게 웃은 뒤 대답했다.

"예. 제가 뮤리 나이 또래일 때부터. 그리고 에이브 씨는 지난번 데자레프에서도 도움을 준 일레니아 씨의 고용주이기도 합니다."

하이랜드는 그러냐며 고개를 끄덕이고는 다시 에이브 쪽으로 자세를 바로 했다.

"그런데, 볼란 상회의 주인이기도 한 인물이 일부러 옛 지인을 보러 이곳까지?"

그러면서 하이랜드가 에이브와 다른 고귀함을 보인 것은 자신이 앉기 전에 뮤리에게 의자를 권한 뒤였다. 어쩌면 뮤리와 공동전선을 펼치려는 것일 수도.

뮤리는 송곳니를 드러내지는 않았으나 심기가 불편한 기색이 역력하다. 입을 벌렸다가는 '오라버니 바람둥이'라는 소리라도 튀어나올지 모른다.

"얼마 전부터 왕국과 교회 사이에 전쟁의 움직임이 있다는 소문은 듣고 있었습니다. 그러던 차에 우리 쪽 고용인에게서 재미있는 편지를 받았습니다. 그런데 편지 내용에 아직 털도 나지 않았던… 이거 실례, **껍질을 갓 벗긴 삶은 달걀처럼** 순진무구했던 소년이 여명의 추기경이라 불린다는 것이지 뭡니까."

에이브의 농담이라는 것을 아니까 가만있었지만, 뮤리의 시선이 따갑다.

나중에 미주알고주알 캐묻겠지.

"저는 착한 신도는 아닙니다만, 가슴에 새기고 있는 원칙이 있거든요."

에이브는 그러면서 다리를 바꿔 꼬았다.

"큰 장사를 할 때는 반드시 내 눈으로 직접 볼 것."

"큰 장사?"

"그렇습니다, 하이랜드 경. 그래서 저는 아직 추위가 남은 이곳으로 서둘러 와, 항구에서 기다렸습니다만… 설마 콜이… 아니, 여기 있는 콜 씨가 경의 보호를 받고 있는 줄은 몰랐습니다."

일레니아의 편지를 받았을 뿐 아니라 다름 아닌 에이브이니, 내가 하이랜드와 행동을 함께하고 있다는 건 알고 있을 것이다. 일부러 겸양을 보이는 것이겠으나 아무리 그렇더라도, 하는 생각이 들었다.

샤론도 동료인 새를 시켜 감시했다고 하고, 물론 하이랜드도 나를 걱정해 항구에 사람을 대기시켜 두었다고 한다.

내가 얼마나 많은 사람의 주목을 받고 있는지를 생각하면 여명의 추기경이라는 이름이 완전히 혼자서 저절로 걸어가고 있는 것 같아 너무 두려워진다.

"남방에서는 모르는 이가 없다는 볼란 상회의 주인이 큰 장사라 하니. 더욱이, 아무래도 그 때문에 이 여명의 추기경을 보러 온 듯한데?"

의자 등받이에 몸을 기댄 하이랜드가 내게는 별로 보이지 않는 귀족다운 어조로 그렇게 말했다. 그 옆에서는 뮤리도 에이브를 빈틈없이 응시하고 있다.

“그 진의를 물어봐도 되겠는가?”

하이랜드의 검 끝을 에이브는 미소로 받아넘긴다.

“제가 이 나라의 귀족 명단에 이름을 올리고 있었을 적엔 사교계에서도 벽의 꽃이었지요. 그런데 설마하니 지금에 와서 왕족이신 분께 질문을 받다니, 참으로 기묘한 일입니다.”

이내 공기가 얼어붙었다.

어쩌려는 건가 하여 에이브를 보자, 어이없게도 한쪽 눈을 장난스럽게 찡긋했다.

“후후. 선왕의 실정으로 가문이 완전히 몰락해 이 나라를 떠났습니다. 한마디쯤은 해도 되지 않겠습니까?”

천하의 하이랜드가 어찌 대꾸해야 좋을지 몰라 굳어 있다.

에이브의 분위기에 완전히 압도되었다.

“그러나.”

하며 에이브는 꼬았던 다리를 풀고 등을 딱 펴며 별안간 표정을 다잡았다.

과일이 무르익은 것 같던 방 안 공기가 이내 서늘해졌다.

“아시다시피 저는 이 나라를 떠난, 몰락한 귀족 출신 상인입니다. 그리고 기구한 운명 끝에 온갖 억측을 부르고도 남을 만한 황금을 축적했지요. 그러니 제가 경께 이렇게 달려와 계획을 말씀드린들 필시 믿음이 가지 않으실 거라 사료합니다.”

조금 전까지만 해도 눈앞에 있는 것은 수상쩍은 사막의 상인이었다.

하지만 낭랑한 발음으로 말을 잇는 저 모습은 왕궁에서 국왕을 알현하는 귀족의 자세였다.

"그러니 저는 여명의 추기경께서 말을 보태 주신다면 어떨까 했습니다."

에이브가 이쪽으로 시선을 돌리는 바람에 다소 당황했다.

"제가, 요?"

"콜은 저에 관해 잘 압니다. 콜의 기분에는 부도덕하다 할 면도, 그와 동시에 믿을 수 있다 할 면도."

그러면서 싱긋 미소 짓는다.

"……."

하이랜드는 갈피를 잡지 못하는 눈빛을, 뮤리는 배신자를 보는 듯한 눈빛을 보내온다.

하지만 내 역할이 무엇인지는 왠지 알겠다.

누가 보더라도 저 사람의 뱃속에는 다른 꿍꿍이가 있어 뭔가를 꾸미고 있을 게 뻔하다고 생각된다는 것을 스스로도 잘 아는 에이브는, 실제로 뭔가를 꾸미러 이곳에 왔으나 다른 이의 보증 없이는 장사를 못 할 거라 판단한 것이리라.

그래서 불려 나온 것이 나.

성직자가 마음만 먹으면 어디에서 태어나 누구와 결혼하고 언제 죽는지, 그 기록마저 쉽게 조작할 수 있다. 누구의 지인이고, 누구의 신용을 받느냐는 높이 쌓은 황금보다 설득력을 띤다.

물론 나는 에이브를 전부 아는 것도 아닐뿐더러 안다고 말할 생각도 없다.

그러나 의심할 바 없는 점이 딱 하나 있다.

"에이브 씨는 장사에 관한 한은 신용할 수 있습니다."

왜냐하면 에이브는 돈벌이를 위해서라면 태연히 목숨을 거니까. 당시의 로렌스와 호로, 그리고 미력하나마 나까지 포함해 종이 한 장 차이로 죽을 뻔한 것을 살려냈다.

그러면서도 지치질 않으니, 황금에 대한 신앙으로 말하자면 에이브는 순교자라 할 만하다.

"다만."

하고 말을 덧붙인 것은, 에이브는 저 현랑 호로도 좋든 싫든 인정한, 사람의 가죽을 뒤집어쓴 늑대이기에.

"이번에는 대체 뭘 꾸미고 계신 겁니까?"

에이브는 소녀처럼 웃고는 말했다.

"윈필 왕국과 외국의 무역을 독점해 보려고."

에이브 볼란.

신조차 두려워하지 않는 수전노는 여전히 건재한 모양이었다.

늑대와 양피지

제 3 막

에이브가 장사에 관해서 무슨 말을 할 때, 농담이나 과장을 할 리 없다.

그렇기에 말의 진의를 파악하기 어려웠다.

"실례하오. 방금 뭐라고?"

그리고 그것은 물론 나뿐 아니라 하이랜드 또한 마찬가지였다.

"윈필 왕국과 외국의 무역을 독점해 보려고."

온화하게 미소 지으며 한 글자도 빼놓지 않고 고스란히 되풀이했다.

역시 농담이 아니다.

긴 탁자를 끼고 하이랜드와 시선을 교차한 뒤 에이브를 새삼 바라봤다.

"에이브, 씨. 그런 말씀을 농담으로 하실 분은 아닙니다. 하지만…."

"간단한 이야기다. 여명의 추기경. 당신네 왕국 측은 원거리 무역상인들의 간계에 골머리를 앓고 있지. 아닌가?"

왕족을 앞에 두고 그 무슨 무례한 말버릇이냐며 야단치는 자는 이 자리에 없다. 오히려 너무도 걸맞게 속을 내보여서 에이브라는 인물에게 묘한 신뢰감이 느껴진다.

게다가 언급한 내용은 실로 정확하니 더더욱.

"볼란 상회 쪽이 우리보다 상황을 더 자세히 파악하고 있을 듯한데?”

하이랜드도 비로소 에이브에게 익숙해졌는지 기죽지 않고 차분히 대답했다.

“그런 자신은 있지. 그러니 이건 큰 장사가 되겠다는 생각에 가만있지 못하고 여기까지 온 거지. 그쪽 생각은 이런 거 아니겠나? 교회의 멍청한 놈들이 어떤 수를 썼는지 외지 상인들과 손잡고 이 나라를 말려 죽이려 한다. 이대로 가다가는 교회와 전쟁을 치르지 않기 위해 양보하거나 불리한 상황인 채로 전쟁에 말려들지도 모른다. 어떻게든 대책을 세우지 않으면 놈들에게 질질 끌려다니게 된다.”

에이브가 한 말의 내용에 얼굴이 경직된 하이랜드 옆에서 뮤리는 에이브의 언변에 눈이 휘둥그레져 있었다. 물론 예의를 잃은 말투를 질색하는 게 아니라 그 반대.

용병과 해적의 거칠기 짝이 없는 이야기가 대환영인데, 에이브는 그 우두머리라 해도 수긍이 된다.

호기심과 적개심의 갈등으로 복잡한 표정을 짓고 있었다.

“그래서, 뭐 좀 괜찮은 방안이라도 있나?”

하이랜드는 집 앞에 물건을 팔러 온 잡상인을 응대하듯 했다.

하지만 겉모습만큼 관심이 별로 없는 게 아니다. 나도 하이랜드도 신앙 세계의 미묘한 사정이라면 모를까, 장사의 세계에는 깜깜하니까.

더욱이 온갖 이매망량이 꿈틀대는 상인의 세계 속을 왕뱀처럼 기어 다니는 에이브가 나타났으니 원래 같으면 쌍수 들고 환영해 지혜를 빌려야 할 참이다.

문제는 에이브라는 인물이 신용은 할 수 있어도 방심해선 안 되는 존재라는 데 있었다.

"있지. 내 돈벌이 건수이기도 하고."

단언한 후에 이어진 말에는 귀를 의심했다.

"교회는 전쟁을 유리하게 이끌기 위해 무역상인들을 이 나라에서 철수시킬 테지만, 그 대신 우리 상회가 남방에서 온갖 물자를 이 나라에 공급하는 거지."

에이브의 입꼬리가 왼쪽만 한껏 치켜 올라간다.

아이들 이야기 속에 나오는 나쁜 여우처럼.

"대량의 밀가루, 넘쳐 날 만큼 많은 육포, 호수를 만들 수 있을 정도의 포도주, 기름도 마련하지. 물론 눈부시게 윤이 반들반들한 철제 무기, 잘 짠 모직물, 무두질된 털가죽, 그뿐 아니라 직인들이 필요로 하는 온갖 원재료에 가공용 도구도 실어 오지. 당연히 짐을 가득 싣고 온 배는 돌아가는 편엔 또 물자를 잔뜩 실어서 갈 수 있으니, 윈필 왕국에서 생산되는 양털, 이탄, 그리고 특산품인 불타는 술의 판로도 맡아 왕국민에게 황금을 안겨주는 것도 가능해."

말 그대로 모든 장사를 한 손에 쥐겠다.

에이브가 한 말은 그런 뜻이었다.

"…에이브 볼란."

그러나 하이랜드는 그런 황당무계한 말에 몹시 싸늘한 음성으로 말했다.

"그런 일이 가능하리라 생각하나?"

"가능하지. 당연히."

주저하는 척도 하지 않는다. 긴 탁자 위로 몸을 내밀고 있던 에이브는 자신만만하게 등받이에 몸을 기댔다. 바다를 갈라 보이겠다고 해도 믿어질 것 같다.

하이랜드는 한층 어이없어하며 두통을 참는 듯 눈을 감았다가는 천천히 짓씹듯이 말했다.

"그대는 남방의 상인이다. 그대가 가능하다 하는 그것은 남쪽에서는 여전히 강대한 권력을 자랑하는 교회를 배신하는 행위나 다름없다. 게다가 다른 상인들은 교회와 손을 잡고 장사를 그만하겠다는데 어떻게 그대의 배만 무역을 계속할 수 있겠나?"

지극히 타당한 질문이나, 에이브가 그에 대한 답을 준비하지 않았을 리 없다. 이 자리에 있는 모든 이의 시선을 받은 에이브는 요술쟁이가 요술의 내막을 공개하는 듯한 얼굴을 하고는 말투도 여봐란듯이 바꿨다.

"저는 이 나라의 귀족 출신이었지요, 하이랜드 경. 그러니 물자가 간절한 윈필 왕국은 저희 상회를 믿고 의지할 겁니다, 라고 **교회에 고하는** 겁니다."

"교회, 에…?"

"그렇지요. 저는 실제로 교회에 이리 말했습니다."

에이브는 다리를 바꿔 꼰 후 음색을 바꿨다.

"에이브 볼란은 몰락 귀족으로 가문의 이름과 함께 상인에게 팔려 간 신세였으나, 그 상인 또한 왕의 실정으로 인한 불황으로 파산해 모든 것을 잃었다. 그 후 아득히 먼 남쪽 땅에서 재기했으나 가문을 다시 일으키는 것이 소망이라, 이 기회에 윈필 왕국을 도움으로써 귀족 작위를 다시 되찾고자 한다. 이런 기특한 소리를 윈필 왕에게 하면 왕은 두말없이 거래를 허락할 것이다. 그러나 따지고 보면 왕국의 실정 탓에 고통을 겪은 몸. 그렇다면 왕국에 보복하기엔 이번이야말로 절호의 기회. 왕국과 무역을 하는 한편으로 온갖 정보를 빼내어 교회에 건네고, 여차하여 전쟁이 일어나면 모든 장사를 일방적으로 정지해 왕국을 대혼란에 빠뜨리겠노라고."

웃음 밑에 있는 것은 거짓인가, 농담인가, 아니면 몇 겹으로 감춘 본심인가.

하이랜드가 마른침을 삼키자 에이브는 어깨를 살짝 으쓱여 보였다.

"아주 설득력이 있다고 자부합니다."

물론 웃으며 이야기할 내용은 아니다. 하이랜드는 에이브에게 압도되면서도 용케 자세를 바로 했다.

"오호라. 그렇게 해 놓고 그대는 우리에게 그 거울의 이면을 약속하는 건가?"

"그렇지요. 교회의 정보를 모조리 건넬 것이고, 남방의 물류를 파악하고 있는 저라면 전쟁 준비, 작전 등도 훤히 알 수 있습니다. 그들의 만찬에 무엇이 올랐는지도 전해 드리지요. 또한, 전쟁이 일어난 후에 교회 몰래 밀수를 하는 일도 기술적으로는 어렵지 않습니다. 문제는 운반된 대량의 물품을 항구에서 받아 주어야 하는 거죠. 하나에서 열까지 밀수품 취급이면 다룰 수 있는 물량은 제한되니까요. 해당 지역 권력의 승인 없이는 발이 묶이고 말죠."

그러면서 에이브는 고개를 외로 꼬았다.

"어떻습니까? 여명의 추기경의 보증 없이는 도저히 믿어 줄 수 없는 이야기이지요?"

나는 거짓말을 하지 않는다는 거짓말쟁이의 이야기 같다.

"요는, 무역이 가능해지고 황금이 쌓이면 뭐든 다 좋은 겁니다. 윈필 왕국에는 어렴풋한 향수는 있을지언정 이젠 원망도 감정도 없습니다. 하물며 교회에는 더욱 힘을 보탤 이유가 없지요. 저는."

하며 에이브는 이쪽을 보았다.

“황금의 노예이니까요.”

비하가 아니나, 저것이 곧 에이브의 자신감의 원천.

행동의 지침을 정하고, 그것에 오로지 매진한다.

사람들은 그것을 ‘신앙’이라 부를 것이다.

“이야기는 이해했다.”

하이랜드는 무겁게 말문을 열고 에이브를 응시했다.

“하지만 신용하기엔 부족하군.”

이런 황당무계한 이야기를 느닷없이 꺼내다니, 이 무례한 것, 하며 검을 뽑지 않은 것만으로도 다행인지 모른다.

에이브도 그렇게 생각했는지 여전히 싱그러운 미소를 짓고 있다.

“하지만 당신 같은 사람이 이런 말이 나올 줄 몰랐을 리 없을 테니, 아직 뭐가 더 있는 것 아닌가?”

상인의 기본은 손에 쥔 것을 전부 내보이지 않는 것이라고 로렌스에게서 배운 적이 있다.

에이브는 만족스러운 듯이 무릎 위로 손깍지를 꼈다.

“어떤 말 뼈다귀가 귀여운 우리 콜이를 부추기나 했는데, 꽤 봐줄 만하군.”

한스가 있었으면 저 무례한 말투에 거품을 물며 기절했을지도 모른다.

하지만 당사자인 하이랜드는 한순간 눈이 동그래졌을 뿐, 이

내 쓴웃음을 지었다.

"말 뼈다귀인 것은 부정 못 하겠으나, 말 뼈다귀로만 있다가는 여명의 추기경의 감찰관이 접근 허가를 내주지 않을 테니."

그런 소리를 하면서 하이랜드는 곁에 있는 뮤리에게 눈길을 준다.

"그렇지?"

"오라버니, 이리 와."

나는 긴 탁자를 끼고 하이랜드와 뮤리의 반대편, 에이브 옆에 있다.

에이브는 뮤리를 보고 즐거운 듯 눈웃음을 지으며 어깨를 으쓱였다.

"가 봐. 기사는 공주님 곁에 있어야 하는 법이다."

에이브는 한 마리 늑대라는 말이 그 누구보다 잘 어울린다.

에이브의 뒤편에서 우산을 들고 있는 아름다운 처자도, 이 방 앞에서 보초를 서고 있는 호위무사 두 사람도 에이브를 성심을 다해 모셔야 할 주인님으로 인정하고 있을 테지만, 정작 에이브 본인은 그들을 마음속 어딘가에서는 냉정한 눈으로 보고 있을 것 같다.

그런 에이브가 그렇게 말하는데 거역할 수 있으랴. 에이브는 누군가를 진심으로 신용한다는 것의 가치를 그 누구보다 잘 알 테니.

내가 곁으로 가자 뮤리는 옷을 덥석 잡아 끌어당겼다.

이게 질투가 난 여자아이의 뜨거운 포옹이었다면 차라리 다행일지도 모른다.

"오라버니를 부추기려는 거면 내가 상대하겠어."

아무래도 내가 보호를 받는 쪽인가 보다.

"후후, 그래. 과연 그 녀석의 딸이로군."

에이브는 웃은 뒤 어깨 너머로 뒤편 처자에게 신호를 보냈다. 그러자 벽에 걸려 있던 흰 담비 모피를 집어 들었다. 한 벌 만드는 데 흰 담비 천 마리는 들어간다는, 초고가품의 대명사다.

"어쨌든, 아무리 급하더라도 내 제안을 대뜸 받아들인다면 교회를 상대로 버틸 재목은 못될 것으로 봤는데… 희망의 싹은 있는 듯하군. 역설적이지만 나는 내 제안을 계속 팔고 싶으니."

의자에서 일어나 모피를 입으며 에이브는 말했다.

"하이랜드 경이 내 제안의 실현에 회의적이라는 건 알아. 하지만 나도 그 문제를 제대로 뛰어넘을 자신이 있으니 여기까지 찾아온 거지."

"그럼 그 속내를?"

하이랜드의 물음에 에이브가 모피 속에서 따스한 웃음을 짓는다.

"보여 주지. 물론 양피지 몇 장 수준이 아닌 것을."

"언제?"

물음은 짤막하나 '계략을 부릴 시간은 주지 않겠다'는 분위기를 풍겼다.

"빠를수록 좋겠지. 징세인과 무역상인들의 싸움도 격화되고 있잖나? 교회는 틀림없이 그걸 화근 삼아 전쟁의 봉화를 올릴 속셈이니."

이유 없는 싸움은 없는데, 샤론 측과 무역상인의 대립은 훌륭한 이유가 될 것이다.

"그러니 내일이라도… 그러네요. 내일 '황금 양치'는 어떻습니까? 거기에는 남의 눈길을 피할 방도 있으니."

하이랜드가 알 정도의 가게이니 귀족용으로 특별한 자리가 있나 보다.

"다만, 경께서 오시면 좀 너무 눈에 띌 테고."

그러면 필연적으로 누가 불릴지는 뻔하다.

하이랜드의 시선에 결심한 듯 대답했다.

"저는 에이브 씨를 믿고 따릅니다만, 인정사정없다는 점도 알고 있습니다."

그러자 에이브가 뒷말을 이었다.

"단순히 아는 사이라는 이유로 콜의 눈이 흐려질 것 같으면, 그건 사람 보는 내 눈이 애당초 틀려먹었다는 게 되지. 그뿐 아니라, 속임수로 콜을 억지로 끌어들인 걸 알면 아가씨한테 목숨이 날아갈 거야. 그것만은 사양이야."

농담조이긴 했으나 뮤리의 표정을 보니 하이랜드도 왠지 느낌이 와닿나 보다.

"알겠다. 당신을 신용할지 말지, 검증은 여명의 추기경에게 맡기도록 하지."

"그리고 나."

"물론이지."

하이랜드가 그렇게 덧붙이자 에이브는 이야기는 끝났다는 투로 걸음을 내디딘다. 누가 이 자리에서 가장 신분이 높은지 알 수 없게 됐는데, 분위기를 지배하는 것은 분명히 에이브였다.

호위무사가 문을 열자 에이브는 뒤를 돌아보았다.

"내일 점심때. 마차를 준비하지. 괜찮겠나?"

"상관없다. 하지만 마부는 내가 준비한다. '황금 양치'에도 내가 연락을 해 두지."

설마하니 유괴나 독살을 경계한 견제는 아니겠으나, 에이브는 담담히 웃기만 하고 대답은 하지 않았다.

그러고는 끝으로 이쪽을 쳐다보았다.

"내일은 단둘이는 안 되겠군. 그건 조만간."

쓴웃음으로 대답하자 에이브도 눈웃음을 짓고는 그대로 방에서 나갔다.

문이 딱 닫히자 별안간 방 안이 넓어진 것만 같았다.

에이브는 여전하구나 싶어 왠지 재미있어하고 있다가, 날카로운 시선 두 쌍이 내게 쏠려 있는 것을 깨달았다.

“이야기를 들어 볼까?”

그것은 하이랜드의 말.

“오라버니 바람둥이.”

그리고 뮤리는 역시나 그 말이었다.

에이브와의 관계를 미주알고주알 추궁당했으나, 그 아무리 수상해도 에이브를 일축할 수는 없다. 교회와 상인들의 계략에 맞서 이만큼 든든한 아군이 될 인물은 또 없으니.

“우리 왕국에 꼭 있었으면 싶기도 하고 없었으면 싶기도 한 미묘한 인물이군. 걸물이란 건 인정하지만….”

“방심할 수가 없죠.”

그리고 실제로 꿈자리가 사나울 만한 계획을 들이밀었다. 에이브의 계획은 그것 하나만으로도 모험담 한 권쯤은 나올 규모였으나, 세상이란 곳은 가혹하리만큼 드넓고 복잡하여, 무엇 하나로 모든 게 끝날 만만함을 허락지 않는다.

하이랜드에게 꼭 들려주어야 할 중요한 이야기가 그것 말고도 있다.

“그런데 하이랜드 님, 에이브 씨의 제안도 진지하게 검토해야 하겠지만, 실은 저희도 드릴 말씀이 있습니다.”

"뭐? 그러고 보니 귀가가 상당히 빨랐는데…. 바로 뭐 좀 잡았나?"

"예. 게다가 이 일은 에이브 씨의 제안과도 이어진다고 봅니다."

하이랜드는 무슨 이야기를 하려나 하며 자세를 잡은 후 계속해 보라는 듯이 턱을 끄덕였다.

"샤론 씨… 아니, 징세인들의 참된 동기에 관해섭니다만."

그런 후 샤론에게 들은 이야기를 전하자 하이랜드의 표정은 에이브 때와는 또 달리 긴장했다.

"그건… 남의 일처럼 들리지 않는군."

왕족이라 해도 서출인 하이랜드에게는 겹치는 면이 많은지.

"클리벤드 왕자의 앞잡이일 가능성은 사라진 게 아닐까 합니다."

"그렇겠군…."

하이랜드는 입에 주먹을 대고는 뭔가 고심했다.

"무슨 일이십니까…?"

"응? 아아, 아니…."

하이랜드는 대답한 후 큰 한숨을 쉬었다.

"동요가 되어서."

동요? 하고 놀라자 하이랜드가 다소 곤혹스러운 표정을 지었다. 이 말을 해야 하나 말아야 하나 망설이는 느낌이었다.

"이 바닥에서는 말이지, 그런 출신을 보는 게 드물진 않은데… 내가 아는 세상과는 또 달라서 당혹스럽군."

이마에 손을 얹은 하이랜드는 기분을 전환하듯 심호흡을 하고는 말했다.

"교회가 그렇게까지 썩어 빠진 줄은 몰랐다…는 게 솔직한 감상이야. 내가 아는 한, 성직자가 질러 놓은 자식들은 성직자의 친척으로서 생활이 그리 나쁘지 않았거든."

"그건…."

"일단 들어 봐. 귀족과 부자들은 영지에 사설 예배당이나 수도원을 짓는 일이 드물지 않지. 그렇게 해서 무공이나 가족의 건강에 대한 기도를 전문적으로 받는 대신 신의 어린양들을 기르는 거야. 신학을 공부하려는 방랑 여행에서도 그것을 이해한 후원자가 받아 주는 이야기가 무수하잖아?"

서적은 고가품이고, 잉크와 펜도 공짜는 아니며, 사색을 하려면 환경이 차분해야 한다. 향학심, 지적 호기심, 또는 신앙심으로 가득한 영주나 부자의 집안이 학문 연구의 작은 집회소처럼 되는 일도 드물지 않다.

"그런 겸허한 이유 외에도 사설 예배당과 수도원을 짓는 이들은 꽤 많지, 특히 부유한 상인들은. 장사가 잘되게 해 달라고 기도를 받는 한편 직접적인 돈벌이를 위해서. 기도 장소를 운영하는 게 꽤 짭짤한 돈벌이가 된다는 얘기, 그대라면 들은 적 있겠지?"

예컨대, 영험하다는 성유물을 정자에 두기만 해도 사람들이 기적을 바라며 모여든다. 사람이 모여들면 돈이 떨어지고, 그 돈을 노린 가게가 생겨나고, 기부금이 쌓이면 정자는 성당이 되고, 대가람이 되어, 그 앞의 시장은 날로 번창한다.

아무것도 없는 황야를 사들였는데 거기에 도시가 생겨났을 때의 이익은 과연 얼마나 크겠는가.

그렇게까지는 아니어도 주변에 아무것도 없는 불편한 길가에 숙박시설을 겸한 황야의 예배당을 세우면 나름대로 장사가 된다는 이야기도 종종 듣는다.

"그리고 그런 사설 예배당이나 수도원의 사제가 어느 성직자의 '조카'인 것도 드물지 않아. 예배당을 세우려면 특허장도 확보해야 하는 등 인근 교회에 연줄이 닿아야 하는데, 사설이라면 교회 차원의 성직록이 나가지 않고, 교회의 임명권에서도 영역 밖이라 채용은 기본적으로 세우는 사람 마음이거든. 그러니 영지를 상속받지 못하는 귀족 가의 차남, 삼남, 지참금이 없어서 결혼할 수 없는 차녀, 삼녀가 우글우글한 수도원 안에서, 마찬가지로 달리 갈 데가 없는 '조카'들이 설교를 하는 일은 흔해. 귀족과 부자의 이름을 새겼으니 허영심에 근사하게 지은 곳이 대부분으로… 뭐, 대개 즐겁게 살고 있지. 친구 중에도 몇 명 있어."

나도 그런 이야기는 들은 적이 있지만 그것과 샤론의 이야기가 어떻게 겹치는 것인지. 그런 생각을 하고 있자 하이랜드는 신중하게, 한 걸음씩 다지듯 말을 이었다.

"나는 그게 '조카'들의 평범한 인생인 줄 알았다. 때로는 교육을 받아서, 그야말로 '숙부'보다도 더 높은 지위에 오른 성직자도 있거든. 유력한 '숙부'가 있으니 출세도 유리해지는 거지."

그러고는 천천히 숨을 들이마신다. 분노를 가라앉히기 위해서인지.

"그런데, 샤론이라는 사람의 이야기를 듣자 하니 오히려 그게 소수였던가 보군. 나는… 결국, 귀족의 일원에 지나지 않아서 일부 웃물밖엔 못 보고 있었던 거지. 세례명부, 매장명부를 조작해 다른 사람의 과부로 만들어 내쫓는다고? 그런… 그런 익숙한 수단이 확립돼 있다는 건, 얼마나 많은 이들이 악폐의 희생양이 되었다는 애기인지. 상상도 안 돼."

샤론과 클라크가 있는 고아원에는 상당한 수의 아이들이 있었다. 그렇다고 윈필 왕국 전체에서 모인 아이들일 리는 절대 없으니, 인근 주교구만으로도 그 정도 인원이 되는 것이리라. 하이랜드처럼 시중 생활에도 이해가 있는 귀족들조차 보지 못하는 어두운 부분이 상상을 초월해 퍼져 있다.

개중에는 피를 나눈 친척으로 후원을 받아 아무 불편 없는 생활을 하거나 출세한 이도 있다고 한다. 하지만 그 반면, 끝까지

돌보지 않고 내쫓은 못된 인간들도 상당수 있다는 이야기다.

"나는… 여차하면 징세인들을 막아야겠다고 생각했었다. 클리벤드 왕자의 앞잡이일 가능성도 있고, 결국 그들은 돈을 목적으로 징세 일을 하고 있을 거라는 판단에. 에이브가 말했듯이 전쟁의 화근이 될 것 같으면 그들의 목적 따윈 빼앗아도 무방하다 여기고 있었어."

하이랜드의 한숨은 세상의 가혹함과 자신의 협소한 지식을 한탄하는 것이리라.

"…그런 이야기를 듣고, 어떻게 그들의 행동을 막을 수 있겠나."

하층민이 권력자에게 저항하는 건 용납 못 한다고 단언하는 귀족도 적지 않은 가운데 하이랜드의 분노는 마음이 든든하다.

"동감입니다. 그러나 저는 평화를 사랑하는 한 사람으로서 전쟁은 피하고 싶습니다."

하이랜드는 물론 고개를 크게 끄덕였다.

"저도 심정적으로는 그들의 아군입니다. 하지만 징세인 여러분을 막기는 솔직히 어려울 거라 생각합니다. 그렇다면 무역상인과 교회의 관계를 어찌해야 할 텐데… 그게 불가능하다면, 그들의 목적 자체를 무의미하게 만들 대책이 있어야겠지요."

여기에 이르러 에이브의 이야기와 연결된다.

"에이브인지 뭔지 하는 자가 제안한 이야기가 우리에겐 구조선이겠군. 아니, 우리의 목숨줄인 셈이다."

하이랜드는 신음하듯 말하고는 입에 주먹을 댄 채 숙고한다.

에이브가 제안한 이야기는 교회의 속셈에 허를 찌르는 것인데, 그러니 더더욱 의심스럽다.

역경 속에 비친 희망의 빛이라고는 해도 안이하게 손을 내밀 순 없다.

"나 참. 원래 같으면 지금쯤 그대를 폐하와 제1왕자에게 소개할 참이었는데, 그것도 당분간은 미뤄지겠군…."

갑갑한 한숨을 쉰 하이랜드가 의자 등받이에 몸을 기대며 그렇게 말했다.

"이런 이야기는 우리끼리 결단을 내릴 수 있는 게 아니지. 위에 보고할 수밖에 없지만, 그러면 당장에 그들의 머릿속은 이 생각으로 가득 찰 거거든. 게다가."

하며 하이랜드는 이쪽을 보았다.

"필시 교회와의 대응에 애를 먹고 있는 폐하는 이 안을 채용할 가능성이 커. 위험성을 아무리 설명한들 너무도 솔깃하고 이익도 막대해지니까."

에이브는 절묘한 때에 절묘한 안을 생각해 낸 것이다.

"그러나 제대로 되면 좋겠으나 그렇지 않았을 때를 생각하면 그대는 이 건에서 거리를 두어야 해. 모든 게 잘 풀린 후에는 얼마든지 떠들어 댈 수 있으니. 왕이나 권력자에게 모습을 보이는 건 그들이 웃고 있을 때라야 해."

하이랜드는 농담처럼 말했지만, 저런 배려에는 감복할 따름이었다.

왜냐하면 이 건은 하이랜드의 말대로 왕국의 운명이 걸린 일이니 하이랜드 혼자 결단을 내릴 수 없다. 일단 제1왕자에게 고하고, 나아가 왕과도 연결해야 한다. 그리고 혹시 이 제안이 받아들여지면 그 책임 또한 져야 하니까.

계획 자체가 엄청난 데다 에이브라는 불안정 요소가 있으니 한번 해 볼 만하다고는 죽어도 말 못 한다.

그러니 하이랜드는 향후 윈필 국왕과 제1왕자에게 내 인상이 나빠지지 않도록 혼자 책임을 지려 하는 것이다.

"참고로, 그대는 에이브를 신용하는 것처럼 보이던데."

에이브에 관한 것으로 화제를 돌린 하이랜드가 그런 말을 던져 왔다.

"그대들이 오랜 지인이라는 것 이상의 근거 같은 게 있나?"

당연히 하이랜드는 그 점이 신경 쓰일 테고, 곁에 앉은 뮤리는 또 다른 의미에서 의심 가득한 눈빛으로 쳐다본다.

하이랜드가 바라는 만큼 확실한 대답은 못 될지 모르나, 내가 에이브를 긍정적으로 여기는 이유를 댔다.

"장사에 관해서 만큼은… 믿을 수 있다고 생각합니다."

"요컨대?"

에이브의 말을 곱씹은 뒤 대답했다.

"에이브 씨가 딱 우리에게 말한 만큼의 돈벌이 얘기라면 신용할 수 있다는 뜻입니다."

교회와 왕국 쌍방에 밀정인 척하여, 중지된 무역을 한 손에 거머쥔다. 말 그대로 목숨을 내놓은 위험한 줄타기이나 성공하면 그 이득은 어마어마하다.

에이브가 우리를 배신한다면 그 엄청난 이득을 넘어서는 이득이 있을 때뿐이리라.

"…내 머리로는 도무지 상상이 되질 않네."

"물론 저도 그렇습니다. 다만…."

"다만?"

하이랜드의 시선을 받으니, 가만있을 수는 없다 싶었다.

"저는 에이브 씨가 우리를 속이려는 것으로는 전혀 보이지 않습니다."

이 마음은 오랜 지인이라서인가. 하이랜드도 그 점을 지적해야 할지 망설이는 듯한데, 뮤리가 끼어들었다.

"…오라버니가 무슨 말을 하려는 건지, 왠지 나도 알겠어."

뮤리는 못마땅한 얼굴로 그렇게 말했다.

"그 나쁜 여우 같은 사람, 나쁜 여우라서… 믿음이 가는 것 같아."

바로 그런 거였다.

에이브에게는 어딘지 모르게 동물적인 면이 있어, 논리를 뛰어넘은 인상을 상대에게 준다. 입 밖으로는 얼음처럼 타산적인 소리를 하지만 그 밑으로는 불꽃보다 뜨거운 감정이 소용돌이치고 있어서, 그렇기에 이끌린다. 흔한 배신 따위, 애당초 흉중에 들어 있지도 않은 것 같다.

"하지만 그렇다고 제대로인 사람 같진 않아. 내일 일만 해도, 어떤 함정을 치고 있을지 알 수 없어."

"방심할 수 없는 것은 확실합니다. 하이랜드 님도 불안하시겠지요. 하지만."

하고 말을 이었다.

"에이브 씨가 우리에게 직접 접촉하려 했다는 건, 우리에게 뭔가 이용가치가 있다고 봤기 때문이겠지요. 그렇다면 이쪽에도 얼마간 교섭의 여지는 있다는 뜻입니다. 만일 에이브 씨가 뭔가 좋지 않은 계략을 꾸미고 있다면… 제가 그 방파제 역할을 할 수 있을지 모릅니다."

네가 과연 막을 수 있겠느냐는 소리를 들을 만도 했다.

하지만 그렇게 결심한 이유는 있었다.

"저는, 샤론 씨를 비롯한 그분들을 위해서도 교회와의 전쟁에서 윈필 왕국이 물러서지 않기를 바랍니다."

뮤리의 눈이 동그래지고, 하이랜드는 천천히 고개를 끄덕였다.

"온천장 '늑대와 향신료'는 데바우 상회가 북방 지역에서 패권을 장악하는 것을 도운 전설적인 행상인이 경영하고 있지. 거기에는 정예부대로 유명한 용병단이 드나들어, 대륙에서는 악명 높은 노예상인들도 높이 평가한다고 들었다. 그대는 그런 그들이 아끼는 사람이다. 어디든 다치게 했다가는 어떤 보복을 당할지, 에이브도 이미 말한 바와 같이 이해하고 있겠지."

로렌스라는 뒷배도 그렇지만, 에이브가 진심으로 경계하는 것은 호로 쪽이리라.

현랑 호로의 화를 진심으로 돋웠다가는 두꺼운 양피지에 기록된 전설 속의 괴수를 풀어놓는 것과 같은 꼴이 된다. 만의 군세를 앞세운다 해도 언젠가는 반드시 잡아먹히고 만다.

물론 뮤리에게도 날카로운 이빨이 있다는 것을 에이브는 깨달았을 터.

"나는 그 여자가 준비해 두었다는, 이 계획이 잘 풀릴 증거인지 뭔지를 믿는 게 아니다."

하이랜드는 이쪽을 똑바로 응시하며 말했다.

"그대들을 믿고 맡기려 한다."

하이랜드의 귀족 중의 귀족다운 모습을 본 것 같았다.

그날 밤에는, 우리가 음식점 '황금 양치'에서 식사를 하지 않았다는 것을 안 하이랜드가 이튿날 에이브와의 회합에 앞서 힘을 내라며 진수성찬을 차려 주었다.

사프란을 뿌린 메추리 요리에 눈이 휘둥그레졌는데, 희귀한 고기며 향신료도 돈만 있으면 바로 구할 수 있는 게 왕국에서 두 번째 가는 도시라는 곳인가 보다.

무역상인들이 모든 거래를 중지하고 전쟁이 벌어지면, 이런 호화로운 식사는 물론이고 평범한 밥도 제대로 먹지 못하게 된다.

에이브가 그런 인도적인 관점에서 계획을 제안했다고 볼 만큼 나도 사람이 좋지는 않다. 하지만 그와 동시에, 에이브가 적극적으로 우리를 속이고 있다는 생각 또한 들지 않았다.

염려되는 바가 있다면, 혹시 내가 에이브의 기대에 못 미치는 수준이라면 가차 없이 속여 먹을 것이라는 점이다.

그런 무시무시한 사람이기에 되레 칭찬받고 싶다.

그런 상반된 감정을 일으키는 것이 에이브라는 인물이다.

그러니 뮤리가 내내 의심하는 것과는 거리가 멀다.

"오라버니는 그렇게 못돼 보이는 연상이 좋아?"

하이랜드의 대접으로 영양을 취한 뒤 내일 일을 생각하며 촛불 심지를 자르고 있는데, 뮤리가 배신자를 보는 듯한 눈빛을 하고는 벌써 몇 번째인지 모를 질문을 했다.

"아니에요."

싹둑, 촛불 심지를 가위로 자른 뒤 단호히 대답했다. 에이브를 흠모하기는 하지만 여성으로서 바라본 적은 없다.

"하지만 오라버니는 옛날에 어머니도 좋아했었잖아? 나쁜 계략을 꾸밀 것 같은 여자를 좋아하는 거잖아."

"……."

호로가 뮤리에게 옛날이야기를 해 줄 때 가끔 그런 소리를 한 적이 있다.

다 나아 가는 상처의 딱지를 뜯는 듯한 기분이 드는 건, 제대로 부정할 수가 없는 탓이다.

"호로 씨와 에이브 씨는 전혀 다르고, 호로 씨는 좋아한다기보다는… 믿고 의지하는 누나 같은 느낌이에요."

"어머니는 아버지한테 언제라도 오라버니로 갈아탈 수 있다고 하는데?"

호로가 사랑하는 남편에게 하는 상투적인 깨물기에 지나지 않는데, 뮤리는 왠지 그걸 곧이곧대로 듣는다.

하지만 지금의 뮤리는 에이브라는 걸물을 목격하고 흥분한 것일 수도 있다. 아까 먹은 호화로운 저녁 식사도 평소보다 맛있는 음식에 눈을 빛내기보다는 내일 있을 전투를 맞아 양분을 채워 넣는 것처럼 보였다.

물론 나도 내일 일을 가볍게 생각하고 있는 건 아니다. 에이브의 계획이 정말로 신용할 만하다는 것을 알게 되어 그게 잘 풀리면, 교회의 계략은 무의미해지고 이 나라는 교회에 의연히 강하게 나갈 수 있다. 그러면 그대로 샤론 측 징세인들의 원한이 풀리는 것까지는 아니어도 그들이 교회를 상대로 계속 싸울 이유는 된다.

즉, 내일의 회합은 왕국과 교회의 싸움에 큰 전환점이 될 수 있는 것이다.

그렇다면 뮤리가, 믿음직하지 못한 오라버니가 사랑에 눈이 어두워지면 어쩌나 의심하는 것도 과하다고 할 수는 없으리라.

"뮤리."

그 이름을 부르며, 침대 구석에 걸터앉은 채 신경질적으로 꼬리를 흔들고 있는 길동무를 똑바로 보았다.

"뮤리의 의심은 어처구니가 없다, 고 나는 생각합니다만."

"읏…."

"생각합니다, 만."

벌떡 일어서려는 뮤리를 내리누르듯 '만'을 강조했다.

"내일 일은 우리만이 아니라 수많은 이들의 미래와 연관됩니다. 특히 샤론 씨네 분들과."

"……."

"그러니 혹여 내 눈이 흐려지지는 않았는지 계속 의심해 주어요. 나는 가끔 뮤리의 날카로움에 놀라곤 해요."

일어서려던 뮤리는 한껏 부풀었던 꼬리가 가라앉는 것과 같은 속도로 천천히 힘을 빼고 도로 자리에 앉는다. 뮤리의 묘한 의심을 풀겠다는 속셈은 없었다.

에이브에게 혼자 가라고 하면 주저하겠지만, 뮤리가 있으면 현랑 호로까지는 아니어도 다른 누가 함께하는 것보다 든든하다.

"뮤리는 나를, 아마도 하늘에 계신 신만큼이나 잘 지켜봤을 거예요. 내가 이상한 행동을 하면 금세 알아채 줄 거죠?"

"내가 세상에서 제일 많이 봐!"

뮤리가 그러고는 뺨을 부풀린다.

그 모습이 몹시 장난스러우면서도 눈가에 눈물이 맺힌 것처럼 보여 당황했다.

"뮤리?"

내 표정이 변하자 뮤리는 정신이 번쩍 들어 눈가를 문질렀다.

그러고는 겸연쩍은 듯이 시선을 피하고 어깨를 추킨다.

"어, 어쩔 수 없잖아. 그 여우 앞에 있는 오라버니는… 나는 모르는 오라버니처럼, 보였단 말야…."

뮤리가 에이브와의 관계를 묘하게 의심한 이유를 털어놓는 바람에 표정을 잃었다.

뮤리는 나의 그런 표정을 자기를 어이없어하는 것으로 여겼는지 입술을 꾹 다물고는 짐승 귀를 떨었지만, 나는 그런 생각 안 했다.

뭐든 다 알고 있다고 생각했던 상대의 처음 보는 일면에 동요하는 것은, 예배당 앞에서 나도 경험한 일이니까.

"솔직히 말하면, 나도 뮤리가 일레니아 씨 이야기를 했을 때 같은 기분이었어요."

"…어? 일레, 니아 씨?"

"예."

나는 할 수 없는, 사람이 아닌 존재이기에 할 수 있는 조언을 일레니아 씨에게 들었다고 했을 때의 이야기를 하자 뮤리는 어처구니가 없다는 표정을 지었다.

"뭐야, 그게… 바보처럼!"

"……."

어린 소녀는 언제까지나 어린 소녀이기를 바라는 아버지나 오라비의 마음… 이라고 해도 통하지 않을 테고, 바보 같다는 것은 나 역시 안다.

"어쨌든, 그래, 그랬구나."

뮤리는 별안간 생글생글하더니 침대에서 훌쩍 일어나 탁자 앞에 있는 내 쪽으로 성큼 다가왔다.

"자기 품 안에서 내놓고 싶지 않으면 꼭 안고 있으면 되잖아."

그러고는 빙그르르 등을 돌리더니 자기가 내 팔을 잡아 기대듯 품속에 쏙 들어온다. 어깨 너머로 돌아보는 붉은 눈이 기쁜 듯 가늘어지고, 귀와 꼬리가 파닥인다.

"나는 오라버니 품속에서 밖으로 안 나갈 거고, 오라버니는 내 곁에서 떨어지지 않아. 그렇지?"

방금 한 이야기를 종합하면 그렇게 되겠지만, 뮤리의 말에서 뭔가 유도신문 같은 걸 느끼고 이성이 작동했다.

"…정도에 따라 다르겠으나, 그렇긴 해요."

"왜 이 시점에서 '응'이라는 대답을 안 해?!"

양팔을 확 잡아당기더니 손톱도 세운다.

"하지만, 그러고 나면 '그럼 나랑 결혼해야겠네'라고 할 거잖아요?"

"맞는 말이잖아?!"

하마터면 큰일 날 뻔했다며 안도의 한숨을 짓자, 뮤리가 꼬리로 내 다리를 탁탁 때린다.

하지만 평소엔 어이가 없었던 뮤리의 꾀도 지금은 든든하기까지 하다.

"그 빈틈없는 자세로, 내일 일을 잘 부탁할게요."

평소엔 그 어떤 설교에도 귀를 기울이려 하지 않는 뮤리이나, 그 차분한 말 한마디에는 우뚝 동작을 멈췄다. 그런 후 바르르 몸을 떤 것은 흥분해서이리라.

"걱정 마."

돌아본 뮤리의 함박웃음.

신께 드리는 기도를 넘어 신뢰할 수 있는 게 있다면 이것 정도다.

"오라버니는 내가 지켜 줄게."

무슨 그런 건방진 말을, 이라고 생각하지 않는다.
“그래 줘요.”
“응.”
웃으면서 고개를 끄덕이는 뮤리를 보며 나도 마주 웃었다.
방금 심지를 자른 초를 꼬마 초 옆에 둔다.
불빛이 꺼졌어도 차근차근 걸어가면 된다.
중요한 것은 포기하지 않는 것.
“그럼, 내일에 대비해 이만 잘까요?”
안 그래도 최근 한동안은 배의 딱딱한 갑판 위에서 계속 밤을 보냈다.
“같이 자도 돼?”
하이랜드의 배려인지, 아니면 고귀한 신분의 사람이 머무는 방이라서인지 침대는 큼지막한 것으로 두 개나 있다.
“안 된다고 해도 들어올 거잖아요.”
“우후후.”
뮤리는 즐겁게 웃고 먼저 침대에 몸을 던진다. 그 사이에 미늘창을 내리고, 나무창을 닫고, 초에 뚜껑을 덮어 불을 껐다. 그리고 이만 나도 잘까 하여 침대로 가자, 뮤리는 그 잠깐 새에 이미 잠이 들었다.
옆 침대로 가도 모를 것 같지만, 내일은 함께 싸우는 날.
잠시 망설였다가 뮤리의 곁에 누워 모포를 어깨까지 끌어올린다.

어둠 속에서 뮤리가 웃은 것 같은 기분이 들었으나, 확인하기 전에 의식은 잠의 심연 속으로 가라앉았다.

이튿날, 하이랜드에게 빌린 옷을 다시 입고, 에이브가 보낸 검은 마차에 하이랜드가 주선한 마부와 함께 올라타자, 배웅을 나온 하이랜드가 말했다.

"그럴 리 없겠지만, 만에 하나 신변에 위험이 있을까 봐 사람을 잠복시켰다."

음모로 가득한 귀족들의 세계에는 종종 있는 일이리라.

"고맙습니다. 도움이 될 수 있도록 노력하고 오겠습니다."

그리고 한스가 마차 문을 닫자 마부가 말을 때리는 채찍 소리가 울렸다.

뮤리는 어젯밤에 푹 자고, 원래는 밤의 단식 끝에 소소하게 먹는 정도로만 허락된 아침밥도 잔뜩 먹었다.

전쟁 준비 만반이다.

"어떤 가게인지 기대되네, 오라버니."

하지만 저런 말이 입에서 나오는 건 여유인가 뭔가. 놀러 가는 거 아니라고 말을 하려다가 말았다. 평소의 뮤리답게 있어 주는 게 안심이 될 테니.

마차는 여전히 사람 많은 길로 나서 인파를 가르듯 나아간다. 마차 안에서 보는 거리 풍경은 또 달라, 뮤리는 달라붙다시피 하며 밖을 바라보고 있었다.

이윽고 사람들이 오가는 게 조금 여유가 생긴 느낌이 든 것은 도로 폭이 넓어져서였나 보다.

무슨 전조처럼 인파가 뚝 끊겼다 싶더니 느닷없이 시야가 탁 트여서 놀랐다.

"와앗!"

뮤리가 얼결에 소리를 지를 만도 하달까. 큰 광장은 말 그대로 광활한 장소로, 돌연 하늘이 떨어져 내린 것만 같았다.

"굉장해."

시야에 들어오는 사방팔방이 온통 돌바닥인 것도 처음 본다. 광장에서 멍하니 서 있는 이는 우리와 같은 여행객이리라.

'왕국의 명운' 어쩌고 하면 왠지 한 손으로도 조작할 수 있을 것처럼 들리는데, 현실의 왕국은 이 광장이고, 이 광장을 둘러싼 길이고, 주택가이고, 그 밖에 수십 수백의 도시와 마을이다. 그 모든 것의 앞날에 책임을 진다는 게 어떤 느낌일지 상상도 하고 싶지 않다.

하지만 이제부터 가려는 회합이 어떻게 되느냐에 따라 이 나라의 앞날에 어떤 변화가 생긴다.

마른침을 삼키고 있자 바깥 풍경에 수선을 떨고 있던 뮤리가 밖을 바라보는 채로 가만히 손을 잡아 왔다.

열심히 해야지, 하며 숨을 들이마시다가 문득 깨달았다.

“뭔가 맛있는 냄새가 나지 않아요?”

“응. 광장 전체에서 양 냄새가 나.”

얼마 후 내 코로도 또렷이 알 수 있을 만큼 고기 굽는 좋은 냄새가 났다. 동시에 여유롭던 혼잡이 다시 진해지기 시작하고, 주점 특유의 소란도 들려왔다.

이윽고 도착한 음식점 ‘황금 양치’는 주점이라기보다는 거대한 공방 같았다.

“…굉….”

장해, 라는 말조차 뮤리의 목구멍 너머로 삼켜지고 만다.

마차에서 내리자, 가게의 활기에 찬 문전 풍경에 일단 놀란다. 실외에 간이 화덕을 몇 개나 설치해 양고기를 대량으로 굽고 있다. 좋은 냄새를 풍기는 연기가 뭉게뭉게 피어오르는 모습에 열띤 시선을 보내고 있는 것은, 광장 일각에 주르륵 늘어선 긴 탁자 앞에 앉은 직인, 상인, 그리고 여행객 분위기의 남자들.

돼지 통구이 못지않은 양 통구이를 하는데, 웃통 벗고 힘자랑 중인 일꾼이 적선을 기대하는 음유시인의 연주에 맞춰 통구이 막대를 빙글빙글 돌리는 구경거리가 되고 있었다. 고기를 봤다 하면 기뻐 돌진하는 뮤리마저 기막혀하며 우뚝 서게 하는 광경이었다.

"…무슨 축제날이야?"

그렇게 말하고 싶은 심정도 알 것 같은 야단법석인데, 아마도 이게 일상이리라.

마부가 안내역을 겸해 우리를 가게 안으로 안내하겠다며 가기에 뮤리의 손을 잡고 주정뱅이들을 피해 가며 가게 안으로 들어갔다.

그곳 또한 바깥만큼이나 대성황이었다.

"가게…? 가게야, 여기가?"

그곳은 내가 아는 선술집의 그 어떤 구조와도 달랐다. 탁 트인 천장이 무서우리만큼 높고 대여섯 층 정도는 돼 보이는 게 무슨 철 제련소를 떠올리게 한다.

게다가 1층의 반은 바깥과 마찬가지로 화덕이 줄줄이 늘어서 있고, 조리장이 있고, 불과 연기가 미친 듯한 기세로 뿜어 나오고 있다. 나머지 반에는 긴 탁자가 빼곡히 늘어서, 어깨가 부딪칠 만큼 붙어 앉은 손님들이 와글와글 떠들고 있다.

시선을 조금 위로 들자 2층이 보인다. 거기에는 둥근 탁자가 있고, 탁자에 앉은 것은 비교적 부유해 보이는 이들이다. 거기에서 더 위로 올라가는 계단도 보이는 것이 임대료가 붙는 개인실 같은 게 있으리라. 에이브는 거기에 있을 터였다.

안내인이 말을 걸자 공손히 응대하는 점원의 머리 위로 광대하게 탁 트인 공간에 걸린 거대한 현수막이 흔들린다. 거기에는 사람보다 몇 배는 거대한 양이 수놓아져 있었다.

이것이 대도시에서 잘나가는 가게.

그 박력에 신 못지않은 위용을 느낀다.

“두 분 다 이쪽으로.”

완전히 시골에서 온 촌뜨기 꼴이었다가 안내인의 말에 정신을 차렸다.

지금부터 이러면 앞으로 어쩌려고.

계단을 오르자 1층이 넓게 내다보인다. 여기에서 보이는 광경 또한 몇 시간이고 바라보고 있을 만했으나, 더 이어지는 계단 위로 오른다. 다른 손님의 시선이 쏠리는 느낌인 것은 기분 탓이 아니라, 특별한 자리로 가는 저 사람들은 대체 누구인가 하는 시선이리라.

아닌 게 아니라, 이런 곳에 하이랜드가 왔다가는 단박에 무슨 일이 있다는 억측을 할 게 눈에 선했다. 그런 의미에서 내가 불려 온 것은 합리적이나, 에이브 나름의 책략이 작용하지 않았을 리 없다.

그 예측은 하이랜드의 저택에서도 본 호위무사 두 사람이 지키는 개인실 문을 안내인이 노크하고, 그 문이 열린 순간 옳았다고 생각했다.

“왔나.”

친근하게 맞이하는 에이브의 앞에는 큰 식탁이 마련되어, 기름이 아직 지글지글한, 갓 구운 양고기의 거대한 덩어리가 떡 버티고 있다.

그리고 그 양옆에 늘어선 것은 옷차림은 좋으나 왠지 타락한 느낌의, 어딘지 모르게 영 수상쩍은 남자들.

"저쪽 분들은?"

그 어떤 싸움도 숫자가 결정적인 힘이 된다.

의자에 앉기 전에 물은 것은 내가 할 수 있는 최소한의 방어.

"응? 아아, 안심해. 이 숫자를 빌미로 자네에게 뭔가를 강요하진 않을 테니."

에이브는 미소 띤 얼굴로 말했다.

"여기 있는 사람들이야말로 내 계획이 잘 돌아가리라는 증거지."

그들은 일제히, 단박에 사람 좋은 웃음을 지으며 모자를 잡는 몸짓을 보였다.

저런 몸짓은 상인의 것.

그뿐 아니라 저들은 필시 '대'자가 붙는 상인일 것이다. 설마 하는 생각이 뇌리에 번뜩였다.

"에이브 씨, 저분들은… 혹시…."

에이브가 웃음을 여우의 웃음으로 바꾸더니 기쁜 듯이 이를 내보이는 행동에서 확신했다. 여기 있는 상인들이야말로 교회와 결탁해 이 나라를 궁지에 몰아넣으려 하는 이 도시의 무역상인들이라는 것을. 즉시, 어째서 무역상인들이 누구 하나 배신하지 않고 결탁해 교회에 협력하고 있었는지 수수께끼가 풀렸다.

하이랜드는 이익을 위해서라면 주위를 배신하는 데에 주저함이 없을 상인들의 그 결속이 불가사의하다고 했었다.

하지만 **전원이 교회를 배신하고 있다**면 이야기는 달라진다.

"자, 일단 앉아. 여기 양고기는 아주 일품이거든."

내가 그 요리의 일부가 아니라고 말할 수 있나?

그래도 한 걸음 내디딜 수 있었던 것은 뮤리가 곁에 있어서일 수도 있고, 물러난들 방문은 이미 닫혀 있기 때문이기도 했다.

무엇보다 저들의 음모를 확인하지 않고는 여기에 온 의미가 없다.

"…하이랜드 님의 대리인인 토트 콜입니다."

에이브를 제외한 모든 이가 자리에서 일어나 탁자 너머로 악수를 나눈다.

의자에 앉자 즉시 잔에 포도주가 따라졌다.

"일단은 건배."

에이브의 선창으로 잔을 쳐들었다.

긴 탁자에 떡하니 놓인 것은 양 통구이였다.

나무 열매에서 채취한 기름을 여러 번 발라 오랜 시간 천천히 구운 양 통구이에는 검은 후추가 듬뿍 뿌려져 있다. 양 자체의 그윽한 기름 향과 어우러져 콧속이 저릿할 만큼 좋은 냄새가 났다. 육식을 가능한 자제하던 나조차 군침이 흘렀다.

"어서들 먹어. 이 자리는 내가 내는 거야."

그 말과 함께 에이브의 의자 뒤편에서 우러러봐야 할 만큼 키가 큰 장부가 나이프를 손에 들고 나타났다. 에이브의 호위무사 겸 집사인지, 양 통구이의 옆구리 살을 베어 내는 기술에 넋이 나갈 정도. 기름이 듬뿍 낀 고기를 접시 대신 딱딱한 빵 위에 얹어 눈앞에 내민다. 뮤리는 아침밥을 그렇게 먹어 놓고도 눈을 빛냈고, 내 앞에도 거대한 고깃덩이를 놓기에 당황하여 말했다.

"저는…."

"뭐야, 은자의 암자 설교를 듣고 싶어?"

포도주를 홀짝이며 에이브가 조금 짓궂게 미소 짓는다.

즉시 내가 십 년도 더 된 옛날 어린 시절로 돌아간 듯한 기분이 들었다.

물론 은자의 암자 이야기는 안다. 이럴 때 딱 맞는 이야기니까.

"…은자는 말했습니다. 금욕을 위한 금욕에 의미는 없다. 신께서 말씀하시는 금욕의 가르침에 이웃의 후의까지 무시하라고는 하지 않았으니…."

"바로 그거지."

에이브는 만족스럽게 고개를 끄덕였다.

"그리고 아가씨는 연회석의 예법을 잘 알고 있는 듯하고."

에이브의 말에 뮤리를 돌아보자 방금 잘라 주었는데도 벌써 커다란 마지막 한 점을 입에 넣고 있는 참이었다.

"더?"

즐거워하는 에이브의 물음에 뮤리는 고기를 꿀꺽 삼키고는 도전하듯 대답했다.

"줘."

여느 때 같으면 무례하다고 야단쳐야 할 일이나, 겁이 없다는 점에는 감탄해야 할 것 같다. 뮤리는 장부에게서 좀 전보다 배는 큰 고깃덩이를 받고 기쁜 표정이었다.

"자, 평소 회합 때 같으면 술을 권해 상대의 사고력이 떨어졌을 때 이야기를 꺼내겠으나… 공교롭게도 금욕과 절제를 지향하는 자네에게 그 수는 통하지 않겠지?"

어디까지가 진심인지 알 수 없으나, 이야기가 빨리 끝나면 더 바랄 게 없다.

"에이브 님, 개요는 이미?"

오른쪽 옆자리의 뚱뚱한 상인이 말했다.

"아, 내 계획은 말했으나 왕국 측의 신용을 얻는 데서 막혔지. 하이랜드 경에 대한 추천은 여기 이 여명의 추기경을 설득할 수 있느냐 없느냐에 달렸어. 이것을 넘으면 왕국 측은 제안을 받아들일 것으로 봐도 돼."

그렇지? 하며 의미심장한 웃음을 짓는다.

"옳거니."

상인은 앞에 놓여 있던 부드러워 보이는 아마천으로 입을 닦고는 다른 상인들과 눈짓을 나눈다.

성직자들, 용병들과는 다른 독특한 분위기다.

"그러시다면."

하며 그들 사이에서 뭔가가 정리되었는지 에이브에게 맨 처음 말을 건 상인이 자세를 바로 했다.

"저는 페드로 아르고라고 합니다. 아르고 상회의 재(在) 윈필 왕국 상관 대표를 맡고 있습니다. 옷감을 주로 취급합니다."

그러자 그 옆에 앉은 깡마른 염소수염 상인이 뒤를 이었다.

"마테오 상회의 라우즈번 지배인, 스탄 마테오입니다. 남국의 식품이라면 뭐든 맡겨 주십시오."

뒤를 이은 것은 그 두 사람과는 에이브를 끼고 반대편에 앉은, 나이에 비해 균형 잡힌 몸매에 턱수염을 기른 상인이었다.

"기란 아우렐리오스입니다. 금세공, 은세공, 금속류를 취급하고 있습니다."

각자 자기소개를 하고 재차 악수한다. 직인처럼 딱딱한 손바닥은 아니나, 집게손가락과 가운뎃손가락이 울퉁불퉁한 것은 깃펜을 너무 잡은 탓이리라.

"여기 이들은 라우즈번 무역상인 조합의 필두 셋이다. 협력을 약속한 다른 상회를 합하면 교역의 8할은 조달할 수 있어."

보통은 만나려 해도 쉽게 만날 수 없을 인물들이리라. 주눅이 들 뻔했으나, 곁에서 양고기를 우적우적 먹고 있는 뮤리의 뻔뻔함을 떠올리고 견뎠다.

"바야흐로 나는 새도 떨어뜨릴 기세인 여명의 추기경님과 자리를 함께하는 영광에 감사드립니다. 물론 에이브 님이 설마 여명의 추기경님과 아는 사이라는 것엔 놀랐습니다만."

아르고가 난처한 듯이 말했다.

"나와 경은 오랜 지인이지. 경 덕분에 옛날에 목숨까지 구했지. 아직 경이 어린 천사 같은 소년이었을 때 얘기야."

"호오. 그 무렵부터 여명의 추기경님은 신의 가호를 받고 계셨군요."

상인은 어법이 늘 과장되다.

"하지만 이거야말로 바로 신의 인도하심. 우리가 여기에서 이렇게 만날 수 있게 된 것은 신께서 바라신 일임이 분명하오."

마테오가 그러자 상인들의 시선이 내게 쏠렸다.

뜻은 이미 정했고, 쓸데없는 줄다리기를 해 봐야 소용없다. 상대는 그게 특기이니. 바로 핵심을 찌르기로 했다.

"저도 여러분을 뵙게 되어 영광입니다. 꼭 좀 말씀을 여쭐 수 있었으면 했는데… 그런데 여러분이 여기 어찌 계시는지? 교회의 아군 아니셨습니까?"

이러면 조금은 움찔하지 않을까 했는데, 웃으면서 받아넘긴다.

물론 백전노장인 상인들이니 나 역시 놀라지는 않았다.

"교회의 아군이지요. 다만 사정이 조금 복잡한 참입니다."

아르고가 그러면서 옷소매를 걷어 팔을 드러내더니 양팔을 탁자 위에 올려놓았다.

도박사가 자기는 부정한 짓을 하지 않는다며 상대에게 과시할 때의 동작이다. 태어난 고향에서 아득히 먼 땅에서 대상회의 얼굴 역을 맡은 이의 기질이 잘 드러난다.

대성당에 결속해 편을 들고 있을 저들이 당연한 듯이 에이브 곁에 있다. 에이브 혼자서만 왕국과 대륙 간의 밀무역을 독점하겠다면 그게 실현 가능할지 의심스럽지만, 적의 진영에도 협력자가 많다면 그런 제약이 사라진다.

그리고 에이브가 이 점을 하이랜드에게 직접 전하지 않은 까닭도 이해됐다.

이런 계획을 말로 한들 누가 믿겠는가.

"아군이라니…. 에이브 씨의 동료라는 얘기는 교회에 등을 돌리신 것이잖습니까?"

그렇다면 우리의 아군인 셈이나, 교회를 배신할 정도면 왕국을 다시 배신할 수도 있다.

저들이 대체 무엇을 획책하고 있는지 신중해야 한다.

"보기에 따라 그렇다고도 할 수 있으나, 우리 생각엔 그런 건 아닙니다."

"왕국과 교회, 쌍방의 아군인 거다, 콜. 우리의 유일한 적은 징세인뿐이지."

에이브의 말에 놀림을 당하고 있는 듯한 기분이 든다.

곁에서는 뮤리가 수상쩍은 눈빛으로 송곳니를 내보이며 양고기를 씹고 있다.

"여러분은 대체 무엇을 하려 하시는 겁니까?"

묻는다고 솔직히 대답해 주리라는 기대는 없으나, 어떤 거짓말을 하는지는 알 수 있다. 게다가 하이랜드도 내가 저들의 진의를 바로 알아내리라고는 생각지 않고 있을 것이다. 나는 에이브 쪽에서 무슨 이야기를 했으며 어떤 분위기였는지, 그 정보를 가지고 돌아가야 한다.

그리고 에이브는 이렇게 말했다.

"천칭의 유지."

"천칭?"

"그렇습니다, 추기경님. 천칭의 균형을 맞추려면 양쪽 모두 같은 무게를 올려야 하고, 그러려면 우리는 양국과 교회 양쪽 모두에 붙어야 하지요."

포도주에 젖은 에이브의 입술에서 요사스러운 말이 흘러나온다.

"우리는 그들이 대등하게 싸우길 바라. 가능하면, 영원히."

그 악마 같은 분위기에 당황하고 있자, 곁에 있는 뮤리가 고기를 삼킨 뒤 말했다.

"전쟁에는 많은 물자가 필요하니까 그런 거잖아, 오라버니. 물자가 많이 쓰이면 저 사람들한테는 돈벌이가 되지."

영웅담이라면 대환영이고 온천장에서 용병대장인 루워드가 오면 그 무릎 위에서 떠나지 않았던 뮤리이기에, 그런 쪽으로는 상인 못지않은 지식을 가졌다.

"이런? 영리한 아가씨로군."

"고용을 생각한다면 내가 먼저다."

에이브가 즐겁게 말하고는 잔을 탁자 위에 놓는다.

"전쟁은 돈벌이 기회인 게 맞지만, 그것만으로는 반만 정답이지. 우리에게는 한 가지 이유가 더 있다."

아르고가 뒤이어 말했다.

"어느 한쪽이 이기는 상황은 피하고 싶은 겁니다. 여명의 추기경님은 교회의 개혁을 외치고 계시지요? 그렇다면 교회가 윈필 왕국에 승리한 경우를 생각해 봐 주십시오."

교회가 개혁의 기운을 물리치고 승리한다.

그러면 교회에 맞서려는 세력은 한동안 나오지 않으리라.

이교도와의 전쟁도 끝난 지 오래인 지금, 교회에는 적이 없어지게 된다.

"그 횡포가 어찌 될지 눈에 선하지 않습니까."

그 말이 맞기는 하나 그렇다면, 이라고 말을 하기 전에 마테오가 말문을 열었다.

"그렇다면 왕국이 승리하도록 도와줘도 되지 않느냐고 생각하실 수도 있지요."

남의 속을 꿰뚫어 보는 데는 일류인 상인들.

사람을 가지고 노는 느낌에 이를 악문다. 하지만 냉정함을 잃었다가는 저쪽이 원하는 대로 된다.

"저는… 교회 개혁을 바라고 있습니다. 그러기 위해서는 왕국이 이 전쟁에서 이겨야만 합니다."

"추기경님."

아우렐리오스가 고개를 가로저으며 서글픈 표정을 지었다.

"그래서도 곤란합니다. 왕국이 교회에 승리하면 어떤 일이 벌어질지, 우리도 상상이 가지 않으니까요."

"예?"

미간을 좁히며 되묻자 에이브가 이렇게 말했다.

"콜. 교회의 횡포에는 우리도 화가 날 때가 있다. 특히 그들은 빚을 태연히 뭉개 버리거든. 그 때문에 대체 얼마나 많은 동료 상인들이 파산했는지 몰라. 설상가상, 우리가 고생고생해서 번 돈을 더러운 돈이라 규탄하며 몰수하면서, 정작 자기네는 있는 대로 배를 불리지. 좀 바로잡고 싶다는 생각은 우리도 해."

단순히 동조하는 게 아니라, 진심으로 분노하고 있는 느낌이 었다.

하지만 에이브는 느릿한 한숨을 지었다.

"그런 한편으로, 그 횡포에 도움을 받을 때도 있지. 정확하게는 횡포 그 자체가 아니라, 그 횡포를 낳는 힘의 원천에."

"여명의 추기경님. 항간에서 말이 많은 교회의 부와 권력 말씀입니다만, 그게 결코 나쁜 점만 있는 것은 아닙니다. 이 세상에 꼭 있어야 하는 것이죠."

무슨 그런 말도 안 되는 소리를, 이라는 말이 입 밖으로 나오지 못할 만큼 어이없어하고 있자, 에이브가 말했다.

"나이프 같은 거다. 그게 있어야 여행을 할 수 있는데, 한편으론 그것으로 사람도 죽일 수 있지. 요컨대 사용법이 문제인데, 함부로 휘두르는 놈들이 있다고 해서 이 세상 나이프를 다 없애야 한다고는 할 수 없잖아? 그렇다고 유용하니 폐해는 싹 무시하라는 것도 당연히 아니야. 하지만 폐해는 젖혀 두고 이익만 취하라는 건 너무도 무모한 소리지."

논리를 따지는 것은 뮤리와의 대화로 단련돼 있다.

맞받아칠 게 아니라 되물어야 한다.

"그 이익이라 하시면?"

교회가 부를 축적하거나 권력을 남용하는 것을 용납할 그 이익. 샤론 측처럼 불행한 이들을 낳아 놓고도 태연한 것에 무슨 정당성이 있단 말인가.

장사에 관해서는 몰라도 정의에 관한 이야기라면 안다.

"제가 한말씀 드려도 될까요, 추기경님."

아르고가 몸을 앞으로 조금 내밀더니 잔을 들어 술잔 속의 포도주를 가볍게 돌렸다.

"이 포도주가 이 탁자 위에 오르기까지의 과정을 상상해 보신 적 있으십니까?"

상인들이 자기네에게 불편한 이야기를 정면으로 마주할 리 없다는 걸 알면서도, 태연히 말을 돌리려 드는 것에 얼굴이 벌게지도록 분노가 치밀었다.

"저는 그런 얘기를 하고 있는 게 아닙니다."

"혼란을 드리려는 게 아닙니다."

아르고는 진지한 얼굴로 그러고는 내 대답을 기다리지 않고 말을 이었다.

"이 포도주가 이 식탁에 오르기까지의 과정 말입니다. 또는 여기에 있는 이 밀빵도 좋습니다만, 이런 상품들이 멀리서, 수많은 사람들의 손을 거쳐, 끊이지 않고 이 나라에까지 옮겨져 옵니다. 그런 연결로 이 나라는, 아니, 온 세상의 나라와 도시들이 기능하는 겁니다."

저런 이야기는 이미 알고 있는 바다. 무역상인이 이 나라에서 철수하겠다는 협박의 진가가 바로 저기에서 발휘되니까.

하지만 그게 교회가 쌓은 부의 정당성과 무슨 관련이 있단 말인가.

아르고는 내 마음속 고함을 들은 양 잠자코 고개를 끄덕였다.

"문제는, 장사에는 분쟁이 따르는 법이란 겁니다."

나오는 이야기의 전체가 파악되지 않아 초조함이 인다.

자리를 박차고 나가야 하는 것 아닌가 하는 생각이 진심으로 들기 시작했다.

"아십니까, 추기경님. 예컨대 남방의 상회가 북방에 모피를 구매하러 간다고 칩시다. 거기에서 대금을 치르느니 마느니, 상품의 품질이 사기에 가깝게 좋지 않다느니, 수량이 부족하다느니 하는 분쟁이 지역 상인과의 사이에서 벌어집니다. 그때, 멀리서 온 상회는 늘 입지가 약하게 마련입니다. 아무도 지켜주지 않고, 때로는 지역 권력자가 악의를 품고 속이는 일까지 있지요."

아르고는 대상인답게 냉정하고도 담담히 이야기를 술술 늘어놓았다.

그러다가 집게손가락을 탁자 위에 딱 세웠다.

"그 순간 도움을 주는 곳이 교회입니다."

마테오가 뒤를 이었다.

"교회는 온 세상 어디에나 있고, 그 권위에는 수많은 이들이 머리를 조아립니다. 달리 의지할 데 없는 먼 곳에서도 현지 권력자에게 불합리한 일을 당하면 교회가 편을 들어줍니다."

그 말에 순간 떠오른 것은 북방 도서지역에 세워진 교회였다. 그 지역은 교회에서 이단시되는 검은 성모의 신앙이 강한데다 주변은 극한의 바다로 가로막혀, 지역민의 도움 없이는 고향 땅으로 다시 돌아갈 수 없을 것 같은 곳이었다. 그런 곳에서는 지역민을 상대로 세게 나가는 게 어떤 의미를 띠는지 바보 천치라도 안다.

그런 곳에도 외지 상인들이 힘을 합해 세운 교회는 있다. 내가 아는 말이 통하고, 내가 아는 지식이 통했다. 여차하여 싸움이 벌어지면 숨겨 주기도 한다.

교회는 그런 유대의 연결점이기도 하다.

폭력이 될 수 있는 힘은 누군가를 보호하는 힘이 되기도 한다.

"상인들 간에 분쟁이 벌어졌을 때도 교회는 중재를 해 주고, 수많은 상인이 교회의 결정에는 순종합니다. 왜냐하면 교회의 권위를 무시했다가는 온 세상에 있는 교회 조직을 적으로 돌리게 되니까요. 교회의 뒷배 없이 우리는 원격지 무역에 종사할 수 없습니다. 그리고."

하며 그다음 말을 아우렐리오스가 이었다.

"온 세상에 교회를 세워 권위를 확보하려면 돈이 많이 듭니다. 또한, 추레한 차림을 한 자에게 사람들은 머리를 숙이지 않습니다. 거대한 대성당에 금은 장식품이라는 바로 알기 쉬운 권위는 필요한 갑옷이자 무기인 겁니다."

"물론 이단 신앙, 이교도들과 싸우는 것도 교회의 권위 유지를 위해 꼭 해야 하는 일이고, 그러는 데도 돈이 듭니다. 부는 결코 무용지물이 아닙니다. 물론 결과적으로 터무니없는 향락에 빠진 것으로 여겨지는 면도 있고, 그런 가외 수입에 열을 올리는 자들이 있는 것 또한 사실입니다만."

"그러나 그것은 불가피한, 이른바 좋지 않은 비용입니다만, 그 비용에만 신경을 쓰며 전체를 비난하는 건 잘못입니다. 교회의 막대한 부가 교회의 권위를 유지하고, 우리 상인들은 교회가 유지하는 권위로 장사를 보호받으며, 우리 상인들의 장사 활동으로 수많은 이들의 생활이 유지되는 것이니까요. 모든 것은 연결돼 있습니다, 추기경님."

저들이 하고 있는 말은 성전에는 쓰여 있지 않은, 현실 세계가 돌아가는 방식이었다.

"만일 윈필 왕국이 이대로 교회를 굴복시켜 교회가 권위를 잃으면 어찌 될지 다시 한번 생각해 봐 주십시오."

윈필 왕국이 싸움에서 승리해 교회의 권세가 꺾이면 교회는 압도적인 조직력과 권위를 잃는다. 그리하여 절제를 강요받으며 자금력도 잃게 된다면?

그렇게 되면 그들은 품행방정하지 않을 수 없으니 세상은 더 좋아질 터….

마테오가 남방 사람다운 밝은 녹색 눈을 이쪽으로 돌린다.

"필시 여명의 추기경님은 코가 납작해진 교회가 행실을 바로 잡을 것으로 생각하시겠지만, 일이 그리 쉽게 될 리가 있나요."

"이제까지 거만을 떨던 자들이 약해지면 때는 이때다 하고 그 자리를 대신하려 드는 자들이 반드시 나타납니다. 그런 싸움이 온 세상 곳곳에서 일어나는 것이죠."

"도저히 눈 뜨고 볼 수 없을 대혼란이겠지요. 그야말로."

하며 세 상인이 한 말의 마무리는 에이브가 이었다.

"왕국과 서로 노려보고 있을 때가 차라리 나았다며 후회할 만큼."

어디까지가 본심이고 어디까지가 거짓인지 전혀 모르겠다. 저들이 하는 이야기의 연결은 지극히 이치에 맞는 듯하면서도 전체적으로는 이상하게 느껴진다.

세상의 안정을 위해 횡포한 교회 권력을 유지하라니, 어찌 믿을 수 있단 말인가.

하지만 대상인들의 공세는 멈추지 않았다.

"교회가 권위를 상실하면 우리 무역상인은 아는 이 하나 없는 먼 땅에서 어디의 보호와 중재를 받아야 합니까? 그냥 장사를 포기하고 자국으로 돌아가야 하는 겁니까? 그렇게 되면 수많은 이들이 곤란해지겠지요. 살아가는 데 필요한 모든 것이 어느 한 곳에서 다 나지는 않으니까요. 무역은 필요한 일입니다."

"예컨대 윈필 왕국은 우리가 듣도 보도 못한 머나먼 곳에서 장사로 문제가 생겨도 우리를 구하러 오지는 않겠지요?"

"설상가상, 교회의 힘이 줄어들면 다시 이단이나 이교도가 고개를 쳐들 겁니다. 세상은 십 년 전 전란의 시대로 돌아가겠지요."

한마디도 끼어들지 못하는 가운데 에이브가 천천히 말했다.

"콜. 세상은 이성으로 움직이지 않는다. 질서를 유지하기 위해서는 힘이 필요해. 그 요체가 교회 조직이고, 악으로 보인다 해도 꼭 있어야 할 존재다."

상인들은 현실적인 세계에서 산다. 그리고 그 현실적인 세계를 지키기 위해 그들 나름대로 싸우고 있다. 내가 아무 발언도 하지 못한 것은 샤론이 한 말 때문이었다.

약한 이들은 결국 교회에 의지할 수밖에 없고, 도움을 주는 것도 교회 조직뿐이었다. 그들의 힘을 약화시키고도 보호자의 기능은 유지하라는 것은 확실히 몽상일 수도 있다.

게다가 교회가 약해진다는 것은 신앙의 문제뿐 아니라 무역이라는 사람들의 삶의 지지대에도 영향을 준다는 것. 거기에 그치지 않고 교회의 권위에 의해 유지되고 있던 질서가 즉시 붕괴되어 세상은 전란의 시대로 돌아갈 거라는 거다.

탁자 위에 침묵이 내린다.

네 명의 상인이 이쪽을 본다.

"뭐, 고위 성직자들의 행동은 묵과할 수 없는 부분이 있기는 해."

에이브가 배려하듯 그렇게 말했다.

"예컨대, 이런 특별한 방을 제일 자주 쓰는 건 틀림없이 대성당 측 인사들이니까. 이렇게 호화로운 가게에서 이렇게 질 좋은 고기를 먹고, 이렇게 맛있는 술을 마시지. 그걸 검은 빵과 싸구려 맥주로 바꾸면 남은 돈을 가난한 사람들에게 나눠 줄 수 있어. 그건 사실이나, 교회의 높은 분들은 절대 그렇게는 안 하지."

에이브는 조용히 말했다.

"그러니 이 이상 교회가 커지는 것도 곤란해. 그렇다고 왕국에게 지는 것도 곤란한 현 상황을 어떻게든 하기 위해 우리 나름대로 필사적으로 지혜를 짠 거다."

에이브는 거기까지 말하고는 한숨을 푹 쉬었다.

"애초에 우리도 돈벌이가 된다 해도 사실은 이렇게 위험한 다리는 건너고 싶지 않다. 하지만 천칭이 크게 기울어 기우뚱대고 있어. 윈필 왕국과 교회 당사자들은 속수무책이지. 원래 천칭 위에 올려진 추 자신은 천칭이 흔들리는 걸 멈출 힘이 없으니. 어느 한쪽으로 완전히 기울어질 때까지 천칭 위에서 떨어지지 않으려고 애쓰는 게 고작이지. 그러니 우리 상인들이 그 기울어진 것을 멈추는 수밖에. 박쥐라 비난을 받든 배신자 취급을 당하든 양쪽 진영에 손을 빌려줄 수 있는 건 우리뿐, 세상의 질서를 유지하는 방법은 이것뿐이다."

그런 뒤 지은 눈빛은 확실히 이쪽을 원망하고 있었다.

저 시선의 의미를 모르는 바도 아니다.

왜냐하면.

"천칭의 균형을 무너뜨린 것은 다름 아닌 당신입니다, 추기경님."

아르고의 말에 반론을 펼 수가 없다. 저 지적은 하이랜드에게서도 들었다. 최근 몇 년간 윈필 왕국과 교회는 교착 상태로, 개혁이 정체되었다며 한탄도 할 수 있었지만, 한편으로는 사태가 안정되었다고도 할 수 있었다.

교회를 개혁하는 것은 무조건 훌륭한 일이라고만 생각해 왔다. 하지만 그게 무지와 철없는 행동이고, 오히려 세상에 혼란의 화근을 심는 것이었다면.

"이렇게 말씀드리기는 좀 뭣합니다만…."

"추기경님에겐 이 불안정한 상황을 수습해야 할 책임이 있다고 봅니다."

어른들의 질타.

창피함과도 닮은 후회가 가슴속에 물씬 퍼진다.

샤론 측에는 교회와 싸워야 하는 절실한 이유가 있었다. 수상하게 뒤로 움직이고 있던 상인들조차 나름의 이유를 가졌다.

그럼 나는? 내가 주장하는 이상의 길에는 정말로 정의가 있을까? 내가 보고 있는 이상이라는 것은 단순히 현실을 모른다는 것의 반증 아닐까?

발밑이 무너지는 듯한 바로 그 순간, 아우렐리오스가 빙그레 미소 지었다.

"하지만, 다행히 여명의 추기경님의 이름은 바야흐로 큰 힘을 지니고 있습니다."

"예?"

"추기경님의 협조가 있으면 윈필 왕국과 교회 사이에서 천칭의 균형을 유지해 다시 안정시키는 것은 그리 어려운 일도 아닐 겁니다."

"그렇, 습니까?"

상냥해 보이는 그 얼굴에 그만 구원받은 기분이 든다.

"내가 뭣 때문에 자네를 찾아왔겠나, 콜?"

에이브가 난감한 듯이 웃고 있다.

어릴 적부터 여러모로 돌봐 주었던 에이브다.

"윈필 왕국과 교회 사이의 균형을 무너뜨리는 누군가가 나타났다는 말을 듣고, 그게 자네라는 걸 안 순간엔 놀랐지만… 그래, 그런 걸 하고 있다는 자각이 없었던 거라면 이해가 돼."

에이브의 다정한 쓴웃음은 내가 어릴 적에 봤던 것이었다.

"자네가 권모술수가 아니라 그 성실함에서 이 엉뚱한 일을 이뤄 냈다는 걸 알고 마음이 놓이는 듯한, 납득이 가는 듯한 기분이야. 다만 그 성실함이 원수가 될 때도 있지. 뭐, 그건 어쩔 수 없는 일이지만. 세상에 만능 도구는 없으니. 그야말로 교회의 이점과 폐해 이야기에도 통하는 것이고."

그러면서 에이브는 탁자 위로 몸을 내밀었다.

"콜. 교회는 공세로 나오려 하고 있고, 현재의 윈필 왕국으로는 불리해. 그러나 우리와 자네가 손을 잡으면 사태 수습은 충분히 가능하다. 물자와 정보로 윈필 왕국의 토대를 받치고, 자네의 존재감으로 인심을 규합해 대륙 측의 아군들과도 함께하는 거지. 그러면 교회가 전쟁에서 이길 가능성은 사라질 거야. 뭐, 윈필 왕국이 쭉 이기는 건 물량의 차이가 있으니 무리일 테고, 우리 역시 그건 바라지 않아. 하지만 어느 쪽 진영에도 결정적인 게 없다는 걸 알면 전쟁은 머잖아 진정되고, 지금까지의 질서 유지라는 목적은 달성할 수 있게 되지. 물론."

하며 에이브는 장난기 가득한 웃음을 짓는다.

"우리도 돈 좀 벌고. 상인이니까."

"그럼 모든 게 잘 수습되는 겁니다."

"우리도 에이브 씨에게서 이 제안을 들었을 때는 기겁했었지요."

“게다가, 교회를 따돌리는 것도 우리 입장에서는 좀 후련한 점이 있거든요. 지금까지 있는 대로 당해 왔으니까요.”

“우리는 몇 해도 넘게 이 나라에서 장사를 하고 판로를 넓혀 왔습니다. 어떻게 그걸 하룻밤에 버리라는 겁니까?”

에이브의 양옆에 앉은 상인들도 저마다 그런 소리를 했다.

자기네의 돈벌이를 위해 수상쩍은 계획에 연막을 치려는 탐욕스러운 상인들?

그렇지 않다.

저들은 저들 나름대로 세상을 생각하는 한편, 자신들도 돈을 벌 길을 모색했을 뿐이다. 그것을 야단칠 수는 없으리라.

“어떤가, 콜. 꼭 좀 자네 입으로 하이랜드 경을 설득해 윈필 국왕께 이 제안을 전해 줬으면 하는데. 그러면 우리는 즉시 각자 전문인 무역로를 써서 온갖 상품을 이 나라에 들여올 수가 있어. 그러는 김에 자네의 다소 허술한 면도 우리가 받쳐 줄 수 있을 거야.”

에이브와 함께 아르고, 아우렐리오스, 마테오가 자신에 찬 웃음을 짓는다.

내가 초래한 혼란을 저들이라면 잠재울 수 있다.

“자, 이건 약속의 증표다.”

그리고 에이브가 손을 내민다. 상인들은 신용의 생물이고, 악수의 중요성은 로렌스와의 여행에서도 몇 번인가 목격했다. 에이브 일행은 진심인 거다.

신용에는 신용으로 답해야 한다. 게다가 내가 다소 허술하다는 것은 수없이 들은 말이고, 거기에 에이브 측의 협력이 있으면 필시 든든할 것이다.

내밀어진 손을 바라보며 시선을 든다. 에이브가 다정히 미소 짓고 있다.

손바닥의 땀을 닦고 손을 내미는 것 외엔 선택지가 없다.

그때였다.

“앗!”

그런 소리와 함께 와장창, 하고 도기 깨지는 소리가 났다.

옆을 보자 탁자 위로 넘친 과즙이 확 퍼져 뮤리가 입은 새하얀 로브로 덮쳐들고 있었다.

“아, 앗, 오라, 오라버니.”

갑작스러운 일에 당황한 뮤리가 입고 있는 것은 하이랜드에게서 빌린, 어마어마하게 비싸고 눈이 번쩍 뜨일 만큼 새하얀 옷이다. 당황해 탁자 위의 아마천을 쥐고 닦아 주려 했으나 포도 얼룩은 쉽게 제거되는 게 아니다.

“오, 오라버니, 어떡해. 빌린 옷인데….”

거의 울려고 하는 뮤리를 보자, ‘뮤리답지 않게 이런 중요한 때에’라고 말하고 싶어진다. 에이브에게는 미안하지만 사람을 불러 조금이라도 얼룩을 지워야겠다며 고개를 든 순간, 뮤리에게 쏠린 에이브의 시선을 보았다.

반사적으로 뮤리를 보자 좀 전까지도 거의 울상이었던 뮤리가 에이브를 잡아먹을 듯한 눈빛으로 노려보고 있다.

순간 내가 꿈을 꾼 건가 했다. 놀라서 번갈아 본 두 사람의 표정이 순식간에 원래대로 돌아가는 바람에.

그러나 분명히 보았다.

두 마리 짐승이 확실하게 시선을 맞부딪치고 있었다.

"흐윽… 오라버니, 어서 가서 옷을 빨아야 돼…."

은빛 새끼 늑대는 풀 죽은 모습으로 그런 소리를 한다.

머리가 미처 따라가지 못해 입이 제대로 돌아가지 않는다.

"아, 어…."

다시 에이브를 훔쳐보듯 하자 손을 거둔 에이브가 그렇게 생각해서 그런지 심술이 난 듯이 의자 등받이에 몸을 기댔다.

"여기에서 그러기보다는 저택으로 돌아가서 하는 게 낫겠지. 마차 불러 줘."

에이브가 집사 겸 호위무사일 장부에게 그렇게 말하자 몸집이 큰 장부는 체격에 걸맞지 않게 우아한 동작으로 문으로 향한다. 그러자 포도주를 마시는 에이브에게 아르고 일행이 '괜찮겠느냐?'는 듯한 시선을 던졌다.

뮤리와의 눈싸움과 조합해 볼 때 저들은 함정을 파서 나를 잡으려 했던 것인가.

진실은 알 수 없으나 적어도 뮤리는 그렇게 판단해 일부러 과즙을 흘린 것이다.

"모시러 왔습니다."

방문 앞에 나타난 마부는 뮤리를 보더니 눈이 휘둥그레졌다.

여전히 옷에 신경 쓰는 뮤리를 일으켜 세우고 도망치듯 돌아갈 채비를 하는데 에이브가 말했다.

"콜. 우리의 협조 없이는 윈필 왕국은 현저히 불리한 상황에서 벗어날 수 없다. 게다가 우리의 목적은 질서 유지다. 자네 또한 평화를 사랑하잖나."

뭐라 대답해야 할지 몰라 모호하게 고개를 끄덕인 뒤, 목례를 하고 방 밖으로 나섰다.

계단을 내려가자 엉망진창인 뮤리의 모습을 보고 다른 손님들이 놀라기도 하고 웃기도 했으나, 나는 그런 데 신경 쓸 정신이 아니었다. 왔을 때의 네 곱절은 길게 느껴지는 가게 안을 지나 마침내 밖으로 나와 마차에 올랐다. 문이 닫히고 말에 채찍이 가해지고 덜컹덜컹 마차 바퀴가 돌바닥을 밟는 소리를 내기 시작한 때쯤에야 비로소 머리 위로 피가 돌았다.

목구멍에 막혀 있던 숨을 토해 내자 곁에 앉은 뮤리가 다리를 툭 찼다.

"오라버니 멍청이."

눈앞에 있는 것은 옷자락에 포도 과즙을 온통 흘린 여자아이였으나, 그 자리에서 누가 제일 멍청한 얼간이였는지는 말할 것까지도 없다.

"미안해요…. 그럼, 에이브 씨 쪽이 날 속이려 했던 건가요?"

에이브의 말에 거짓이 있는 것 같지 않았다. 이대로는 윈필 왕국이 불리한 것도 사실이다. 그 이야기의 어디에 빈틈이 있었는지 전혀 모르겠다.

그러자 뮤리는 뜻밖에 고개를 가로저었다.

"아니. 우리를 속이려 했는지 어쨌는지는 모르겠고, 그 여우가 한 말이 거짓말인지도 나는 몰라. 어머니라면 알지도 모르겠지만… 그런 쪽은 금발한테 물어보거나 확인해 볼 필요가 있다고 생각해. 뭐, 사실이긴 할 거다 싶지만."

"그, 그럼 왜."

뮤리는 자꾸 달라붙는지 로브를 붙잡더니 따분해하는 소녀처럼 로브를 펄럭거리며 말했다.

"그 작자들, 오라버니의 허를 찔러서 동요하는 것을 보자마자 별안간 고양이 같은 목소리를 내면서 친절하게 굴었다고. 그런 전형적인 수법을 쓰는데 어떻게 안 막아?"

"전형…적?"

놀라워하자 뮤리는 어깨를 으쓱였다.

"어머니가 아버지한테 자주 쓰는 수법이라서 바로 알았어. 한 방 먹인 후에 허둥대는 걸 보고는 갑자기 상냥해져서 바로 옭

아매."

그 말에 바로 아까 오간 대화가 되살아난다.

에이브와 다른 상인들의 지적이 옳은 것에 동요했는데, 그게 문제라고 지적하는 게 아니라 바로잡을 방도가 있다는 말에 진심으로 안도했었다. 저들은 아군이라고 느꼈다.

"마지막에 청한 악수도 그래. 오라버니의 마음을 묶어 놓기 위한 수법인 게 눈에 훤했다고. 오라버니는 성실하니까 일단 약속한 것은 반드시 지키려고 할 거잖아?"

쉽게 상상이 갔다. 그 손을 잡았더라면 여지없이 에이브 측을 위해 하이랜드를 설득하려 했을 테고, 만일 그 설득이 제대로 되지 않으면 에이브 측에게 양심의 가책을 느꼈을 거다. 애당초 그 손을 잡아야 한다고 생각한 것은 에이브가 이쪽을 신용하고 있다는 생각에 그에 부응하려는 것이었으니까.

그러나 그 모든 것이 계산이었다면….

"뮤리는 그걸 금방 알아챘던 거군요."

현랑 호로와 뛰어난 능력의 전직 행상인 로렌스의 피를 이은 딸. 뮤리의 혜안에 감탄하는 한편, 자신의 한심함에 진저리가 났다. 그뿐 아니라 내가 이 나라와 교회 사이에 불안정함을 초래했다는 사실은 결코 틀린 말이 아니고, 그 점에 아무 자각이 없었던 것 또한 맞다.

얼굴을 가리려던 손을 뮤리가 확 잡았다.

뮤리를 쳐다보자 눈빛이 매섭다.

"그보다 오라버니, 이러고 우물쭈물할 시간 있어?"

"하지만…."

"그 작자들이 한 이야기, 똑똑히 들었어?"

"이, 이야기?"

하고 되묻자 뮤리는 땅이 꺼져라 한숨을 쉬고는 입술을 삐죽 내밀었다.

"그 작자들이 그랬잖아. 오라버니는 이 나라에서 대인기라 오라버니를 무시하고 이야기를 진행했다가는 나중에 쉽게 뒤집힐지도 모르니까 어떻게든 자기네 편으로 붙어 달라고."

"……."

얼이 빠져 뮤리를 보자 나를 빤히 쳐다본다. 농담을 하는 것으로는 보이지 않는 시선에 기가 죽어 에이브 측의 이야기를 곱씹어 보지 않을 수 없었다.

"……."

그들은 내 이름이 있으면 기우뚱대는 천칭을 진정시키는 게 어렵지 않다고 했다. 이런 데까지 와서 그들이 굳이 내게 아첨을 할 게 뭐 있겠느냐고 최대한 우리 좋을 대로 해석하자면 뮤리가 말한 대로인 것 같다.

만일 내가 하찮은 존재라면 그들이 그렇게 나왔겠는가? 확실히 그들의 행동에 이해할 수 없는 부분이 있었다.

어째서 에이브 측은 이 계획을 왕에게 직접 고하지 않고 우리에게 들고 왔는지?

“오라버니를 속여서 이용하려고 들자면 그 작자들한테는 더 나은 방법이 있었을 거야. 그런데, 아마도 오라버니를 화나게 해서는 안 될 약점이 있는 거겠지. 어머니의 분노를 피하고 싶은 이유 이상으로.”

뇨히라에서 가장 제멋대로인 뮤리도 어머니인 호로에게만큼은 절대복종이다.

“그 작자들은 큰 돈벌이 계획을 세웠지만, 이대로 가면 잘 안 될 것 같으니까 그걸 오라버니로 때우려는 걸 거야. 그 여우가 그렇게 유명한 상인이라며? 그럼 처음부터 왕한테 가면 되는데 굳이 오라버니를 찾아왔잖아.”

뮤리의 생각도 나와 같았다.

역시 그 점엔 무언가 있다.

“뭐, 여우의 오산은 오라버니 곁엔 늑대인 내가 있다는 거지. 게다가 아까 그건 오라버니를 속이려 한다기보다는 나를 시험하는 느낌이었고.”

제대로 코를 납작하게 만들어 줬지만, 하며 의기양양하게 코웃음을 치던 뮤리는 내 반응이 둔한 것을 알아채고는 얼굴을 찌푸렸다.

“어휴, 아직도 풀이 죽어 있어? 역시 그 여우가 그렇게 좋은 거야?"

뮤리가 추궁하자 그것만큼은 부정한다.

"그, 그런 거 아니에요. 그냥… 내가 너무 홀랑 넘어간 것 같아서…"

그러자 뮤리는 한숨을 푹 쉬고는 태세를 풀었다.

"그럴지도 모르겠지만, 오라버니는 오라버니이지 루워드 아저씨는 아니니까. 어쩔 수 없잖아?"

루워드는 용감무쌍한 용병단장. 나는 세상이 뒤집힌다 해도 그런 인물은 되지 못한다.

"루워드 아저씨라면 그 자리에서 바로 여우들의 꿍꿍이를 알아채고 임기응변으로 태도를 확 바꿔 상대를 몰아붙였을지도 모르지. 그 정도가 아니라, 검을 뽑아 탁자를 두 동강 냈을지도."

양손으로 검을 휘두르는 시늉까지 하는 뮤리는 동경하는 영웅의 이야기를 하는 왈가닥 소녀의 모습인데, 실제로 루워드가 한바탕 난투를 벌이는 장면이 눈에 선하다.

"하지만 그런 오라버니를 상상하면, 왠지 아닌 것 같아."

문득 양손을 내리더니 작은 어깨를 어른스럽게 으쓱인다.

그러고는 갑자기 진지한 표정이 되어 나를 보았다.

"아니, 그보다는 그런 오라버니였으면 나는 오라버니와의 약속을 믿지 못했을 것 같아."

"어?"

"오라버니만은 영원히 내 편일 거란 그 약속."

사람이 아닌 자라서 뮤리가 세상에서 내쫓기더라도 나만은 뮤리의 편이 되겠다고 한 그 맹세.

"루워드 아저씨도 그런 약속을 해 줄 것 같지만… 그런 말을 하는 게 참 잘 어울리잖아? 하지만 오라버니가, 늘 사소한 일에 고민고민하면서 매사에 흐리멍덩한 오라버니가 진심으로 약속을 해 줬어. 그건 전혀 의미가 달라."

늘어놓는 말은 가혹하건만 뮤리의 얼굴은 다정하고 기뻐 보였다.

"오라버니는, 그런, 뭐랄까, 완고함? 성실함? 아니, 좀 바보 같은, 왜 그…."

"우직함."

그 단어를 대자 뮤리는 눈을 깜빡깜빡하고는 얼굴을 구기며 웃었다.

"맞아, 그거. 딱 어울려."

거기에는 좋은 의미도, 나쁜 의미도 있고, 뮤리는 그 양쪽 모두를 말하고 있다.

"그리고 난 그런 오라버니가 참 좋아."

수줍음도 주저함도 없이 똑바로 호의를 전해 온다.

"뭐, 조금은 루워드 아저씨를 본받았으면 좋겠지만… 결국엔 오라버니는 오라버니인걸. 그러니까 그런 여우 같은 여자한테

당한 것 같아도 일일이 기죽진 마."

아름다운 모양의 붉은 눈이 대담하게 반짝인다.

"그런 것과 싸우는 건 내 역할. 즉, 오라버니한테는 내가 꼭 있어야 한다는 거."

뮤리는 보호받기만 하는, 나약하기만 한 여자아이가 아니다.

현랑의 피를 이은 늑대다.

"그럼 내 역할은?"

그렇게 묻자 뮤리는 내 어깨에 얼굴을 툭 얹었다.

"나를 꼭 안아 주는 담당."

"……."

귀와 꼬리는 내밀지 않았으나 어서 하라며 온몸으로 외치고 있다. 뮤리의 이런 몸짓은 농담인 한편, 진실을 나타내기도 했다.

에이브에게는 한 방 먹었고, 내가 하는 일의 영향력을 진심으로 생각하지 못하고 있었고, 저절로 굴러가고 있는 것만 같은 여명의 추기경이라는 이름에 휘둘리고 있었다. 하지만 뮤리가 깨닫게 해 준 것은 멍청이가 꼭 나쁜 것만은 아니라는 점이다.

우직하기에 할 수 있는 일이 있고, 믿음을 줄 수도 있다.

에이브도 나를 '성실하다'고 평가했었다.

신께서 사람에게 저마다의 역할을 부여해 이 세상에 태어나게 하셨다면, 나의 역할을 완수해야 한다. 그리고 내게 부여된 역할은 교회를 개혁하는 것이라고 믿는다면 이렇게 우물쭈물하고 있을 틈은 없다.

에이브의 계획은 윈필 왕국과 교회의 향후 관계에 크나큰 영향을 줄 수 있다. 그리고 왕국과 교회의 관계는 세계의 질서에 영향을 미친다. 그 질서는 돌고 돌아 샤론 측처럼 교회의 악폐에 휘말린 이들에게도 작용한다. 그 구조의 요체에 나라는 톱니바퀴가 끼어 있는 것이다.

또한, 그 무엇보다 뮤리라는 한 소녀가 이렇게까지 나를 똑바로 바라봐 주고 있으니.

이에 부응하지 않고 어찌 사목의 길을 갈 수 있겠는가.

"알겠어요, 뮤리."

"응!"

뮤리가 목을 쭉 내밀어 얼굴을 바짝 가져온다.

"에이브 씨의 계획은 가능한 조사해 볼 필요가 있겠고, 나는 또 내가 자각하지 못하고 있던 세상에 대한 영향도 다시 생각해 봐야 하겠어요."

"어? 으, 응?"

"하지만, 우선은 어디에서부터 손을 대야 할지… 샤론 씨와 의논해서 힐데 씨와 로렌스 씨에게 서신을…."

필사적으로 머리를 굴리고 있자, 내 쪽으로 얼굴을 내밀고 있던 뮤리가 쿵, 박치기를 해 왔다.

"?!"

"오라버니 바보!"

그러고는 고개를 팩 돌려 버린다.

한순간 얼이 빠져 있다가, 그러고 보니 안아 달라고 했던 게 비로소 생각났다. 에이브 측의 심리전을 간파해 나를 구해 냈고 침울한 나를 격려해 주었으니 감사의 인사를 해야지. 지금이라도, 하며 팔을 두르려 하자 뮤리는 샐쭉하면서도 하는 수 없다는 투로 다시 어깨를 붙여 온다.

하지만 우뚝 손이 멎었다.

"아, 나까지 옷이 더러워져요."

뮤리의 옷은 앞자락이 장렬한 포도색이다. 내가 입고 있는 것도 하이랜드에게 빌린 것이니 더럽힐 순 없다. 그래서 나도 모르게 손이 멎었는데, 정신이 들고 보니 뮤리가 뺨을 잔뜩 부풀리고는 나를 노려보고 있었다.

"아…."

"이젠 몰라!"

뮤리는 완전히 토라져 버렸다.

그 무렵엔 마차가 저택에 도착해, 이제나저제나 우리가 돌아오길 기다렸던 모양인 하이랜드가 신분에 걸맞지 않게 허둥지둥 마중을 나왔다.

"일찍 왔군. 일은 어떻게…."

그러다가 마차에서 내린 우리를 보고는 눈이 휘둥그레졌다.

"아무도 교회를 배신하지 않는 게 이상하다 했는데, 설마 모두가 교회를 배신하고 있었을 줄이야."

뮤리가 옷을 갈아입는 사이에 대충 상황을 설명하자 하이랜드는 어이가 없는 듯 고개를 저었다.

"사실이 그렇다면 그 계획에 현실감이 생기는데… 그대는 그러면서도 뭔가 수상한 점이 있다고 생각하는 거지?"

"뮤리가 지적한 바이기도 합니다만, 에이브 씨에게는 저를 동료로 끌어들여야 할 이유가 있는 듯했습니다. 계획에 자신이 있다면 직접 국왕 폐하께 가는 게 이야기가 빠를 텐데도."

"그러게… 뭐, 그 여자 본인이 말했듯이 너무 황당무계해서 그런 거였나…."

하이랜드는 숙고하듯 고개를 수그리고 한동안 있다가 이렇게 말했다.

"가능성을 생각하자면, 보험이겠군. 그들은 교회를 배신하고 있으니 사실이 드러났을 때를 고려하지 않았을 리 없지. 그렇다면 그대를 자기네 편으로 끌어들여 두는 건 최소한의 대비책이라 할 수 있지 않을까? 그대 일행이 자기네 편이 되면 적어도 왕국 국민들은 자기네 편에 설 거라는 생각에. 어쩌면."

하이랜드는 거기에서 말을 멈추고는 장난스럽게 오른손을 짐승 발톱처럼 세웠다.

“꽉 잡아 두었다가 여차하는 순간 이용하는 거지.”

나를 이용하는 방법은 약간만 상상해도 쉽게 떠오른다.

“…배신의 죄를 속죄하기 위해 저를 교회에 바치는 겁니까.”

위험한 다리를 건너려 한다는 건 그들도 자각하고 있었고, 뮤리는 에이브 측에게 이대로는 계획을 진행할 수 없는 이유가 있는 게 아니겠느냐고 했다.

그게 목숨줄의 확보라면, 여명의 추기경을 동료로 끌어들이려는 이유로는 충분하리라.

“옛날 옛적의 전쟁처럼 목을 교환하는 것까지는 아니어도, 이를테면 그대가 교회 진영으로 가면 교회는 그간 떠난 민심을 다시 모으기 쉬워질 테니까. 이용가치로서는 나쁘지 않지. 아아, 그래… 그럴 가능성이 크겠어. 그대는 성직자가 되고 싶어 했지?”

“…결코 강제로 교회에 팔려 가는 게 아니라, 저한테도 이익을 제시할 거라는 겁니까?”

“그뿐 아니라, 내 신병까지 확보했다면 어찌 될까?”

하이랜드의? 하다가, 그 시점의 하이랜드의 위상을 생각하자 입 안에 쓴 물이 퍼졌다.

“저는 하이랜드 님의 목숨과 교환해서 부려지게 되겠군요.”

뭐가 그리 재미있는지 하이랜드가 키득키득 웃는 참에 문이 열리고 뮤리가 들어왔다. 뇨히라에서 입고 온 평소 복장이다.

“그렇게 좋은 옷을 입고 나서 그런지 이 옷도 왠지 뻣뻣해….”

뮤리는 이해가 안 된다는 듯이 그런 소리를 하고는 내 옆 의자에 앉았다.

“그런데 무슨 재미있는 이야기를 하고 있었어?”

“재미있지 않아요.”

“내가 붙잡히는 신세가 되고 그대의 오라버니가 구해 주러 오는 상황에 관한 이야기.”

“아~ 재미없는 거 맞네.”

“뮤리!”

하이랜드는 끝내 어깨를 들썩이며 웃고, 뮤리는 야단을 맞고도 얼굴만 외면하고는 끝. 마차에서 있었던 일로 여태 분이 풀리지 않은 모양이다.

하이랜드는 한바탕 웃은 후 손가락으로 탁자 위를 톡톡 쳤다.

“하지만 입장을 보면 우리 쪽이 불리하다. 특히 전쟁이 일어난다면.”

“그럴 가능성은… 역시, 큰 겁니까.”

에이브는 거의 확신하고 있는 듯했다.

하이랜드는 힘없이 한숨을 지었다.

“전쟁을 시작하는 구실은 기본적으로 방어적인 것이 되지. 우리는 전쟁 같은 건 하고 싶지 않지만 어쩔 수 없이… 라는 식으로. 그런 점에서 기세를 올리고 있는 징세인들의 공세는 충분한 이유가 돼."

그리고 전쟁이 나면 물자를 조달하기 위해 에이브 측의 제안을 받아들이는 수밖에 없다. 취할 수 있는 선택지가 별로 없다.

"에이브인지 뭔지 하는 자의 제안을 따르는 게 싫으면 징세인들의 움직임을 막는 것도 고려할 수밖에 없다. 다만, 징세인들을 말로 설득해서 뜻을 접도록 할 수 있을는지."

샤론의 원한은 진심이었다.

게다가, 고개를 돌려 외면하고 있던 뮤리가 놀란 얼굴로 이쪽을 보고 있다.

샤론 측을 방해할 생각인 거냐고 묻고 싶은 것이리라.

"에이브를 비롯한 상인들이 전쟁을 전제로 한 이야기를 하고 있다는 것은, 교회의 움직임에 그런 조짐이 실제로 있기 때문이겠지요. 그렇다면 그들의 제안을 받아들이지 않으면 무역상인 없이 교회와 전쟁을 치르게 된다. 절대 승산이 없지. 우리로서는 전쟁의 불씨를 제거하는 쪽으로 움직여야 한다."

"하지만, 설득은 필시…."

하이랜드도 샤론의 품성은 알고 있는지 고개를 끄덕이고 대답했다.

"여차하면 징세권 자체의 정지를 폐하께 주청한다."

샤론 측의 떠돌이들이 공공연히 대성당을 공격할 수 있는 것은 왕권에 바탕을 둔 징세권 덕분이다.

그런 점은 당연히 좋지 않은 의미에서 작용하기도 한다.

징세권은 국왕의 한마디로 정지할 수 있고, 샤론 일행은 즉시 교회와 싸울 근거를 잃게 된다.

"안 돼!"

의자를 박차는 기세로 벌떡 일어난 뮤리가 말했다.

"그럼 교회를 상대로 물러서는 거잖아! 안 돼, 그딴 건!"

뮤리의 험악한 기세에 놀랐다.

저렇게까지 샤론의 이야기에 공감했었나 싶은데, 뮤리에게는 한결같이 너그럽던 하이랜드가 날카로운 시선으로 뮤리를 본다.

"우리의 개인적인 감상에서 왕국 전체를 위험에 빠뜨릴 수는 없다."

상냥한 하이랜드가 아니라 하이랜드 가문의 젊은 주군의 말이었다.

뮤리가 말을 잇지 못하고 이를 악무는 것을 보고 내 쪽에서 손을 내밀었다.

"뮤리, 진정해요."

"하지만 오라버니!"

"그럼 에이브의 제안을 받아들여야 한다고 생각하나?"

고약한 질문이라 할 수도 있으나, 하이랜드는 그만큼 뮤리를 대등한 상대로 인정하고 있다는 뜻이리라.

"……."

대답하지 못한 채 뮤리는 힘없이 도로 앉았다.

그런 뮤리를 보는 하이랜드의 표정은 서글퍼 보였다. 하이랜드 역시 샤론의 이야기에는 마음 아파한다. 패륜이라 할 관행을 이어 온 교회를 상대로 양보를 해야 하다니, 하이랜드의 윤리로는 도저히 용납하지 못할 일일 터.

그러나 에이브는 신용해도 될지 확실치 않고, 설령 신용한다 해도 전쟁이 일어나면 그다음엔 클리벤드 왕자라는 불안정 요소도 고려해야 한다.

하이랜드와 그 위의 왕과 왕자들의 입장에서는 전쟁을 피하는 데 온 힘을 쏟아야 지켜 낼 것이 압도적으로 많다. 설령 그것이 굴욕적인 양보라 하더라도 패배해 재기의 가능성이 사라지는 것보다는 훨씬 낫다는 이야기다.

하이랜드는 한숨을 쉰 뒤 말했다.

"징세인들도 고집을 부리다가 자기네 기반을 잃게 되는 건 바라지 않겠지. 일시적인 퇴각이라면 받아들일 가능성도 커. 일단 물러서면 교회와의 긴장이 완화될 가능성이 있다. 그렇게 되면 징세권 자체는 유지할 수 있을 거야."

돌을 하나씩 하나씩 깔아 하이랜드는 길을 만들어 나간다. 그것은 현실적이고도 논리적이며 온당하다.

그러나 그 매끄러운 논리를 앞에 두고 문득 뭔가 개운치 않은 위화감이 들었다.

이를테면 '황금 양치'에서 본 에이브 측의 여유. 그리고 거의 주저 없이 다음 수를 깨끗이 제시한 하이랜드의 모습이 제대로 맞물리질 않는다.

"하이랜드 님, 한말씀 여쭈어도 되겠습니까?"

"뭐지?"

머릿속에서 또다시 위화감을 양팔에 끌어안는다. 형태와 크기를 확인한 후 말로 바꾸었다.

"에이브 씨 측은 '황금 양치'에서 한 설명으로 우리를 완전히 납득시킬 자신이 있던 걸까요?"

그 말에 하이랜드는 눈을 껌뻑였다. 곁에 있는 뮤리도 알쏭달쏭한 표정을 지었다.

"그건… 그렇지 않은가?"

그렇게 말한 후 하이랜드가 뮤리를 쳐다본 것은, 그 자리에서 오간 것을 대충 알려 줄 수 있기 때문일 것이다.

"…오라버니는 거기에서 실제로 홀라당 넘어갈 뻔했잖아."

뮤리가 없었으면 틀림없이 함정에 빠졌다. 등 뒤의 문이 닫히고 목줄이 매어지기 일보 직전이었다. 그건 변명할 도리가 없다.

그렇기에 위화감이 남는다.

"에이브 씨 같은 인물이 함정에 빠진 먹잇감을 눈앞에서 놓쳤습니다. 훨씬 집착을 보였어야 할 것 같은데 우리는 무사히 이곳으로 돌아올 수 있었죠."

그리고 하이랜드는 그것에 대해 이내 대책을 생각해 냈다.

너무도 쉽게, 논리적으로.

"그건… 내가 사람을 보내 감시하고 있었던 걸 알아서 그런 게 아니었을까? 게다가 그대를 함정에 빠뜨렸다가는 보복도 생각해야 할 테고."

그럴지도 모르겠으나, 뭔가 더 기본적인 곳에서 우리는 에이브를 잘못 생각하고 있는 것 같았다. 그야말로 에이브 측 상인들은 그 자리에서 설득할 마음은 별로 없이, 놓쳐도 전혀 상관없다는 투의 분위기였다.

이를테면, 그들은 자기네 계획에 절대적으로 자신이 있다든가.

이를테면, 여기에서 놓쳐도 결과는 똑같다고 확신했거나.

이를테면.

이를테면….

"설마."

그 가능성이 떠올라 경악했다.

"콜?"

하이랜드의 염려 어린 음성에 시선을 들었다. 하이랜드의 우수함은 나도 잘 안다. 고결함도. 그리고 곁에 있는 뮤리를 본다. 성실하기만 한 인물이 얼마나 다루기 쉬운지는 왈가닥 뮤리에게 물릴 만큼 배웠다.

요컨대 하이랜드의 생각은 이치에 합당하기에 또한 쉽게 간파된다면?

에이브 측은 자기네 계획을 확실하게 만들기 위해 쓸 수단이 있었다.

“전쟁의 불씨를 일부러 제거하지 않는다면요?”

“그게 무슨….”

뜻이냐, 까지는 이어지지 않고 하이랜드의 얼굴에서 핏기가 가셨다.

애당초 하이랜드가 골머리를 앓고 있었던 것은, 어째서 자기네의 돈벌이를 위해서라면 주위를 배신하는 데도 서슴없을 상인들이 교회를 위해서 그토록 결속했느냐였다.

상인들은 돈벌이를 위해서라면 할 수 있는 일은 다 한다.

그렇다면 이렇게 생각해야 할 터.

“일어날지 어떨지 알 수 없는 전쟁을 전제로 계획을 세우기보다는, 일어날지 어떨지 모를 전쟁을 확실히 일어나게 하면 된다고 생각하는 인물이 에이브 씨입니다. 징세인 중에 수하를 심어 두는 것쯤은 일도 아니지요.”

어쨌든 전쟁이 일어나면 굳이 하이랜드 측을 설득하지 않아도, 다급해진 국왕은 에이브 측을 의지하게 될 테니.

게다가 그때는 상황이 급박하여 교섭의 주도권은 에이브 측이 쥐게 된다.

'황금 양치'에서 함정을 마무리하기 직전 뮤리에게 사냥감을 빼앗기고도 화를 내지 않은 이유는 이것밖에는 없다. 사냥감이 도망쳐 봐야 어차피 자기 밑으로 오게 돼 있다는 확신이 있었던 거다.

그래, 그래야 에이브 볼란이지.

"…돈벌이를 위해 전쟁을 일으키는가."

아연한 듯이 하이랜드가 중얼거린다.

"제가 처음 만났을 때도 모피 무역을 독점하려고 다른 배가 모피를 운반하지 못하게 강에 배를 가라앉혀 방해하기도 했습니다. 들키면 교수형이라고 하던데요."

총명하기는 해도 하이랜드는 귀족 신분이라, 이렇게 말해도 될지 모르겠으나 귀하게 자랐다.

야만스럽다고밖에 말할 수 없는 에이브의 과거에 얼굴이 굳었다.

"닭은 자기네 안에 벌레가 있는 걸 알까?"

뮤리의 한마디에 목 안의 응어리를 삼킨다.

"샤론 씨네의 목적은 성직자를 대성당에서 끌어내는 겁니다. 어쩌면 내부에 침입자가 있다는 건 알고 있을 수도 있지만…."

"마침 잘됐다 싶을지도 모르겠군."

샤론이 그렇게까지 파멸적인 사상을 가졌다고는 생각하고 싶지 않으나 불가능한 이야기는 아니다.

"그렇다면 한시도 여유가 없겠…군."

하이랜드의 음성이 드물게 떨리고 있다.

"오히려 우리에게 손바닥을 내보인 이상 뜸을 들이지는 않겠지요. 물론… 이런, 제 생각이 맞는다면, 말입니다만…."

제안해 놓고 이러는 건 뭣하지만, 어디까지나 가설이고 증거는 없다. 보류하는 말을 덧붙이자 뮤리에게서는 싸늘한 눈빛을, 하이랜드에게서는 다소 놀란 눈빛을 받았다.

"오라버니."

"어, 예?"

"등을 딱 세우고, 가슴을 펴."

"어어?"

뮤리의 말에 당황하자 하이랜드가 긴장한 얼굴이면서도 나직이 웃었다.

"그대는 참 불가사의한 인물이야. 대담하면서도 섬세한 것이."

에이브한테서도 같은 말을 들은 것 같은데, 아마도 칭찬은 아니리라.

"어쨌든, 그대의 가설을 말도 안 된다며 일축할 순 없어. 오히려 사태의 흐름을 생각해 보면 그것밖엔 없다는 생각이 들지."

"그러게."

뮤리는 그런 뒤 자리에서 일어섰다.

"그럼 이제 어쩔 거야? 나는 교회가 싫어. 닭…한테도 동정이 가. 방해하고 싶지 않아. 하지만 그 나쁜 여우의 뜻대로 되는 것도 진짜 싫어."

뮤리는 완전히 자신의 호불호를 이야기하고는 있으나 이성적으로 생각해도 그다지 다르지 않을 것이다.

"상인의 꼭두각시가 끼어들어 있다면 징세권을 어떻게 해 봐야 무의미하지. 게다가 상인의 하수인을 어떻게 찾아내겠나. 한 명뿐이란 보장도 없고, 교회가 격노해 전쟁을 결심하기에는 부족한 무언가를 누군가가 저지르기 전에 모두 붙잡는 건 현실적으로 불가능해."

게다가 샤론 측 사람들은 결코 나쁜 이들이 아니다. 샤론 측은 화를 낼 만한 정당한 이유가 있어서 그러는 것이다. 죄인 취급하는 것은 옳지 않다.

잘 생각해, 하며 필사적으로 자신을 다독인다. 아직 최악의 사태는 일어나지 않았고, 우리끼리 어떻게든 해 볼 가능성은 있다.

그리고 가능성으로 따지자면 딱 하나 방도가 있었다.

"이론에 지나지 않을 수도 있겠습니다만."

"상관없어. 얘기해 봐."

입술을 핥으며 말을 정리한 뒤 이야기했다.

"징세인들과 이 도시 대성당이 화해하게 하면 되지 않겠습니까?"

"…뭐?"

하이랜드가 어이없다는 듯 나를 본다.

하지만 주눅 들지 않았다.

"현 상황에서는 징세인들을 아무리 붙잡아도 소용없을 겁니다. 전원 옥에 가둔다 해도 징세인의 뜻에 동조한 누군가를 가장하면 얼마든지 대성당을 습격할 수 있으니까요. 다른 사람들 눈엔 교회가 왕국의 잘못을 빌미로 전쟁을 일으킬 만한 이유로 보일 겁니다."

"그건…."

"하지만, 만일 대성당과 화해한다면 이야기가 다릅니다. 이 라우즈번은 거대한 도시라 주교구도 넓고 영향력도 상당할 겁니다. 라우즈번의 대성당과 윈필 왕국의 관계는 향후 본보기가 될 겁니다. 그렇다면 예컨대 징세인들이 공식적으로 칼끝을 거두고, 대성당 측도 그것을 납득한 모양새가 되면, 그 후 불온분자가 대성당을 습격해도 전쟁의 대의명분이 되기는 어렵지 않겠습니까? 더욱이 공식적으로 화해가 되면 윈필 왕국이 대성당을 적극적으로 보호할 수도 있겠지요."

하이랜드는 천천히 말을 씹어 넘기듯 고개를 끄덕였다.

"그 말이 맞긴 한데, 문제가 있다. 징세인과의 화해는 곧 개혁의 진전을 의미하지 않겠나? 그래서는 오히려 대륙에 있는 교황청이 강경하게 나오지 않을까? 그대의 제안은 제 꼬리를 삼키는 뱀의 그림을 보는 기분이 드는데…."

고개를 흔들며 내 설명이 얼마나 부족했는지에 질색한다.

"어, 그건 아닙니다. 화해는 하지만, 표면적으로는 징세인들이 물러나는 모양새를 취해야지요."

"물러나? 징세인 측이? 하지만 그건."

절대 불가능하다고 말하고 싶은 듯한 하이랜드를 빤히 바라보았다.

"샤론 씨 측은 징세인이지만, 그들의 목적은 돈이 아닙니다."

그렇다면 가능성이 하나 남는다.

"비공식적으로 성직자들과 화해를 이루면 샤론 씨 측은 표면적인 형식에는 연연하지 않으리라고 생각합니다."

"아, 그렇구나."

그러면서 뮤리가 손뼉을 짝 쳤다.

"그래서 그 나쁜 여우가 오라버니를 자기네 동료로 끌어들이려고 했던 거구나."

"그래! 여명의 추기경이 무엇을 했는지 생각해 봐. 데자레프는 실제로 대성당의 문호를 개방하지 않았나!"

전쟁을 전제로 큰 돈벌이를 획책하고 있는 에이브가 경계하는 것은 윈필 왕국과 교회의 긴장 완화다.

양쪽 모두를 중재할 가능성이 있는 인물은 계획에 방해물이니, 그게 곧 나를 경계하는 이유인 것이다.

물론 실제 내막을 알고 있는 나로서는 데자레프 때와 지금은 사정이 전혀 다르고, 샤론 측이 납득할 만한 형태로 화해를 끌어낼 수 있을지 솔직히 자신은 없다.

하지만 할 수 있는 일은 그것뿐이고, 해결의 조짐이 있다면 그곳으로 가는 수밖에 없다.

더욱이 이 가설은 에이브 일행의 행동도 깔끔히 설명할 수 있으니.

즉, 에이브도 이번 사태에 화해의 가능성이 있는 것으로 보고 있다고.

"그럼, 응?"

그때 뮤리가 얼빠진 소리를 냈다.

"그래. 그다음 수가 보이지 않는데. 대성당은 그야말로 말도 못 붙인다. 그들과 접촉하는 것 자체가 어려운데, 어떻게 하지? 그대가 가서 무턱대고 문을 두드리면 그것만으로도 불이 붙을지도 모르는데."

다음 수도 내 눈에는 보인다.

"샤론 측의 사정도 잘 알면서 대성당 진영에 있는 인물이 있습니다."

게다가 그 인물은 내게 호감을 느끼고 있다.

클라크.

“하이랜드 님.”

하이랜드를 똑바로 응시하며 말했다.

“상인 측의 생각에 기대지 않고도 전쟁은 피할 수 있을지 모릅니다.”

다음은 뮤리.

“샤론 씨네를 방해하지 않고도.”

뮤리는 단박에 환해진 얼굴로 고개를 끄덕였다.

늑대와 양피지

제 4 막

샤론에게 직접 가서 계획 이야기를 꺼내 봐야 그 성격에 반발만 할 것이 쉽게 상상되었다. 게다가 샤론은 많은 동료를 이끄는 몸이다. 그런 입장에서 약하게 나가면 동료들 눈에는 배신으로 비칠 수도 있다.

그러나 대성당 측이 대화에 응한다는 자세를 보이면 좀 달라질 수 있지 않을까.

대성당 또한 사정은 마찬가지이지만, 그 사이를 이어 줄 인물로 클라크가 있다.

"그렇더라도… 일이 이리 될 줄이야."

해당 인물 클라크에게 가는 나와 뮤리는 캄캄한 어둠 속에서 네발 기기를 하는 중이다.

에이브 측의 행동을 예측할 수 없는 이상, 일을 빨리 진행할 필요가 있으니 바로 클라크를 찾아가려고 했는데, 문제가 있었다. 하이랜드가 머물고 있는 저택을 감시하는 자들이 있는 것이었다.

필시 에이브의 수하이리라. 클라크를 만나러 간 일이 새어 나가면 무슨 일인지 알아내 클라크에게 직접 위해를 가해서라도 방해할지 모른다.

그런 점에서 내가 제안한 것은 변장, 또는 저택에 드나드는 상인의 짐마차 짐칸에 숨어서 탈출.

그러나 단박에 뮤리가 기각. 대신에 뮤리가 제안한 것이 이

상황이다.

"뮤리… 길은 괜찮아요?"

몇 번째인지 모를 분기점을 지나 길 자체도 휘어지기 때문에 나는 이젠 어디가 어디인지 방향감각이 전혀 없다. 천장에서 이따금 희미하게 드는 햇빛으로 앞장선 뮤리의 복슬복슬한 꼬리가 보인다. 귀와 꼬리를 내놓고 있는 뮤리가 늑대의 힘을 발휘하면 길을 잃지는 않을 거라 생각하면서도 아무래도 불안해진다.

지금 우리가 있는 곳은 오랜 역사를 자랑하는 라우즈번에 남은 수로의 유적이었다.

"거의 다 왔어."

그런 답을 들은 지 얼마 지나지 않아 뮤리가 우뚝 서는 바람에 복슬복슬한 꼬리에 코끝을 부딪쳤다.

"이 근처인데… 엇, 오라버니, 왜 그래?"

재채기를 하며 아무것도 아니라고 대답했다.

"어… 아, 역시 여기만 마루판이네. 이영차."

뮤리는 그런 뒤 등에 짊어지듯 하여 머리 위의 판을 옆으로 밀었다.

그리고 밖으로 얼굴을 내밀고 두리번거리더니 내게 손짓했다.

"오라버니, 도착했어."

가뿐하게 햇빛 속으로 나간 뮤리에 이어 구멍 밖으로 얼굴을 내밀자 눈이 아릴 만큼 색채 찬란한 집의 중정이었다.

"굉장하네요. 이런 계절에 이렇게 많은 꽃이라니."

"이 냄새가 없었으면 좀 헤맸을지도 몰라."

무릎을 털고 걷어붙였던 여행용 로브도 다시 내린 뮤리의 곁으로 기어 나간 뒤 우리가 지나온 어둠 속을 내려다보았다. 옛 시대, 이 도시에 아직 사람들이 이렇게 많아지기 전, 대귀족이 광대한 정원에 쓰려고 강에서 끌어온 수로의 잔재라고 한다.

도시가 발전함에 따라 광대한 부지를 몇 개의 저택으로 잘라 분양할 때 묻기도 수고스러우니 그냥 두었다고 하나, 귀족의 일이니 누가 알랴. 뭔가 불온한 사태를 대비해 남겨 두었는지, 이렇게 군데군데 마루판으로 바뀌며 저택과 저택을 잇고 있다. 물론 수로 자체도 정기적으로 청소를 하는지 거미줄 하나 없었다.

"그나저나, 어떻게 이런 통로를 알고 있어요?"

이 통로로 클라크에게 가자고 한 것은 하이랜드가 아니라 뮤리였다. 하이랜드도 이런 게 있다는 것조차 몰랐던 모양이다.

뚜껑을 발로 되돌린 뮤리는 마지막으로 콱 밟아 끼워 넣더니 어깨를 으쓱였다.

"큰 도시 이야기에서는 지하통로가 흔히 나오니까. 중정에 돌바닥으로 된 길 같은 게 있던데 도중에 건물 밑으로 들어가기에 혹시나 했지. 포도 과즙을 흘린 옷을 정리할 때 저택에서 일하는 사람에게 물어봤거든."

조금 늦게 돌아온 건 그래서였던가. 거리에 나갔을 때도 호기심으로 가득했으나 뮤리는 정말로 나하고는 다른 세계를 보고 있는가 보다.

"바로 써먹게 될 줄은 몰랐지만. 그리고 어머니와 아버지도 이런 길을 이용한 적이 있다고 했어. 그래서 생각나기도 했어."

그러고 보니 두 사람에게서 그런 이야기를 들은 적이 있는 것 같다.

"아버지와 어머니의 모험에 뒤질 순 없지."

또 무슨 허세 다툼인가 싶지만, 어쨌든 덕분에 도움이 된 것은 사실이다.

"이 저택에는 아무도 없는 것 같지만, 다른 사람에게 들키기 전에 어서 가죠."

"정원을 가꾼 걸 보면 누가 있기는 한 거네. 어… 이쪽."

뮤리는 주위를 둘러보며 늑대 귀를 쫑긋하듯 한 후 해를 향해 걸음을 내디뎠다. 마차가 지날 만한 바깥 길이 아니라, 주택가 안쪽으로 가는 방향이다.

이곳은 큰 저택의 정원이긴 하나 하이랜드가 임대한 곳만큼 격식이 높지는 않아 나무 울타리에 달린 문은 간이 자물쇠만 달린 간소한 것이었다.

귀를 대고 건너편을 살핀 후, 뮤리가 자물쇠를 뽑아 문을 연다. 그러자 그곳은 샤론의 안내를 받아 고아원으로 갈 때 지난 것과 비슷한 좁은 골목이었다.

"이런 데서 술래잡기하면 재미있겠다."

뮤리가 느긋하게 그런 소리를 하는데, 그 기분은 알겠다. 골목은 이리저리 꺾어지고 위로 아래로 올라갔다 내려갔다 하면서 남의 집 토방인지 공용 세탁장인지 분간이 가지 않는 생활공간이 줄줄이 이어져 있다.

여행객이 큰길만 걷고 있으면 절대 발견하지 못할 길이다.

"길 안내, 잘 부탁해요."

"걱정 마."

평소 입는 옷에 로브를 걸친 뮤리는 후드 밑으로 늑대 귀를 자랑스럽게 쫑긋댔다. 하이랜드에게 빌린 호화로운 옷도 어울리지만, 내 눈에는 이런 서민적인 차림이 더 좋다.

낮도 저녁도 아닌 어중간한 시간 탓인지, 사람들이 없어 조용한 골목을 뮤리는 주저 없이 종종걸음으로 나아간다. 로브 밑으로 언뜻언뜻 보이는 은빛 꼬리를 쫓아가는 내 품속에는 에이브의 계획을 규탄하는 취지, 윈필 왕국과 교회의 평화를 향한 제언을 담은 하이랜드의 서신이 들어 있다.

이것과 함께 클라크를 설득해 샤론과 대성당의 중재를 부탁할 생각이다.

이번만큼은 여명의 추기경이라는 이름을 사양할 때가 아니다. 내가 아무리 겸손하려고 해도 세상은 이 이름을 이용하려

들고, 묘한 권위를 인정하고 있다.
누군가에게 이용당해 휘둘릴 바에야 차라리 나 자신이 믿는 길을 위해 써야 한다.
"오라버니."
결의를 새로이 다진 순간, 뮤리가 걸음을 멈추고 돌아보았다.
그 뒤로 낯익은 건물이 있었다.
샤론이 관리하는 고아원이었다.

클라크가 없으면 어쩌나 하는 불안도 있었으나, 기우로 끝났다.
문을 몇 번 두드리자 밖을 살피는 격자 사이로 당사자인 클라크가 얼굴을 보였다.
"아, 어찌 이런…."
이내 문을 열어 주면서 클리크는 우리 뒤편으로 슬쩍 시선을 던진다.
"두 분만 오셨습니까?"
"샤론 씨에게는 비밀로 해야 할 용건이라."
놀러 온 게 아니라는 걸 알자 클라크의 얼굴이 굳었다.
"일단 안으로 드시지요."
실내로 들어가자 문이 닫힌다.

"잠시 시간 좀 내 주시겠습니까?"

"예에… 그건 괜찮습니다만. 마침 시끌벅적한 사내아이들은 다들 근처 공방으로 일을 하러 나간 참이라."

일하지 않는 자 먹지 말라. 옛날 비슷한 시설에 신세를 졌을 때가 떠올랐다.

클라크의 손이 검게 물들어 있었다. 아이들이 없는 사이에 필사 작업을 하고 있었던 것 같다.

"안으로 가시지요. 이 시간에는 아직 해가 들어 따뜻하니."

클라크가 권하는 대로 복도를 나아가자, 도중에 있는 방에서 어린 여자아이들이 실을 잣고 있었다. 그 곁에서는 아직 일할 나이가 아닌 어린아이들이 느긋이 낮잠을 자고 있다.

이렇게 보면 평화로운 광경이지만, 저 아이들이 충분히 혼자 살아갈 수 있는 나이가 될 때까지 이 고아원이 계속 있을 거라고 장담할 수는 없다.

여차하는 때에 의지할 혈육이 없다는 것은 불안한 일이리라.

"앉으시지요."

중정이 내다보이는 방 안에는 클라크가 햇빛을 의지해 작업을 하고 있었는지 책상과 의자가 있었다.

당장에라도 부서질 듯한 의자에 뮤리와 나란히 앉자, 조금 안절부절못하는 기색으로 클라크가 말문을 열었다.

"대접할 것이 맹물밖엔 없는데…."

"신경 쓰지 마십시오."

대답한 뒤, 단도직입으로 말했다.

"실은 대성당 일로 왔습니다."

여전히 서 있던 클라크는 순간 눈이 휘둥그레졌다.

그리고 긴장했던 몸에서 힘을 빼더니, 이어서 나온 것은 체념 어린 한숨이었다.

"그 이야기를 꺼내면서 샤론에게 비밀이라 하심은, 온화한 이야기는 아니겠군요."

열린 나무창으로 중정을 내다보며 클라크는 야단맞은 소년처럼 앞으로 양손을 얽고 서 있다.

"제가 무슨 도움 되는 말씀을 드릴 수 있으면 좋겠습니다만…."

"대성당과 샤론 씨 측의 화해 이야기를 하려고 찾아뵈었습니다. 클라크 부제님께 대성당 분들과 저를 중재해 주십사 하고."

하이랜드의 권위로도 대성당은 문을 열지 않았다고 한다. 거기에 교회 개혁의 기수인 여명의 추기경이 어슬렁어슬렁 방문한들 문은 열릴 리 없다.

하지만 클라크가 말을 보태면 이쪽의 뜻을 상대에게 전할 수 있을지도 모른다.

그렇게 생각했으나, 클라크의 대답은 쌀쌀맞았다.

"그건, 무리입니다."

"…중재가, 말씀입니까? 아니면."

"둘 다요."

클라크의 말은 짧고 단정적인데, 시선은 심약하게 바닥으로 떨어져 있다. 뭔가 짝이 맞지 않는 인상인데, 클라크는 눈을 감더니 이렇게 말했다.

"저도 부탁드릴 것이 있습니다."

그리고 이쪽을 똑바로 보며 그 입에서 나온 말에 순간 멍했다.

"어떻게든 이 도시에서 떠나 주시면 안 될까요?"

중재를 거절할 수 있다는 예상은 물론 했다.

그러나 지금 클라크의 말은 전혀 머릿속에 없었던 것이다.

"아무것도 묻지 말고 떠나 주시면 안 될까요? 그리고 샤론과 교회의 일에서도 손을 떼 주시기 바랍니다."

클라크는 교회에서 성직록을 받아 온 성직자다. 여명의 추기경은 그런 교회에 개혁을 강요하는, 이른바 적이다.

그래도 클라크를 믿고 찾아온 것은, 클라크는 샤론과 같은 경위로 태어나 샤론을 위해 고아원 운영을 돕고 있으니까. 그뿐 아니라 교회의 뜻에 반해, 내가 번역한 성전의 세속어 번역판을 필사하여 도시의 예배당에 나눠 주고 있다고 했다. 우리와 처음 만났을 때 흥분하던 모습이 거짓이었을 것 같진 않다.

그런 클라크가 손을 떼라, 여기를 떠나라고 하니, 너무도 뜻밖이라 어찌 대답해야 할지 알 수가 없었다. 그리고 클라크 자신도 자기 입에서 나온 말에 당황한 듯 시선을 이리저리 굴리며 입술을 깨문다.

또 묘하게 앞뒤가 맞지 않는 그 모습이다. 입에서 나오는 말은 날카로운데 행동은 심약한 양 같은.

곁에서 들린 한숨 소리는 덜떨어진 오라버니가 둘이나 있다며 한탄하는 뮤리의 것이었다.

"오라버니는 샤론 씨 편이야. 그래도 여기서 나가야만 돼?"

클라크는 상처를 손에 찔린 듯한 표정을 지었다.

"……."

대답은 말없이 고개만 끄덕일 뿐.

클라크의 안색을 보면 우리에게 여기서 떠나라고 하는 게 진심으로만 보였는데, 퍼뜩 깨달았다.

"설마, 대성당에서 무슨 협박이라도?"

여명의 추기경이 여기 와 있다는 것을 대성당 측이 아닌지 모르는지는 정확하지 않으나, 윈필 왕국 측에 선 자들이 하는 말에는 절대 귀 기울이지 말라는 엄명을 받았을 만도 하다.

고아원에는 인질로 삼고도 남을 숫자의 아이들이 있다.

그러나 클라크는 고개를 가로저었다.

"아닙니다. 그분들은, 석벽 너머에서 숨을 죽이고만 있습니다. 사태는 될 대로 되라는 식으로 기도하고 있겠지요."

서글픈 표정이면서도 말에는 둔한 가시가 있다. 체념에서 오는 분노라고 표현하면 그에 가까우리라.

"그러시면 왜."

이쪽의 거듭된 질문에 클라크는 천천히 고개를 가로저었다.

그런 후 들이마신 큰 숨은 무언가를 끌어모으기 위한 것이었나 보다.

"샤론이 왜 저를 이곳에 두는 것 같습니까?"

그러면서 보내온 시선에는 뚜렷하게 적의와 비슷한 것이 섞여 있었다.

"그건… 클라크 부제님이 샤론 씨와 같은…."

"그렇습니다. 하지만 그것만은 아닙니다. 다른 누구도 아닌 샤론이에요. 저 젊은 나이에 여자의 몸으로 성직자에게 버려진 이들을 모으고 조직을 이루어 징세인 조합의 부조합장이 된 능력자예요. 고작 그 정도의 이유로 나 같은 사람을 여기에 두진 않죠."

토하듯 내뱉는, 자포자기로도 느껴지는 비하 방식이었다.

나도 모르게 뮤리를 보자, 뮤리도 당황한 듯이 나를 보았다.

"샤론은 저를 이용할 수 있다는 생각에 이 고아원의 관리를 맡긴 겁니다. 저는 성직록이 정지되어 사실상 길바닥을 헤매고 있었으니 그야말로 구명줄을 만난 격이었습니다. 게다가 교회의 더러운 부분을 조금이라도 정화할 수 있을 거라는 속죄의 면도 있었고요."

빠른 어조로 막혔던 속을 토하듯 늘어놓더니 큰 숨을 들이쉬고는 뒤를 잇는다.

"샤론이 저를 여기에 둔 것은 결코 출신이 비슷하다는 동료의식에서가 아니라, 제 지위가 필요해서였습니다. 당신과 마찬가지로."

그렇게 말한 순간, 클라크의 얼굴은 비굴하게 일그러져 있었다.

"샤론도 처음엔 대성당과의 화해를 바랐던 겁니다. 그래서 연락책으로 저를 여기에 둔 겁니다."

샤론이 화해를 생각했다는 말에 놀라움과 함께 희망을 보았다.

"그러시면 더더욱 협조해 주실 수 없으십니까? 저는…."

"아닙니다. 소용없습니다."

클라크는 내 말을 끊고는 그렇게 말했다.

"…소용없다니요?"

"그렇습니다. 지금의 샤론이 왜 저렇게 어두운 눈빛을 하게 되었는지…. 샤론도 처음엔 희망을 갖고 보았습니다. 자신의… 아니, 우리들의 아버지에 대해."

문득 뒤편 복도 너머에서 아이의 울음소리가 들렸다. 금세 가라앉은 것으로 보아 실을 잣고 있던 여자아이들이 달래고 있는 모양이다.

클라크는 울음소리가 사라지고 다시 조용해지자 지친 듯이 말을 이었다.

"샤론 일행이 처음부터 저렇게 과격했던 건 아닙니다. 처음에는 징세권이 대량으로 풀리자 뜨내기들도 생활의 기반을 잡을 계기가 될 수 있다는 것을 깨닫고, 자신과 같은 처지의 이들을 돕기 위해 백방으로 돌아다니다 서로 협력하기 위해 지금의 조합을 조직한 겁니다. 피에 젖은 복수를 위해서가 아니었습니다."

성직자를 대성당에서 기필코 끌어내어 거리에 매달겠다며 원한에 불타던 샤론과 고아원 아이들 앞에서 보이던 다정한 표정.

두 얼굴은 연유가 있어 동떨어지고 만 건가.

"하지만, 이 도시에서 징세인으로 활동하는 중에 샤론은 적지 않은 '숙부'들이 라우즈번 대성당에 있다는 걸 알았습니다. 거기에서 징세를 계기로 그들과 대화를 하고 싶다고 했습니다. 그 당시부터 대성당은 문호를 닫고 고위 성직자들은 안에 틀어박혀 있었는데, 왕권이 보장하는 징세라면 응할 것으로 생각했겠죠."

일레니아가 그랬던 것과 같은 논리다.

"하지만 대주교를 비롯한 고위 성직자들은 응하지 않았습니다. 응하면 자신들의 죄를 인정하게 되니까요."

비뚜름히 입가를 뒤트는 클라크의 심정은 이해한다.

인정하지 않으면 없는 것과 마찬가지.

교회는 그런 식으로 악폐를 쌓아 왔다.

"하지만 그것뿐이었으면 샤론 일행도 저렇게까지 되지는 않았을 겁니다."

클라크는 어깨를 떨구고는 나무창 밖으로 눈길을 주었다.

저녁 빛을 띠기 시작한 오후의 햇살에 무언가를 회상하는 듯한 표정이었다.

"무슨 일이 있었던 겁니까?"

뒤를 재촉하자 클라크는 중정으로 고개를 돌린 채 눈을 감았다.

"당신 때문이에요, 여명의 추기경님."

그러면서 보내온 시선과 말은 첫 대면 때와는 전혀 다른, 분노에 찬 것이었다.

"당신이 아티프에서 개혁의 봉화를 올린 게 원인입니다. 이 나라에 남은 성직자들은 당황해 허둥대며 대륙의 교황청에 물었습니다. 대답은 절대 타협하지 말라는 것이었습니다. 그러나 아티프의 일이 있고 난 후, 교회의 편이기도 하고 이단의 편이라고도 할 수 있는 북방 도서지역까지 왕국 측에 서게 되었다고 알려졌습니다. 교황청이 직접 파견한 대주교가 쫓겨나서 풀이 죽어 물러났다는 이야기가 온 도시에 화제가 되었죠."

루위 동맹의 배를 타고 와서 돈으로 오텀 일행을 자기편으로 만들려던 대주교였다. 라우즈번은 항구도시이니 뱃사람들의 입을 타고 이야기가 전해졌으리라.

“그 시점에서 외지 상인들이 대거 체류하는 이 도시는 흉흉한 분위기에 휩싸였습니다. 이대로 윈필 왕국이 우위에 서게 되는 것을 교회가 용납할 리 없다, 조만간 전쟁이 일어날 게 틀림없다는 소문이 퍼졌습니다.”

권력은 힘으로 지켜야만 한다.

그리고 나와 하이랜드는 교회의 개혁이라는, 그들의 권위를 위협하는 일에 뛰어들었다.

“그때까지도 샤론 일행은 희망을 보고 있었습니다. 전쟁이 일어날 긴박한 상황이 되면 ‘숙부’들은 인질이 되는 걸 피하려고 대륙으로 건너가겠죠. 그렇다면 우리의 이야기를 마지막으로 한 번쯤은 들어 주지 않을까 하고.”

누군가에게 선의를 기대하는 것은 자신 안에도 그런 다정함이 있어서다.

샤론은 현실적이면서도 곤란에 처한 누군가를 저버리지는 못하는 성미인 듯했다.

그렇다면 상대도 그렇겠거니 기대했겠지.

“그리고 배신을 당했다는?”

클라크는 서글프게 웃고는 진정이 되지 않는지 양손을 깍지 끼었다가 풀었다.

“대주교님을 비롯한 분들이 내린 판단은, 샤론 일행과 대화의

장을 여는 게 아니라 상인들을 자신들 편으로 끌어들이는 것이었습니다."

뇌리를 스친 항구에서의 소동. 서로에게 다가설 기미는 전혀 없었다.

"당신의 활약 덕분에 나날이 힘을 키운 왕국과 그 뒷배를 얻은 징세인들에게 이대로 가다가는 교회가 밀릴 것이라고 판단한 겁니다. 대성당이 무역상인 조합을 자기네 편으로 끌어들여 샤론 측과 정면으로 맞서자, 샤론이 얼마나 경악했는지 아십니까? '숙부'들은 전쟁 같은 사태가 내다보이는데도 자신들이 정면에 서는 것은 거부한 겁니다."

클라크의 비난 어린 시선은 아무 생각 없이 세간을 휘젓고 다니던 멍청한 양이 아니라 자기 자신을 탓하는 것처럼 보였다.

필시 샤론은 대주교들의 대답을 들은 순간, 이 고아원에서, 클라크의 앞에서 괴로워했던 게 아닌지. 그리고 클라크는 그런 샤론을 보며 자신의 무력함을 깨달았던 건 아닌지.

기도의 힘이 현실 문제 앞에서 얼마나 무력한지는 나도 잘 안다.

그러나 클라크가 뒤이은 말은 이 문제가 거기에서 끝나지 않는다는 것을 뜻했다.

"하지만… 하지만 저나 샤론이 그 사람들에게 실망한 것은, 그들이 정말로 악인은 아니기 때문입니다."

악인은 아니다?

당황하는 틈새에 클라크의 어이없는 웃음이 끼어든다.

"제가 샤론이 운영하는 고아원에서 아이들을 돌보고 있다는 것은 대주교님과 성직자분들도 아십니다. 큰 도시이기는 해도 숨겨지진 않지요. 하지만 그렇다고 저를 질타하기는커녕 사람을 통해 유지며 운영을 위한 기부금도 보내 주셨습니다. 샤론도 필시 어렴풋이 눈치챘을 겁니다."

머리가 혼란스럽다.

이 고아원에 대주교 측이 기부를 하고 있다고? 대화를 거절하고, 자신들이 직접 싸우는 것조차 거부하고, 무역상인 조합을 자기편으로 끌어들이면서까지 징세인들을 내쫓으려 들면서?

영문을 이해하지 못하고 있자, 뮤리가 불쑥 말했다.

"진짜 악인은 별로 없지."

클라크는 놀란 눈을 하더니 천천히 고개를 끄덕였다.

"샤론 일행이 태도를 바꿔 과격해지는 가운데 저는 상급 사제로부터 대주교님 일행의 의중을 듣고는 무엇을 어찌해야 좋을지 알 수 없게 되었습니다. 대주교님 일행은 샤론 일행을 방해물로 생각해서 무역상인 조합을 끌어들인 것은 아닙니다."

뮤리가 어이없다는 투로 어깨를 으쓱인 것을 보고는 나도 모르게 끼어들었다.

"자, 잠시만요. 저는 무슨 말씀을 하시는 건지 모르겠습니다.

저기 그, 제가 수집한 이야기에 따르면, 대성당은 상인들을 끌어들여 윈필 왕국과의 전쟁을 유리하게 끌고 나가려 하고 있다고 들었습니다. 게다가 클라크 부제님은 그것이 샤론 씨 측과 직접 마주하기를 거절한 대주교님과 성직자들의 대책이라고 하셨습니다. 그런데….”

샤론 일행과 대적하는 건 아니라고?

어디에 발을 두어야 할지 모르는 진창에 빠진 듯, 뱃멀미와도 비슷한 느낌에 시달린다.

클라크는 그런 혼란에 이해를 보이듯 한층 다정하게 미소를 지어 보였다.

“곤혹스러우시지요? 저도 그랬습니다. 하지만 이야기를 들으면 그건 그것대로 이해가 되었습니다. 대주교님을 비롯한 성직자분들은 완전한 악인이 아니고, 물론 선인이지도 않습니다.”

한 박자 뜸을 두었다가 이렇게 말을 이었다.

“그분들은 지위를 잃고 싶지 않기에 왕국과 싸우는 모습을 교황청에 보여야만 합니다. 하지만 이대로 정말 전쟁이 벌어져서 샤론 일행과 검을 겨누는 것 또한 두려운 겁니다. 왕국이 기세를 얻고 있다고는 해도 교회라는 조직의 힘은 막강합니다. 대주교님과 고위 성직자 여러분은 전쟁이 나면 틀림없이 당신들이 이길 것이라고… 아니, 이기고 말 것으로 생각하셨습니다. 그렇게 되면 어찌 될 것 같습니까? 승자가 된 대주교님 쪽이 우선하시게 될 일은 교회에 맞선 자들을 이단으로 화형에 처하는 겁니다."

그럼 그 최선봉은 누구인가.

샤론 일행이다.

"피를 나눈 자식을 화형에 처하다니, 어찌 그럴 수 있겠습니까. 그분들은 근본은 선량합니다. 이 고아원에 기부를 할 정도이니, 죄악감도 잊지 않고 있는 겁니다. 그들에게 죄가 있다면, 애매모호하게 어중간한 것과 대성당의 주교좌에 집착하는 것입니다. 그 결과 그건 하기 싫다, 이것도 하기 싫다며 망설이는 양으로 변한 그분들은, 불행한 쪽으로 머리가 돕니다. 권력도 있지요. 그런 점에서 무역상인을 조직해 왕국을 절대적으로 불리하게 만드는 방책을 짜냄으로써 왕국이 양보하길 바랐던 겁니다."

무엇을 위해?

뻔하다.

"왕국과 전쟁하지 않기 위해서야, 오라버니."

그리고 전쟁에서 이겨 버린 결과, 샤론 일행을 화형에 처하지 않기 위해서.

절대적으로 유리한 입장을 만들어 냄으로써 왕국이 양보하게끔 유도할 수 있다면 싸우지 않고도 이길 수 있는 게 아니냐는 건 뮤리가 진작 이야기했던 가능성이다. 전쟁이란 실제로 전화

(戰火)를 주고받기 전의 전쟁이 거의 다이고, 싸우면 손해라고 상대가 생각하게 만드는 허세의 씨름이라고.

그런 점에서 상인을 자신들 편으로 끌어들이는 안은 절묘한 수였다.

표면적으로는 자신들의 입장을 유지하면서 샤론 일행도 지켜 낼 수이니까.

"하지만 샤론 일행은 그 이야기를 듣고 오히려 마지막 희망이 꺾인 겁니다. 대주교님을 비롯한 성직자분들을 진정한 악인으로 규정해 끊어 낼 수도 없고, 그렇다고 그분들이 화해를 위해 회개하리라고 기대할 수도 없다는 걸 안 겁니다. 자신들을 불행에 빠뜨린 장본인들을 앞에 두고 분노를 접지도 터뜨리지도 못하게 된 심정은 쉽게 원한으로 바뀌었죠."

그들을 교정하려면 한 번 박살을 내는 수밖에 없다고 샤론은 말했다.

그것은 이런 의미였던 것이다.

그런 어정쩡한 태도는 샤론 일행의 입장에서는 너무도 속이 탔을 것이다. 결국 대주교와 성직자들이 과거의 죄를 계속 회피하면서 겉으로는 미사여구를 늘어놓는 모습은 여전한 것이다.

그러나 이 이야기를 앞에 두고 내가 분노를 느낀 것은 대주교 일행의 이기적인 처신보다는 에이브 측이 한 짓이었다.

대주교와 성직자들은 비뚤어진 양심과 심적인 나약함에서 비롯된 것이기는 해도 사론 측과 싸우지 않도록 계획을 세웠다. 그런 한편, 에이브 측은 그것을 비웃기라도 하듯 이용하려 하는 셈이다.

에이브 측은 전쟁이 일어나는 것을 전제로 계획을 세우고 있고, 필시 자신의 손으로 일으키는 것까지 생각하고 있다. 그들이 대주교와 성직자들의 의중을 알아채지 못했겠는가? 그럴 리가 없다.

그들은 피도 눈물도 모조리 돈으로 바꾸려 하는 것이다.

이 이야기를 클라크에게 하면 어떨까 하는 생각을 한순간 했다. 대주교와 성직자들의 의중은 상인들에게 이용되고 있다고 클라크에게 말하면 클라크는 그것을 대주교에게 전해 줄지도 모른다.

그러나 그 결과는? 하고 상상해 보면 대주교 측이 상인들을 버리고 바야흐로 아무도 믿지 않겠다며 태도가 강경해지는 모습만 떠오른다. 그래서는 내 작은 정의감만 채워질 뿐이다. 이것은 상인들에게는 불리한 사실이니 보다 효과적으로 이용할 수도 있을 것이다.

예를 들면 이 사실을 지렛대 삼아 에이브 측을 움직이게 할 수는 없을까? 화해까지는 아니더라도 대주교와의 대화의 장을 만들게 하는 것 정도는 그들에게 시킬 수 있지 않을까? 그게 아니면….

"오라버니?"

뮤리의 부름에 퍼뜩 정신을 차린다.

"죄, 죄송합니다…. 이야기를 듣다 보니, 생각할 게 많아서…."

뮤리는 나를 보며 나직이 한숨을 지어 보이고는 시선을 클라크에게 돌렸다.

"하지만, 왜?"

"예?"

"왜 그런 이야기에서 오라버니한테 여기를 떠나라는 얘기가 돼? 화해는 무리일지 몰라도 오라버니는 저 닭… 샤론의 편인 건 분명한데."

그랬다. 그게 아니면, 더는 휘젓고 다니지 말아 달라는 뜻이었나?

여명의 추기경은 세간에 크나큰 이름이 되었다.

그러나 덩치만 커졌을 뿐, 기민하게 움직이지 못하면 수많은 항아리가 늘어선 기름가게로 잘못 들어선 소와 마찬가지다. 무엇을 하든 소동을 면할 수 없다.

클라크는 얼굴을 들더니 지친 듯이 웃었다.

"모르시겠습니까? 저는 대주교님과 그분들을 비난할 수 없기 때문입니다. 저도 같은 죄를 짓고 있으니까요."

눈앞에 있는 것은 하염없이 울고 난 것 같은, 풀어진 표정이 보이는 웃음과도 비슷한 무언가. 그런 클라크를 보며 뮤리는 문득 아린 표정을 지었다.

내가 잘 아는 것과는 다른, 어른스러운 표정이었다.

"개를 좋아해?"

그 한마디에 클라크는 숨을 삼키고, 눈을 꾹 감고, 이를 악문다.

"…예. 그러니 저는 그분들을 비난할 자격이 없습니다. 저는 성직에 있으면서 샤론에게 끌려, 그 때문에 이 고아원의 관리자로 만족하고 있는 겁니다. 그와 동시에."

빛을 잃은 클라크의 눈이 이쪽으로 향한다.

"제가 아닌 당신이 그렇게 샤론의 편을 드는 것도 참을 수가 없습니다. 한심스럽게 생각합니다. 그저 질투일 뿐이니까요…."

완벽하게 무고한 사목자는 없다. 사람은 원죄를 등에 지고 태어나니 오로지 신께 구원을 기도해야 하다고 성전에는 쓰여 있다.

클라크는 성인이 아니라 평범하게 마음 착한 청년이었다.

그런 클라크가 괴로워하는 것은 샤론을 진지하게 생각하며 그와 동시에 신앙심 또한 진심이기 때문이리라.

눈을 감은 채 고개를 수그린 클라크에게 나도 모르게 내민 손을, 옆에서 붙잡았다.

뮤리가 나를 보며 고개를 젓는다.

"가자, 오라버니."

클라크의 협력은 기대할 수 없고 아무리 말해 봐야 상처를 줄 뿐이라는 걸 총명한 뮤리의 눈빛이 가르쳐 주었다. 손을 내리자 뮤리는 마치 무기가 내려진 것처럼 안도하는 표정을 지었다.

여기에 더 있어 봐야 아무것도 진전되지 않는다. 그것을 알면서도 커다란 맷돌 사이에 끼어 마음이 갈리고 있는 청년을 두고 갈 수가 없다.

차마 떨어지지 않는 발걸음을 뮤리에게 이끌려 뿌리가 뽑히듯 비로소 뗐다.

"나와 샤론도 당신들처럼 오누이였으면 좋았을 텐데."

불쑥 던져진 말에 뮤리가 어깨를 움찔하며 우뚝 섰다.

여동생이라는 관계를 어떻게든 뒤집어 보려고 애쓰는 중인 뮤리다.

바로 정정하고 싶었겠지만, 그래선 어른스럽지 못하다고 생각했는지.

돌아보지 않고 걸음을 떼기는 했으나 그러는 옆얼굴이 몹시 굳어 보였다.

"뮤리?"

복도를 걸어가는 중에 나도 모르게 이름을 부르자 뮤리는 눈을 감고는 천천히 숨을 들이마셨다.

"언제까지나 여동생은 아닌걸."

그렇지? 하며 평소의 토라진 얼굴을 보이기에 안도했다.

"어서 손이 많이 가는 여동생이 아니게 되길 바라요."

푸우우, 하며 뺨을 부풀리는 뮤리를 보고, 마침 양털 원모를 끌어안고 방으로 가던 여자아이가 어리둥절한 표정을 지었다.

배웅 없이 고아원을 나와, 밝기는 하나 아직 겨울의 잔재가 느껴지는 다소 싸늘한 바람을 맞자 나도 모르게 한숨이 나왔다. 대성당에 있는 대주교 측과 샤론 측의 관계는 있는 대로 뒤틀려 있었다. 게다가 양측을 잇는 마지막 희망이었을 클라크는 샤론을 좋아하는 마음에 대주교를 비롯한 성직자들을 책망하지 못하고 있다.

그러나 아무 소득이 없었던 것은 아니다.

"그런데 오라버니."

"왜요?"

옷소매를 잡아당기기에 뮤리를 보았다.

"방금 들은 얘기의 알맹이, 잘 알아들었어?"

좀 전에 토라졌던 표정의 후속처럼 뮤리가 노려본다.

"덜떨어진 오라버니 같은 저 사람이 굉장히 중요한 걸 가르쳐 줬는데."

클라크가 나의 덜떨어진 모습이라고는 생각하지 않으나, 계통은 같다고 인정하는 건 어렵지 않다.

"에이브 씨 측 얘기죠?"

하고 대답하자 뮤리는 입술을 조금 오므리고 한쪽 눈썹을 여봐란듯이 추켰다.

"흠… 조금은 성장했나 보네."

기저귀까지 갈아 줬던 뮤리에게 저런 소리를 들었지만, '황금 양치'에서 그런 일이 있었으니 한동안은 반론도 못 편다.

"그 나쁜 여우가 교회 사람들은 진짜로 싸울 생각이 없다는 걸 완전히 역으로 이용하고 있었잖아! 진짜 망할 놈들이야!"

험한 욕을 하는 것은 자기도 장난치기를 좋아하니 동족 혐오이려나.

"에이브 씨는 대주교님 측의 마음과는 상관없이 전쟁을 일으키려 하고 있다. 그들의 설명으로는 어느 한쪽이 이기는 상황이 안 되도록 하려 한다고 했습니다만…."

그런 게 가능할지 정말 알 수 없고, 전쟁의 뒤처리로 샤론 측이 책임을 지게 되는 일도 상상이 간다. 무엇보다 전쟁이 일어나면 아무도 행복할 리 없는데도 에이브 측만 어둠이 가장 짙은 곳에서 열 겹 스무 겹으로 친 거미줄 속에서 우아하게 포도주를 홀짝이고 있다.

그러나 그 소굴을 마침내 발견해, 그들이 세운 계략의 심장을 움켜쥘 수 있게 되었다.

"뮤리."

이름을 부르자 골목길을 앞서 가고 있던 뮤리가 걸음을 멈추고 돌아보았다.

"왜애?"

일부러 끝을 늘여 어릴 적 말투로 대답한다.

그 붉은 눈은 이렇게 말해도 된다면, 이제부터 놀아 주기를 기대하는 강아지의 눈이다.

"나는 에이브 씨의 계획을 간과할 수 없고, 샤론 씨의 일도 누군가가 도와야 해요."

뮤리는 입술 양 끝을 당겨 빙긋이 웃었다.

주위를 살피는 척도 하지 않고 귀와 꼬리를 드러낸다.

"나는 오라버니가 멋진 오라버니면 좋겠어. 물론."

하며 장난스럽게 내 팔에 매달린다.

"나는 오라버니의 방패이자 검이 되는 조건으로."

이인삼각이라는 말이 있다.

서로 부족한 면을 보충해 주는 데에 정해진 모양새 따윈 없다.

"발을 헛디딜 뻔해도 뮤리가 있다고 생각하면 내디딜 수 있어요."

뮤리는 귀와 꼬리를 파닥거리며 말했다.

"그래서, 어떡할 건데?"

"에이브 씨를 협박… 으흠, 협력을 요청하겠어요. 여명의 추기경이라는 거창한 이름을 걸고."

"흐응? 오라버니도 말을 꽤 하게 됐네?"

짓궂은 웃음의 뮤리.

"오라버니, 여우 사냥이야!"

하지만 든든한 웃음이었다.

에이브가 라우즈번 어디에 있는지는 이내 밝혀졌다. 하이랜드의 저택을 감시하던 자들을 하이랜드의 호위로 있는 기사가 붙잡아 신문했다.

그렇기는 해도 에이브 쪽은 딱히 자신들이 있는 곳을 감출 생각은 없었는지 감시자들은 이내 실토했고, 감시자가 실토한 곳 역시 이른바 라우즈번 내의 공공건물이었다.

시정 참사회에 하이랜드가 문의하여, 한동안 머물 것이니 장사 일에 쓰고 싶다며 에이브가 정식으로 신청했다는 점도 알아냈다.

온갖 음모를 꾸미고 있으면서도 제대로 해야 할 부분은 제대로 하는 게 참으로 에이브다웠다.

"무슨 일 있으면 소리쳐. 기사를 대기시켜 둘 테니까."

에이브의 거처 근처에 이르러 말에서 내렸다.

훌륭한 체구의 말이 그 외에도 세 마리. 한 마리는 하이랜드가, 두 마리는 기사들이 탔고 걸어서 온 병사까지 둘이나 있다. 클라크와 나눈 이야기를 전하며 에이브 측 여우 소굴의 깊이를 알리자, 이제 하이랜드는 에이브를 명확히 적으로 인식한 모양이다.

"잘 부탁드립니다."

이건 너무 호들갑 아니냐는 말은 하지 않았다. 에이브가 천칭 위에 올려놓은 것은 거대한 라우즈번의 거래 정도가 아니라 윈필 왕국의 존속으로 이어질 엄청난 규모의 밀수담이다.

그런 황금 앞에서 사람 목숨은 가볍기 그지없다.

내게는 이용가치가 있으니 괜찮을 거라고 할 수 없다. 상대는 절대 방심할 수 없는 에이브이니.

"그럼, 뮤리."

"응."

걱정스러운 표정의 하이랜드와 그 부하들을 남겨 두고 우리만 걸어 나간다.

여기는 번화한 라우즈번 내에서도 드물게 조용한 곳으로, 예전에는 번창했으나 지금은 시대의 흐름에 뒤처진 구역이다. 왕년에는 이쪽 하구에 항구가 자리해 떠들썩한 시장도 있었다고 한다.

"왠지 이상하네. 저쪽으로 조금만 가도 숨도 못 쉴 만큼 사람들로 북적이는데, 여긴 딴 곳 같아."

"대부분이 큰 상회와 직인조합의 창고래요."

건물은 지금도 현역으로 사용되고 있으나 크기에 비해 낡았고 칙칙한 인상을 주었다. 이따금 화물을 가득 싣고 지나는 짐마차도 별로 기운이 없어 보였다.

라우즈번은 하구(河口)를 끼고 세워진 도시였으나 이 구역의 항구는 아주 오래전에 토사의 퇴적으로 묻혀, 그 이후로는 배가 들어오지 못하게 되었다고 한다. 때마침 토지가 비좁아지기도 하여, 선착장 기능이 다른 곳으로 옮겨 간 이래로 급격히 활기를 잃었다고 한다.

더욱이 원래 번창했던 곳이었기에 건물은 하나같이 훌륭하여 영세한 직인이나 노점상이 빌리기에는 너무 고가이고, 그렇다고 부숴서 저렴한 주택용으로 다시 세우는 것도 현실적으로는 불가능하다는 점이 재앙이었던 모양이다.

사람들이 자꾸 빠져나가니 거리가 쇠퇴하고, 한번 쇠퇴한 곳은 사람들이 다시 찾지 않는다.

그런 까닭에 지금 이곳은 건물 크기를 활용한 창고이거나 귀를 찌르는 소음에서 벗어나고 싶은, 부유한 이들의 별장지처럼 되어 있는 듯했다.

에이브는 그런 구역에 있는 예전에는 곡물류를 전문으로 하적해 계량했다는, 지금은 쓰이지 않고 있는 공동창고를 빌려 쓰고 있었다.

"겉모습이 그렇게 화려했는데 이런 곳에 있네."

마침내 도착한 그곳은 뮤리 말대로 너무도 수수한 건물이었다.

1층은 통째로 하역장인지 고래의 입을 연상시키는 거대한 나무문이 달려 있다. 그런 고래 입 옆에 돌계단이 있어 직접 2층으로 들어가게 되어 있었다.

건물 자체는 4층 건물이고, 2층까지는 석조, 그 위로는 거무스름한 목조다.

어디를 봐도 화려한 장식은 없고 그저 실용 일변도. 게다가 지금은 제대로 쓰이지 않게 된 애수까지 더해져 수수함을 넘어 음울하기까지 한 건물이었다.

"하지만 역시 에이브 씨답네요."

"그래?"

"여기에 동판이 박혀 있잖아요?"

건물 1층에는 녹슨 동판이 박혀 있었다.

"응? 어… 보릿단길?"

"이 건물 앞을 지나는 길의 이름이죠. 도시의 생명줄인 곡물을 취급하면서 예전에는 길 정비와 유지에 관한 책임을 맡은, 이 지역의 중심적인 건물이었다는 증거예요."

길의 유지는 기본적으로 그 길을 따라 사는 이들의 책임으로 이루어지고, 이름이 붙는다는 것은 그 지역의 얼굴이라는 뜻이다. 이곳은 지금은 시대에 뒤처져 버려지기는 했어도 이 도시의 역사에 중요한 건물인 것이다. 화려하기만 한 호화저택을 빌리는 대신, 에이브가 이런 곳에 머무는 것이 참으로 자수성가한 상인다워 왠지 반가웠다.

"방심할 수 없는 면은 이런 것에도 있다고 봅니다."

"그건 왠지 알겠어. 감시자도 이쪽을 보고 있고."

"엇."

뮤리가 2층으로 눈길을 주자 창문이 열리고 음식점 '황금 양치'에서도 봤던 호위무사가 얼굴을 내밀었다.

"안에서 기다리고 계시오."

그야말로 고압적인 자세다. 여기에 올 줄 미리 알고 있었던 듯한, 혹은 와도 전혀 상관없다는 자신감이 엿보인다. 또는, 상대가 그렇게 생각하게 하기 위한 태도인가.

에이브는 보기에 따라 색이 달라지는 보석 같은 인물.

섣불리 생각했다가는 역으로 붙잡힐 수 있다.

"갑시다, 뮤리."

"보리 주머니 꺼내 놔야지."

어디까지 진심인지 모르겠으나, 평소엔 목에 걸어 옷 속에 넣어 두는 보리가 든 염낭을 옷 밖으로 꾸물꾸물 꺼내고 있었다. 현랑 호로의 피를 이은 뮤리는 보리의 힘을 써서 늑대의 모습으로 변할 수 있다. 에이브가 아무리 강인한 호위무사를 두고 있어도 일단은 절대 질 리 없겠지만, 멍청한 오라비가 인질로 잡힌 경우엔 보장할 수 없다.

조심해야 한다고 스스로를 다짐시킨다.

이러저러하면서 돌계단을 올라 열려 있는 문 안으로 들어서자 호위무사 둘이 그늘 속에서 우리를 빤히 보고 있었다.

“실례합니다.”

호위무사 둘은 딱히 아무 말 없이, 한 사람은 문을 닫고 한 사람은 앞장서 걸어간다. 우리에게 무기가 있는지 없는지 확인조차 하지 않았다.

에이브가 빌린 옛 시대의 곡물창고는 상상과 다른 물건으로 가득했다. 하지만 오래도록 저 상태였던 듯하니, 에이브의 짐은 아니리라. 그런 우중충한 분위기가 화려한 복장의 호위무사와 전혀 어울리지 않았다.

다행히 청소는 잘되어 있어 먼지는 없고, 복도가 좁은 데 비해서는 통풍도 잘된다. 먼지 냄새 대신 하구에서 날아오는 바다 내음이 어렴풋이 감돈다.

호위무사는 말없이 계단을 올라 3층으로 향한다. 계단에서는 1층 창고가 내려다보이는 것과 동시에 4층 천장까지도 훤히 보였다.

탁 트인 천장을 가로지른 굵은 기둥은 대들보가 아니라 기중기의 잔해인지, 도르래와 끊어진 밧줄이 담쟁이덩굴처럼 매달려 있다.

3층을 지나 4층에 이르자 계단 끝에 오도카니 책상을 두고 깃펜을 쥔, 그때 그 장부가 있었다. 큰 몸집에 어울리지 않게 작고 예의 바른 글씨가 양피지에 늘어서 있다.

나도 모르는 말로 쓰고 있으니 전혀 읽을 수가 없다.

"안에 계시오."

장부는 그렇게만 말한 뒤 다시 쓰기 작업으로 돌아간다.

뮤리는 그들의 여유가 마음에 안 드는지 흥 코웃음을 쳤다.

"관장님."

호위무사가 안쪽 방의 문을 두드리자 "들어와." 하고 나직한 음성이 돌아왔다.

문이 열리자 이내 서늘한 바람이 얼굴을 쓸었다.

"에이브 씨?"

문 너머는 집무실 같았으나 에이브의 모습은 보이지 않는다.

"오라버니."

하고 소매를 잡아당겨 뮤리가 가리키는 쪽으로 고개를 돌리자, 곁방이 있고 하구로 면한 벽 한쪽이 활짝 열려 있다.

실내는 바다가 반사하는 연한 청색으로 물들어 있고 번화한 라우즈번 항구가 멀리 내다보이건만, 이쪽에서는 아무 소리도 들리지 않으니 마치 꿈속에서 보는 아름다운 광경 같았다.

에이브는 그런 방 밖에 있는 하구에 면한 발코니에 앉아 있었다.

"'황금 양치'에서의 답변을 하러 왔나?"

큰 의자 옆에 술과 육포가 놓여 있다. 그때 그 우산을 들고 있던 처자도 곁에 서서 우리를 보고는 생긋 미소 지었다.

"경치 좋지? 예전에는 이 건물의 코앞까지 대형 선박을 댈 수 있었지. 스무 명이 달라붙어 조작하는 기중기가 고개를 쳐들면, 하역된 밀가루가 1층 창고까지 통을 타고 폭포처럼 흘러내렸다는 얘기다."

돌아보지도 않고 에이브는 즐겁게 말했다.

"에이브 씨의 계략을 알아냈습니다."

그렇게 말하자 에이브는 다리를 바꿔 꼰 뒤 오른손을 들었다. 우산 든 처자가 예를 표하고는 우아한 걸음걸이로 우리 곁을 지나 복도로 사라졌다.

"대주교님 일행의 아비 된 마음을 역으로 이용해 밀수 계획을 세우셨죠?"

바닷새 한 마리가 끼룩 울며 날아간다. 배와 항구 위에서는 방심할 수 없게 흉포한 바닷새도 이 근처에서 보면 외로워 보인다.

"아비 된 마음."

"저도 그런 기만에는 감탄하지 않습니다. 동정도."

그 대답이 에이브는 마음에 들었는지 꼬았던 다리를 풀고 일어섰다.

"누구한테 들었나? 대성당은 누구에게도 문호를 열지 않고 있고… 하이랜드와 이어진 네게 협력할 성직자가 있을 것 같지도 않은데."

뮤리가 다리 위치를 바꾼 게 느껴졌다. 역광을 받은 에이브의 눈빛은 사냥감을 노리는 숲속 짐승의 그것과 닮았다.

"저는 여명의 추기경이거든요."

그렇게 말을 던지자 에이브는 눈이 동그래지더니 간지러운 듯이 웃는다.

"그렇긴 하네. 네게는 너의 연줄이 있고, 지혜도 있지. 좋네. 아주 좋아."

에이브는 웃고는 숨을 크게 들이마시더니 "그런데." 하고 말했다.

"너희는 뭘 하러 온 거지?"

역광으로 그늘진 에이브의 눈이, 입이, 어두운 숲속을 어슬렁대는 짐승처럼 모습을 나타낸다.

적의를 드러낸 에이브는 키도 더 크게 느껴졌다.

나 같은 사람은 상상도 못 할 일을 겪어 왔을 에이브다. 이길 수 있으리라고는 생각지 않는다. 그러나 정의는 우리 쪽에 있을 거라는 확신 또한, 있다.

"당신들이 한 짓을 대대적으로 고발할 겁니다."

"호오."

"여명의 추기경의 이름으로, 상인들이 대성당을 제물로 삼으려 한다고 공개적으로 고발할 겁니다."

"……."

에이브는 웃음을 머금은 채 입을 다물었다.

계속해 보라는 뜻으로 이해하고 크게 숨을 들이마셨다.

"저는 지금까지 여행을 해 오면서 사람들이 결코 교회를 미워하는 것도, 필요 없다고 생각하는 것도 아니라는 것을 알았습니다. 그런 가운데 여명의 추기경의 이름으로, 탐욕스러운 상인이 대성당을 속이고 자신들은 밀수로 큰돈을 벌려 한다고 고발하면 어찌 될까요? 사람들은 대성당의 편을 들겠지요. 또한 교회와의 급격한 대립을 피하고 전쟁은 막고 싶다고 왕국 측이 생각한다면, 이를 기회로 교회 측을 두둔하며 부정을 저지른 상인을 처형하겠지요."

그렇게 되면 에이브 측은 밀수로 돈을 벌기는커녕 음모죄로 교수형을 당할 가능성이 크다.

물론 나도 그런 것은 원치 않으니, 에이브에게는 협박의 뜻을 전한 후 이렇게 말할 생각이었다.

대성당에게 샤론 측과 대화하도록 권해 주기 바란다. 그리고 무역상인 조합은 징세인과의 대립을 완화하는 쪽으로 움직여 달라. 그렇게 하면 전쟁의 암운은 멀어지고, 샤론 측이 대주교 측과 어떤 형태로든 결론을 내릴 수도 있지 않겠는가.

물론 전쟁을 바라는 에이브 측에게는 손해이겠으나, 밀수 계획 자체가 고발되어 처형당하는 것보다는 나을 터.

에이브 측의 계획의 싹은 내가 클라크에게서 이야기를 들은 시점에서 부러진 셈이다.

에이브가 물러서겠다고 하는, 그 말을 기다렸다.

"알겠다."

이겼다.

가슴이 트이는 것 같은 느낌에 그다음 거래를 말하려던 순간.

"네가 고발하고 싶다면, 그러도록 해."

계단인 줄 알고 밟았는데 아무것도 없었다.

현기증과도 비슷한 부유감에 사고가 흐트러진다.

"그래도 상관없다. 이거야 원, 난 또 무슨 소리를 하려나 간이 서늘했네."

에이브는 그런 소리를 하고는 몸을 틀더니 탁자 위 유리그릇을 들어 안에 든 술을 마신다.

영문을 몰라 우뚝 서 있고 만다.

"에이브 씨?"

"왜?"

하고 되묻는 바람에 당황하는 나를 누가 책망하겠나. 오히려 단검을 꺼내 들고 무시무시한 협박에 피범벅 싸움이 벌어지는 쪽이 더 현실적이지, 에이브의 저런 반응을 어찌 예상했겠는가.

"저는, 그…."

"고발할 거라며? 해도 상관없다니까."

고발하지 말라고 했으면 이해했을 거다. 그런데 에이브의 저 여유는 뭐지? 내가 뭔가 놓친 것이 있나 하여 초조했다.

모든 계획을 무너뜨리려 하는데, 어째서 태연한 표정이지? 허세인가? 그게 아니면?

설마 우리를 살려서 돌려보낼 생각이 없는 건가 하여 뮤리를 보자, 뮤리도 의아한 표정을 짓고 있다.

"아아, 그렇군. 너희는 내가 계획이 무너져서 길길이 화를 내고 울며불며 이를 갈 줄 알았나? 그리고 그걸 기회로 내게 뭔가 거래를 제안하려 한 건가?"

너무도 정곡을 찔려 몸도 사고도 경직했다.

"화를 낼 필요가 없지. 내게는 그것 말고도 돈 벌 수단이 있으니."

에이브는 어깨를 으쓱이고는 씹고 있던 육포의 힘줄을 손가락으로 입에서 꺼내 발코니 너머로 튕겨 날렸다.

"게다가 네가 고발해 주면 딱 좋지. 이왕이면 아르고 측이 이 도시에서 쌓아 온 악독한 장사 이야기까지 싹 다 정리해서 건네줄까? 화려하게 규탄해 주면 더 좋고, 너희도 더 편하겠지?"

에이브는 대체 무슨 이야기를 하고 있는 건가. 나는 에이브의 무엇을 잘못 보고 있었던 건가.

아무 대꾸를 하지 못하고 있자, 에이브는 꾸밈없이 다정한 웃음을 지었다.

"후후. 당황하는 얼굴은 소싯적 그대로이구나."

반걸음 물러선 것만으로도 어린 시절로 되돌아간 것 같은 기분이 들었다. 최소한의 반격 삼아 이렇게 말하는 수밖에.

"왜? 왜, 당신은…."

싸늘한 웃음은 다소 쓸쓸하게도 보였다.

"그건, 왜 내가 고발을 당할 거라는 데도 태연한지를 묻는 건가, 아니면 왜 아르고 측을 배신하는지를 묻는 건가."

침묵은 양쪽 모두 긍정.

"고발된다 해도 태연한 것은 구해 줄 이들이 있기 때문이지. 그리고 아르고 측을 배신하는 건 내가 아니야. 그들은 그들의 상사에게 처분을 당하는 거지."

설명은 새로운 수수께끼만 더할 뿐이었다.

내 표정에 에이브는 나직이 한숨을 쉰 뒤 덜떨어진 제자에게 설명하듯 말했다.

"우리가 계획한 것은 윈필 왕국과 남방 사이의 대규모 밀수였다. 이 이야기가 라우즈번 지점에만 국한될 리도 없잖겠나. 당연히 그들은 본국에 있는 상회의 윗사람들에게 보고해야지. 하지만 본점의 의자에 앉아 있는 자들은 진짜 상인이거든. 위험한 밀수담이니 보험을 걸어 둔 거지."

진짜 상인, 이라는 단어에 불길한 예감이 들었다.

안쪽 깊숙이 똬리를 틀고 있는 이매망량들.

바다 내음을 품은 잔잔하면서도 서늘한 바람이 에이브의 부드러운 머리카락을 살랑인다.

"나는 그들 진짜 상인들에게서 밀수 계획이 실패할 경우, 제2의 계약을 실행해 달라는 청탁을 받았다. 아르고 측을 고발해 달라는. 요컨대, 본국에서 멀리 떨어져 감시의 눈길이 닿지 않는 이곳에서 있는 대로 악행을 저질러 온 상인들을 단번에 치워 버리는 거지. 너도 바로 얼마 전에 비슷한 사건을 접한 바 있잖아?"

데자레프 이야기다.

데자레프에서는 데바우 상회의 상인이 사리사욕을 채우려고 대성당의 보물을 멋대로 팔아넘기고 있었다. 물론 그것은 힐데를 비롯한 데바우 상회 간부들이 인정하는 방침이 아니다.

그러나 바다를 사이에 둔 먼 곳에서 일어나는 일을 세세히 감시하는 것은 사실상 불가능하기에 그런 일이 종종 일어난다.

그러니 더 규모가 큰 원격지 무역을 하는 대상회는 어떻겠는가.

"골치 아픈 부하를 묻어 버리려면 연구가 좀 필요한 법이지. 그리고 윈필 왕국과 교회라는 거대 세력 간에 일어난 분쟁은 절호의 기회다. 이렇게… 거대한 맷돌일수록 여러 가지 것을 슬쩍 끼워 넣어 갈아 버리듯이."

에이브는 맷돌을 돌리는 것처럼 손을 돌렸다. 그것에 갈리는 것은 보리와 포도가 아니라 삶아 먹지도 구워 먹지도 못할 상인들.

에이브가 지옥에서 모진 고문을 가하는, 산양 뿔이 달린 악마로 보였다.

"밀수는 돈벌이가 되지만 위험도 크지. 그런 한편, 시키는 대로 하지 않는 부하를 소탕하는 것은 돈벌이가 되지는 않는 대신 진짜 상인들의 장래를 안전하게 하거든. 민 곳에서 힘을 키운 예전의 부하는 언젠가 반드시 무기를 손에 들고 왕년의 주인님을 치러 오니까."

가족마저 의심하고, 살아 있는 말의 눈도 뽑는 상인들.

아니, 하이랜드도 클리벤드 왕자라는 불온한 존재를 경계하고 있다.

세상 대부분은 그런 악의와 함께한다.

"그러니 나는 진짜 상인들에게 편한 대로 이용당하는, 이른바 심부름꾼 같은 거지. 물론 헤실헤실 애교를 떨며 웃는 대신, 어느 쪽 계약이든 잘 풀리면 큰 이익을 얻는다. 좋은 입장에 설 수 있지."

심부름꾼일 리가 없다.

에이브의 웃음에 입 안이 쓴 것은 저 무시무시함을 잘못 봤기 때문이다. 한때는 빛이 들었던 어두운 바닥이 한층 진한 어둠이 되었다.

“그런데 너희는 지혜를 짜서, 밀수를 고발하겠다는 협박으로 나를 어쩌고 싶었지?”

문답을 하는 교회 법학자처럼 에이브는 말했다.

“폭로를 눈감아 주는 대신 돈을 내놓으라고 하는 건 잘 상상이 가지 않는군. 너희는 정의와 신앙을 위해 싸우고 있으니….”

끈적거리며 달라붙는 듯한 시선에 오싹했다.

“대성당 이야기를 들었다고 하니, 네 성격으로 볼 때 악행은 그만하라는 정의감 하나로 고발을 할 것 같기도 하지만, 그건 좀 그러네. 필시, 말도 붙일 수 없는 대성당과 징세인의 사이를 중개해 달라는 정도일까? 내밀한 화해라면 가능성은 아직 있을 테니까. 대성당 측은 징세인들과 부자 부녀 관계를 비밀로 하고 싶을 테고, 징세인들은 원래 뜨내기이니 공식적인 체면에 연연할 것 같지 않고. 응. 네 결론은 이쯤이었겠군.”

나와 하이랜드, 그리고 샤론의 동기는 확고하다. 에이브가 샤론 측의 사정을 파악하고 있는 것도 당연하리라. **그뿐 아니라 우리는 행실이 바르다**.

그러니 하나씩 천천히 짚어 가면 그런 결론에 도달하는 건 어렵지 않다.

에이브가 무서운 것은 단숨에 거기까지 다다랐다는 것이다.

아무리 열심히 뛰어도, 마치 우리는 서 있었던 것처럼 따라잡는, 숲속의 늑대가 따로 없다.

"그럼 너희가 가진 패는 그게 전부인가?"

에이브가 손을 딱 쳤다.

"공수가 역전됐군, 여명의 추기경."

뒤에서 쫓아온 늑대가 입을 쩍 벌렸다.

"너는 우리의 밀수를 고발해도 되고, 하지 않아도 된다. 고발하지 않을 거라면 우리는 어서 돈벌이 건수를 추진할 수 있기를 원한다. 이미 알아챘을지 모르겠으나, 우리는 징세인 조합에 심어 놓은 수하를 이용해 대성당을 습격하고 교회 측에 전쟁의 구실을 줄 수 있다. 그뿐 아니라, 물자를 확보해야 하는 윈필 왕국과 밀수 거래를 하는 거지. 하이랜드 경이 싫어해도 왕은 거절하지 못할 테니."

한쪽 다리를 덥석 물고, 조롱하듯 에이브는 일단 거리를 뗀다.

"고발하는 것도 물론 상관없다. 나는 아르고 측이 교회에 대한 모의로 화형에 처해지는 것을 지켜본 뒤 남방으로 돌아가 본국의 진짜 상인들과 축배를 든다. 물론 교회는 그 후 밀수 가능성에 눈을 빛낼 테니 아무도 왕국을 돕지 않지. 장사를 방해받은 나는 말할 것도 없고. 그렇게 되면 교회는 틀림없이 전쟁을 유리하게 끌고 나갈 수 있다고 생각한다. 너희는…."

하며 에이브 볼란이라는 늑대가 마침내 목덜미에 이빨을 들이댄다.

"고립무원의 상태에서 전쟁을 치러야만 하지."

협박이란 상대를 몰아붙여야 비로소 위력을 발휘한다.

하지만 밀수 고발은 에이브를 몰아붙이지 못했을 뿐 아니라 오히려 돈벌이 수단이 되었을 뿐이었다.

몰리고 있는 건 이쪽이다.

"자, 어느 쪽을 선택하든 좋다. 네게 선택할 자유를 주겠다. 너는 '황금 양치'에서 우리에게 목줄이 걸릴 뻔한 걸 피해 냈으니까."

에이브의 시선이 이동해 뮤리에게 향한다.

뮤리는 에이브에게 적의를 내보이면서도 입매를 분한 듯이 일그러뜨리고 있다. 모든 논리가 에이브의 편이라는 걸 아는 것이다.

"쉽지 않은 결단이라는 건 인정한다. 나라도 사양이다. 그러니 나는 그렇게 되지 않게끔 주의 깊게 사전준비를 해 왔다. 너는 과연."

에이브의 시선이 다시 나를 향한다.

"자신이 하려고 하는 일 전부를, 잘 새겨서 이해하고 있나?"

대꾸할 길이 없었다. 어느 길을 선택해야 할지 방침도 세우지 않았다.

에이브가 제시한 두 가지 선택은 제일 좋은 한쪽을 택하는 게 아니다. 둘 다 나쁘지만, 어느 한쪽이 좀 덜 나쁘냐를 선택하는 것일 뿐이다. 게다가 그것은 틀림없이 이 나라의 앞날에 크게 영향을 미친다.

우뚝 서 있자 에이브가 한 걸음 다가왔다. 하도 자연스럽고 매끄러워 뮤리조차 반응이 늦었다.

정신이 들고 보니 에이브에게 안겨 있었다.

"콜, 나한테 전부 맡겨 주지 않겠니?"

속삭이는 듯, 나를 배려하는 듯, 애원하는 것처럼도 들리는 음성이었다.

"너는 이런 일이 맞지 않아. 보고 있자니 가엾을 정도다. 그러나 이건 결코 우열의 문제는 아니야. 황금과 보석의 차이지. 네가 괴로운 건, 너와 어울리지 않는 곳에서 싸우려 하고 있어서다."

루워드처럼 되었다면 그건 오라버니가 아니라는 말을 뮤리가 했었다. 에이브가 자애로운 어머니처럼 귓가에 속삭인다.

"너에겐 나를 뒷배로 삼는 선택지도 있다. 왕년의 신학자들도 신께 다가가기 위해 우리 상인들을 뒷배로 삼았으니까."

그러고는 포옹했을 때와 마찬가지로 불현듯, 팔을 풀고 거리를 벌렸다. 뮤리를 향해 짓궂은 미소를 지은 것으로 보아, 뮤리가 어디까지 참을 수 있는지 한계를 영리하게 판단하고 움직인 것이리라.

"딱 이틀만 기다리겠다. 잘 고민해 보도록 해. 그것이 곧 네 성장이 될 테니."

연기였는지 아닌지는 전혀 모르겠다. 그저 다정한 웃음이라는 생각만 들었다.

"자, 이야기는 끝났다."

에이브가 그렇게 말한 뒤 테이블 위 유리잔을 항아리에 땡땡 부딪치자 복도에서 우산 담당 처자가 들어왔다.

"손님 돌아가신다."

처자는 공손히 머리를 숙인 뒤 몸짓으로 호위무사를 부른다.

여기에 더 있어 봐야 뭘 얻을 수 있으리라고는 나도 생각하지 않는다.

에이브는 너무도 알 수 없는 사람이다.

"오라버니."

그러나 클라크 때와는 달리 뮤리는 마지막 선택지를 버리지 않았다. 이를 드러내고 실력을 행사해 에이브를 굴종시키는 길을 찾고 있다.

호위무사를 물리치는 것은 가능하겠으나, 에이브를 힘으로 꼼짝 못 하게 하는 건 불가능하리라. 에이브가 늑대의 이빨을 보고 겁먹을 만큼 소심할 리도 없고, 우리에게는 상대를 고문할 기개도 없다.

뮤리를 보며 고개를 가로젓자, 분한 표정으로 보리 주머니에서 손을 뗀다.

클라크 때와는 반대이니 이게 역할분담이라는 것인지도 모르겠다는 생각을 하며 뮤리의 손을 잡고 방을 떠나는 수밖에 없었다.

에이브는 그 이상 아무 말도 하지 않았다.

왕년에는 곡물 하역장이자 계량소로 쓰였다는 건물을 뒤로하고 백주의 악몽에 시달리는 것처럼 휘청휘청 길을 걸어 나간다.

말을 타고 나타난 하이랜드 일행도 일이 제대로 되지 않은 것을 한눈에 알아봤으리라.

그러나 어떤 식으로 제대로 되지 않았는지까지는 짐작이 가지 않았나 보다.

"성전에 쓰여 있는 악마 같은 것인가."

말 위에서 고삐를 쥔 하이랜드는 에이브가 있는 쪽을 바라보며 중얼거렸다.

남은 시간이 이틀이라고 해도 그게 한 달이 된들 무엇이 달라질 리 없다는 건 안다. 아슬아슬한 마지막까지 고민을 거듭하다가 어떤 답을 택해도 격한 후회와 괴로움만 남을 테니.

오히려 짧은 이틀이라는 시간은, 이틀이면 고문에서 해방이라고 에이브가 배려한 것이라 해도 놀랍진 않다.

"먼저 말해 두겠는데, 그대는 아무 잘못도 없다."

하늘이 붉은색을 띠고, 거리의 사람들이 한숨을 돌리며 귀갓길에 오를 시각. 하이랜드는 다시 말에 올라타 있었다.

"나 혼자 뛰어다녔으면 지금쯤 어느 누구의 음모도 전혀 눈치채지 못하고 탁류 위의 나뭇잎처럼 떠내려가고 있었을 거다."

하이랜드의 뒤에는 마찬가지로 말에 올라탄 기사들이 하인에게서 불붙은 횃불을 받아 들고 있다.

"그대들은 계략의 턱밑까지 추직해 주었나. 이제부터는 우리의 영역이다. 두 사람이 죽을지 세 사람이 죽을지 결단을 내리는 것은 속물인 우리 귀족의 역할이니까. 최대한 희생자가 적은 쪽으로 택하고 오겠다."

에이브의 숙소에서 하이랜드의 저택으로 돌아와 다음 대책을 검토했다. 그러나 제시된 두 선택지를 피할 방법이 없고 에이브를 제어할 수도 없다면, 최소한 심기를 해치지 않게 하는 수밖에 없다는 확인을 한 것이 고작이었다.

교회의 가르침이 널리 전해지기 전, 사람들은 사나운 자연과 역병에 필사적으로 몸을 낮추고 애원하는 수밖에 없었다. 에이브는 그런 계층에 속한 사람이다.

그 결과, 하이랜드는 고통스러운 선택이야말로 자신들 왕족에게 주어진 것이라며 왕에게 보고하러 가기 위해 말 위에 올랐다. 이런 결정에는 지휘관으로서의 판단 이상으로 나에 대한 배려가 크게 느껴졌다. 원래 같으면 사정을 설명하는 당사자로서 같이 가야 하는데도 저택에서 기다리라고 했다.

항변하는 내게 하이랜드는 이렇게 말했다.

그대는 나의 중요한 장기 말이니까, 국왕에게 좋지 않은 소식을 가져갈 때 곁에 있게 되면 모처럼의 가치가 떨어지지 않겠느냐고.

지극히 냉철한 의견이고, 그게 거짓이라고는 생각되지 않으나, 이 고통스러운 결단 자체에서 떨어져 있을 수 있게끔 배려한 것이 분명했다.

"한스, 뒤를 잘 부탁해."

"알겠습니다."

"자, 오랜만의 야간행군이다. 그간 시벽 내에 있었다고 몸이 둔해졌다는 소리는 하지 않겠지?"

하이랜드는 밝게 말하고는 말을 달렸다. 말발굽이 지축을 흔들며 눈 깜짝할 새에 멀리 사라졌다. 하이랜드 일행의 모습이 보이지 않게 된 후에도 그 자리를 떠나지 못하고 사라진 쪽을 바라보고 있던 우리에게 뒷일을 맡은 한스가 공손히 말을 걸어왔다.

"방으로 드십시오. 이 계절엔 밤은 아직 찹니다."

그 자리에 계속 서서 밤새 하이랜드가 돌아오기를 기다리고 싶었으나, 그래 봐야 무의미하다는 것 또한 안다. 게다가 내가 여기 있으면 뮤리도 있게 된다.

어정어정 저택 안으로 들어가 다시 닫힌 대문을 돌아보며 한숨을 쉬었다.

"식사는 어떻게 하시겠습니까?"

필요 없다고 하고 싶었으나 혼자 하는 여행이 아니다.

"방으로 조금만 가져다주시겠습니까."

"그럼 그렇게 하겠습니다."

식당에서 대접을 받으면 수고도 클 것이고, 그렇게 넓은 곳에 나와 뮤리만 앉아 목구멍에 음식이 넘어갈 리도 없다. 방이라면 마음도 편하고 내 몫도 모두 뮤리에게 줘도 아무도 모른다.

그런 생각을 하면서 방으로 돌아가자 뮤리가 나를 불렀다.

"오라버니."

"…왜요?"

침대 구석에 앉자 뮤리도 곁에 앉았다.

"나는 뇨히라에서 싸워서 진 적이 없지만."

불쑥 그런 소리를 한다.

"뇨히라에 와 있는 사람 중에 제일 강하다는 생각은 절대 안 해."

뇨히라에는 각지에서 왕후귀족이 오기에 호위기사 중에서도 출중한 자가 긴 여행을 보좌한다.

그뿐 아니라, 그런 강인한 병사들이 하나로 뭉쳐도 대적하지 못할 존재가 온천장 내에 있다.

하지만 뮤리가 무슨 말을 하고 싶은 것인지는 이내 알았다.

"전부 다 잘될 것으로 여기는 건 신이 되고 싶은 바람과 같은 것이죠."

뮤리의 모친인 호로는 실제로 신이라 불리며 숭배받던 존재다.

하지만 그런 호로도 세상의 큰 흐름은 거스를 수 없어 어딘가 염세적인 분위기를 띤다. 겉모습을 볼 때 머리 색깔을 빼고는 뮤리와 똑같은데도 훨씬 연상으로 보이는 것도 그래서다.

그리고 뮤리는 좋든 싫든 그런 쪽 이야기를 모르고 있는 줄 알았었다.

"설마하니 뮤리한테서 겸허해지라는 말을 들을 날이 올 줄이야…. 오라버니로서 참으로 기쁘네요."

지친 듯이 웃으며 그러자, 뮤리는 울 것 같은 얼굴로 귀와 꼬리를 파닥이고는 박치기를 하듯 안겨 왔다.

"그딴 거한테 어떻게 이겨. 뭐야, 그거."

슥슥, 어깨에 얼굴을 비비는 것은 울고 있어서가 아니라 에이브의 냄새를 지우기 위해서이리라.

"하지만."

하고 동작을 멈추더니 뮤리는 말했다.

"적인지 아군인지 알 수가 없었어. 그렇게 나쁜 짓을 꾸미고 있는데도."

역시 똑똑한 소녀다.

"에이브 씨는… 비나 바람과 같은 존재인 것 같아요. 우리가 어찌어찌 할 수는 없는, 때로는 재앙도 불러오지만 때로는 우리를 구해 주는."

에이브는 황금 앞에서는 모든 것을 똑같이 다룬다.

거기에 다른 뜻은 없어 공평하면서도 잔인하다.

"…닭네는 어떻게 되는 거야?"

뮤리의 물음에 나는 대지 위에 선 무력하기 그지없는 한 인간이라는 걸 절감한다.

"밀수 이야기를 대성당에 알리는 쪽으로 가면, 대성당에 있는 대주교님을 비롯한 분들과 대화를 할 가능성이 생기겠죠. 라우즈번 내에 자신들의 편이 없어지게 될 테니 사태 개선을 모색하느라 지푸라기라도 잡는 심정이 될 거예요. 어쩌면 우리 말에 귀를 기울여 줄지도 모르죠."

"응."

"하지만 그렇다고 진심으로 과거의 일을 후회하고 샤론 씨네와 화해할지는 알 수 없어요."

오히려 세상의 꾀에 닳고 닳은 이들이라면 겉으로만 화해하는 척하고 빠져나가려 할 수도 있다.

샤론 측이 거기에 속을지, 혹은 진실이라고 믿을지는 알 수 없다.

"게다가 에이브 씨가 그랬죠. 그 선택지를 택하면 왕국은 상인들의 협조 없이 전쟁을 치를 가능성이 커진다고. 샤론 씨네가 화해할 그 작은 가능성 때문에 왕국은 위험한 도박을 하진 않겠죠."

그렇더라도 혹시 에이브가 밀수담을 들켰어도 잘 빠져나갈 방법을 미리 준비하지 않았었다면 위협의 재료로 쓸 수도 있었을 터.

결국엔 용의주도함에 진 것이다.

"그렇다면 밀수를 함구하는 선택지를 택하게 되는데… 그건 현재로서는 역시 전쟁을 의미해요. 대성당 사람들은 왕국의 인질이 되지 않으려고 대륙으로 도망치겠죠."

샤론 측에는 징세권은 남을지도 모르나 분노의 대상인 이들은 사라지고 없게 된다.

샤론 측은 그저 뒤에 남겨져 앞으로도 원한에 사로잡힌 채로 있게 되리라.

뮤리는 하이랜드와 나눈 대화에서 몇 번이나 들었던 설명을 되새기고 있는지, 아니면 우리 눈앞에 있는 사실을 믿고 싶지 않은지 아무 말이 없었다.

그러다 몸을 꼼지락하더니 말했다.

"…그럼, 오라버니는?"

뮤리를 보자, 이쪽을 보지 않은 채 약간 눈을 내린 자세로 정면을 향하고 있다.

“나, 요? 나는, 더는, 할 수 있는 일이….”

그렇게 대답하자 뮤리는 고개를 가로저었다.

“그런 게 아니라, 더 큰 의미에서의 이야기.”

그제야 뮤리는 나를 보았다.

“오라버니가 가려는 길 앞에는 틀림없이 그런 여우가 잔뜩 있을 거니까.”

뮤리는 나와 다르게 하나를 보면 열을 알 수 있다.

세상이 얼마나 넓은지, 하늘이 얼마나 높은지, 아마도 나 이상은 진실에 다가가 있으리라.

“많고 많은 복잡한 놈들이 오라버니를 이용하려 들겠다는 생각을 했어. 그 여우는 나쁜 의미에서 공평했지만, 나쁜 의미에서 불공평한, 진짜 나쁜 놈들도 있겠지.”

악의로 가득한 에이브 볼란이 나타났을 때를 상상하면 뮤리가 무얼 말하고 싶은지 다 알겠다.

“이름을 감추고 행동한다 하더라도, 오라버니는 예를 들어 금발이 곤란하게 됐을 때 그 이름을 쓰지 않고 있을 자신이 있어?”

뮤리가 가진 현명함의 진가는 억지를 쓰는 임기응변이나 절묘하게 자기 고집을 밀어붙이는 사람을 잘 다뤄 내는 뛰어남이 아니다. 깊디깊은 숲속에 문득 서서, 사람은 내다보지 못하는 멀리까지 살필 수 있다는 점이다.

"…양치기견은 당사자인 양보다도 양이 가고 있는 방향이 잘 보이는군요."

하고 중얼거린 직후, 뮤리의 표정에 놀랐다.

"오라버니 바보! 난 늑대거든?!"

"미, 미안해요. 성전에 그런 말씀이 있어요. 화내지 말아요."

뮤리는 더욱 못마땅한 얼굴로 팩 외면했다.

주의 부족. 행동에 생각이 없는 게 이런 데서도 나온다.

"…역시, 뮤리도 내가 맞지 않는다고 생각해요?"

맞느니 안 맞느니.

뮤리는 인상을 찡그리며 이쪽을 본 뒤 어깨를 으쓱였다.

"맞지 않는 건 확실하지만, 이러고 뇨히라로 그냥 돌아가 봐야, 나는 아무것도 신경 쓰지 않는다는 얼굴로 씩씩한 척할 오라버니의 모습이 눈에 선해."

여행을 시작한 이래로 뮤리의 송곳니는 날로 날카로워진다.

"그리고… 나는 오라버니가 교회와 싸웠으면 좋겠어."

"엇."

뜻밖이었다.

"아니, 진짜 재수 없잖아. 그런 곳에 지고 풀 죽어 돌아가는 오라버니는 보고 싶지 않아."

"재수 어쩌고 하는 말 하면 못써요."

나무라자 항의하듯 어깨에 박치기를 해 온다.

다만, 뮤리에게 확실히 포기하는 법을 배우는구나 싶었다.

"닭네 이야기는 역시 용서가 안 돼. 그렇잖아, 그건…."

붉은 눈동자를 보자 멈칫했다.

입을 다문 뮤리의 눈에 눈물이 핑 돌아서.

"나한테는 오라버니에게 버림받는 거랑 똑같은 거잖아?"

울 것 같은 뮤리의 얼굴을 보자 나는 자신의 어리석음이 부끄러웠다. 뮤리는 샤론을 동정하는 것 이상으로 자신에게 그런 일이 일어나는 경우를 생각한 것이다. 그제야 비로소 왜 교회와 싸우라고 하는지, 진짜 이유에 짐작이 갔다.

내 꿈은 성직자가 되는 것.

하지만 교회와 싸우는 사이에는 적어도 성직자는 되지 못하고, 어쩌면 전쟁의 결과, 성직에는 영영 오르지 못할 수도 있다. 그렇게 되면 뮤리가 두려워하는 악몽은 일어나지 않는다.

연인 사이가 되었다가 일방적으로 버려지는 것과 성직자가 되기 위해 속세와 작별하는 것은 다른 이야기라는 설명 따위, 뮤리에게는 무의미하리라. 남겨지는 쪽에게는 둘 다 마찬가지이니까.

하지만 그것이 아니면 뭐라 말을 해야 할지. 내 안에는 할 말이 없었다.

"그러니까… 나는."

뮤리가 뒤이은 말에 의식이 현실로 돌아왔다. 뮤리는 말을 끊고는 침대에 앉아 장난치듯 흔들고 있던 다리를 내게 얽었다.

"그 나쁜 여우의 어깨에 올라타는 것도 나쁘지 않다고 봐."

"…에이브 씨?"

"응. 어머니 못지않게 엄청난 대악당이지만, 우리 편으로 있는 동안에는 의지가 될 거야. 나하고는 또 다른, 두꺼운 검은 구름 같은 힘을 오라버니에게 부여해 줄 거야."

그 검은 구름을 사람들은 권력이라고도, 음모라고도 부른다.

"예를 들어 오라버니가 교회를 쳐부수고 싶다고 진심으로 말하면, 그 작자는 혀를 핥으면서 쳐부순 뒤에 얻을 교회의 보석함을 저울에 올려 보고는 돈벌이가 되는 만큼 확실히 일해 줄 거야."

"교회를 쳐부수고 싶은 건 아닌데요…."

에이브가 진심으로 지혜를 발휘하리라는 것은 동감한다.

"뭐, 마음이 편치는 않겠지. 오라버니의 섬세한 마음에 맞춰 계획을 세울 거란 생각은 도저히 안 들고."

그런 귀찮은 일을 하는 건 나밖에 없다는 표정을 하고는 그런 말을 한다.

그런 것 같기도 하고 아닌 것 같기도 한, 뭐라 말하기 어려운 기분이 들었다.

"하지만 닭이 한 말도 맞지 않겠어?"

뮤리가 어조를 바꾸어 말했다.

“나도 교회는 수리하는 것보다는 부수는 게 빠르다고 생각해. 그런 다음에 다시 짓든가.”

뮤리는 신의 가르침에 귀 기울이지 않으나, 그것은 관심이 없다는 의미다. 그런 한편으로 교회의 내실을 알아 감에 따라 그 실상에 관해서는 적극적으로 혐오감을 품게 되었는지도 모르겠다.

“그래, 오라버니. 이 이상 무리해서 싸우지 말고, 그냥 오라버니가 좋아하는 걸 만들면?”

그렇다고 “예, 만들겠어요.”라고 할 수 있는 일도 아니지만, 뮤리도 대충 아무 말이나 하고 있는 것도 아닌 모양이다.

“못된 여우의 어깨에 올라타는 게 아니라, 금발 말이야. 그래도 되지 않을까 생각했어.”

“하이랜드 님?”

“응. 사설 수도원이랬잖아. 사설은 자기네가 만드는 거지?”

흥미 없는 듯이 굴면서도 뮤리는 여러 가지 것들을 잘 보고 듣고 외우고 있다.

“닭 같은 일을 당한 사람들도 나름대로 행복하게 살고 있잖아? 오라버니도 꿈을 포기하지 않아도 되고, 금발이라면 지금까지의 답례로 그런 곳을 만들어 줄 것 같은데.”

너무도 엉뚱한 제안이라 당황했으나, 말이 나오지 않은 것은 놀라서는 아니다. 놀랄 점이 있다면 뮤리가 한 말을 부정할 재료를 발견하지 못한 것이다.

"우리 여관에 오는 수염 잔뜩 달린 할아버지들한테도 물어본 적이 있는데, 수도원이란 데는 느긋이 살기 위한 조용한 곳이지? 그럼 오라버니는 얼마든지 책을 읽을 수 있고, 어려운 일을 연구할 수도 있고, 나는 오라버니 곁에서 낮잠을 잘 수 있잖아. 인적이 드물고 높은 벽으로 둘러싸인 곳에 박혀 있으면 못된 여우나 싸늘한 폭풍이 덮쳐 오는 일도 없을 거야. 나쁘지 않을 것 같은데."

참으로 목가적이고 느긋한 공상이었다. 그럼 그것을 실현해 보지 않겠느냐고 묻는다면, 뜻밖에도 가능성이 영 없지는 않았다.

하이랜드는 왕족에 준하는 귀족이니 필시 왕국 내에 광대한 영지가 있을 것이다. 지금까지 내가 해 온 일을 되돌아보면, 부탁하면 싫다고 하기 어렵다는 예상이 간다. 게다가 사설 수도원이라면 교회와도 거리를 둘 수 있고, 하이랜드의 비호 아래 자유로이 신앙의 길을 좇을 수 있다.

"…그런 길이 있다니, 솔직히 생각도 못 해 봤어요."

"그랬겠지. 오라버니는 힘든 길만 골라서 오르려고 하는 이상한 취미가 있으니까."

역경은 신께서 주신 시련이고, 그것을 극복하는 것이야말로 신앙이다.

뮤리에게 말한다고 전해질 것 같지 않고, 진지한 얼굴로 "진짜?" 하고 물으면 그걸 옳다고 증명해야 하는데, 그건 나도 못한다.

그런 멍청한 오라비 곁에서 뮤리는 푸릇푸릇 무성한 초원을 발견해 낸다.

"나는 오라버니의 꿈을 방해하고 싶지 않고, 대모험을 했는데 아무것도 손에 넣지 않은 채 집으로 돌아가는 것도 왠지 진 것 같아서 싫어."

그런 참에 문득 떠오른, 느긋하게 지낼 수 있는 수도원 이야기.

교회와 연계된 수도원은 성직자의 직봉, 관할 주교구에 의한 임명권 다툼, 모수도원(母修道院)의 간섭, 내부의 출세 다툼 등으로 마음 편할 날이 없을 것이다. 그러나 사설 수도원이면 그럴 일도 없다. 하이랜드의 비호가 이어지는 한, 노동이라고 해봐야 텃밭의 약초를 키우는 정도로 하루하루를 보내는 것은 결코 꿈같은 이야기는 아니다.

뇨히라에서 큰 뜻을 품고 세상으로 뛰쳐나와 손에 넣은 게 그것이라면 세상 사람들 대다수는 눈이 휘둥그레져서 놀라며 축복하겠지.

'적기(適期)'라는 말이 있다.

아티프에서 개혁의 봉화를 올렸고, 북방 도서지역에서 오텀 일행을 아군으로 끌어들였고, 데자레프에서는 대성당의 보물을 둘러싼 비밀 사건을 해결했다. 이 도시에서는 에이브라는 거대한 존재의 심연을 캐냈다. 왕국의 입장에서는 출중한 대활약이라 해도 될 것이다.

나는 신이 될 수 없고, 그럴 뜻도 없다.

그렇다면 오히려 여기까지 참 잘 왔다며 자랑스러워해야 할지도 모른다.

"생각해 볼게요."

음성의 어조에서 평소의 일시 모면이 아니라 적극적인 분위기를 느꼈나 보다.

뮤리의 꼬리가 핑 솟았다.

"지, 진짜?"

놀라는 방식에 쓴웃음을 짓고 만다.

"뮤리가 제안했잖아요?"

"그건 그렇지만…."

뮤리가 보기에도 너무 그럴듯해서 오히려 공상이라 생각했는지도 모른다. 내가 흔쾌히 받아들이자 그건 그것대로 재미가 없다는 투로 꼬리로 침대 위를 쓰는 뮤리를 보며 담담히 웃고는 이렇게 말했다.

"수도원은 기도 장소니까 뮤리가 낮잠 자는 곳은 아니라고 생각하고, 그리고 정교도만 들어갈 수 있어요."

"뭐어?!"

뮤리는 목청을 높이며 끙 소리를 내더니 어깨에 어깨로 부딪쳐 온다.

"하여튼 오라버니는 꼭 그렇게 못된 소리만!"

"놀리는 거 아니에요. 남녀 공동 수도원도 있지만… 뮤리는 신도가 아니잖아요?"

"오라버니가 언젠가 나랑 결혼해 주면 믿을게!"

"그런 이교 신앙을 가진 사람은 신성한 수도원에는 못 들어가요."

"오라버니 바보!"

그런 말을 주고받다가 끝으로 피차 지친 한숨을 짓는다. 얼어붙은 밤바다에 내던져진 것도, 활활 타는 방에 갇힌 것도 아니다.

하지만 마음속에는 그 이상의 무언가, 불길한 안개 같은 게 깔려 있다.

뮤리가 어깨를 물고 있는 건 그것을 인정하고 싶지 않아서인지도 모른다.

사설 수도원에서 살자고 한 것도 몽실몽실한 꿈같은 이야기로, 눈앞의 현실을 보고 싶지 않아서다.

"저녁밥 가져다 달라고 할까요?"

그런다고 이런 기분이 지워지진 않겠지만.

불쑥 물어보자 똑똑한 뮤리의 대답은 정해져 있었다.

“고기 많이.”

그런 소리를 들으면 웃을 수밖에.

“과식은 안 돼요.”

“예에.”

평소의 뻔한 대화.

하지만 지금은 이것이 그 무엇보다 기분 좋았다.

이 불안과도 비슷한 막연한 기분은 세상이 얼마나 넓은가에 대한 공포이리라.

산을 움직일 수는 없다.

우리에게는 천재지변 같은 에이브도 만능은 아닐 테니.

그날 밤은 일찌감치 이불 속으로 들어갔다.

데자레프에서 배를 타고 이곳에 오자마자 숨 돌릴 새도 없이 불길을 휘감은 맷돌 속에 던져졌다. 대성당과 샤론, 그리고 에이브 측의 노골적인 욕망과 소망에 직면했다가 문득 맥을 놓고 나니 생각했던 것보다 지쳤나 보다.

그게 몸으로도 나타났는지, 평소 같으면 나보다 일찍 이불에 들어가 촛불 끌 새도 없이 잠들던 뮤리가 한동안 깨어 있는 채로 내 머리를 손가락으로 빗질하듯 했었다.

생각해야 할 것이 많았다. 하이랜드가 국왕에게서 어떤 결론을 가져오든 라우즈번의 동정에는 주의를 기울여야 하고, 이번 일의 핵심이란 소리를 여러 번 들은 이상 어떻게든 사태를 진정시키는 데에 도움이 되고 싶다.

그러나 어떻게 해야 할지 전혀 감도 잡히지 않는다. 앞이 캄캄한데도 왠지 모르게 가슴속이 차분한 것은 그저 넋이 나가서겠지.

그러니 확실한 것은 지금 잠들면 악몽을 꿀 거라는 것.

오히려 그 어떤 악몽을 꾸게 될지 기대가 될 정도였기에, 어둠 속에서 불쑥 뮤리가 이름을 불렀을 때는 맥이 빠졌다.

오라버니, 오라버니, 필사적으로 나를 부르는 뮤리의 꿈.

그런다고 내가 눈을 뜰 것 같으냐며 돌아누운 순간.

"오라버니!"

철썩, 뺨을 얻어맞았다.

"일어나, 오라버니!"

어깨까지 흔들기에 눈을 떴다. 가물가물한 눈으로 뮤리를 보다가 그 표정에 이내 긴장했다.

"왜 그래요?"

뮤리가 침대에서 내려가 나무창으로 달려간다.

"방금 엄청 당황한 것 같은 말이 몇 마리나 도착했어."

"말…? 어, 말?!"

대번에 하이랜드의 이름이 떠올랐으나, 그랬으면 뮤리가 금발이라고 했을 것이다.

"금발은 없어. 하지만 금발을 따라갔던 기사는 있어."

"기사만? 설마, 도중에서 강도를…?"

이불을 젖히고 나도 침대에서 내려가 나무창 밖을 내다본다. 철문 앞에 새하얀 숨을 거칠게 토하는 말 네 필이 있다.

하지만 봉화 불빛에 시선을 집중하고 보자 그중 두 말의 안장에는 윈필 왕국의 문장이 염색된 장식 천이 늘어져 있다. 하이랜드가 탄 말에서는 못 본 것 같은데.

"저 사람들은 저택 안에?"

"응. 엄청 큰 소리로 수염 할아버지를 불렀어."

"한스 씨예요. 무슨 일이 있는 거예요. 우리도…."

하며 몸을 채 돌릴 새도 없이 격하게 문 두드리는 소리가 들렸다.

"여명의 추기경님!"

성량과 노크 소리의 중량감으로 보아 한스가 아니다. 기사이리라.

"예."

문을 열자 역시나 기사가 서 있었다. 큰 키에 무거운 갑옷을 걸친 당당한 체구다. 전력을 다해 말을 몰고 온 것을 드러내듯

짧게 친 진한 갈색 머리털에서 김이 난다.

아직 어깨를 씩씩대며 기사는 하늘에서 떨어진 것 같은 표정을 짓고 있다.

"하이랜드 님의 전언입니다! 폐하께서 우리의 보고를 기다리지 않고 라우즈번에 칙명을 내리셨다! 도중에 왕의 전령사와 만나, 여명의 추기경님께 하이랜드 님의 말씀을 전하러 왔습니다!"

샤론 측의 과거, 대성당의 기만. 그리고 에이브의 모략을 목격해 이 도시에서 평생 놀랄 것을 다 놀랐다.

그러니 더는 놀랄 일이 없을 줄 알았는데, 세상이란 어디까지 넓은 것인지.

"폐하께서는 교회와의 전쟁을 피하기 위해 **폭도로 변한** 징세인들을 체포하라 하셨다!"

숨을 삼켰다.

"이어서 군을 이끌고 징세인에게서 교회를 지키는 한편, 평화교섭에 임하라!"

다름 아닌 왕이 물러섰다. 아니, 필시 클리벤드 왕자를 무시할 수 없었으리라. 교회와 클리벤드 양쪽과 싸울 순 없다.

그런 판단을 책망할 수 없고, 왕국의 안정을 위해서는 불가피한 결정이라고 본다.

그러나, 용납 못 할 점이 있다.

"왕께서는 징세인들을 폭도로 간주하신 것이지요?"

징세인은 뜨내기다. 어떤 식으로 이용당해도 외로운 그들을 가엾게 여기는 사람은 없다.

왕국 측에도 골칫덩어리라며 폭도로 간주하는 것을 교회에 보여 긴장 완화의 도구로 삼는다.

어떤 식으로 써먹을지 쉽게 상상이 간다.

"하이랜드 님은 폐하께 라우즈번의 내정을 보고하기 위해 계속 가고 계십니다. 하이랜드 님이, 말씀하셨습니다!"

기사가 기사다운 눈빛을 보이며, 목소리를 죽여 말했다.

"징세인들을 구해 내고 싶다고."

아비에게 버림받고, 이번에는 뒷배였던 왕국에 버림받는다.

지는 데 익숙한 개는 계속해서 진다고 한다.

하지만 샤론 일행은 개가 아니다.

자신들의 힘으로 재기의 가능성을 잡고 과거와 결판을 내려고 발버둥 치는 용사들이다.

"저는 지금부터 시정 참사회에 군영 설치를 지원하러 갑니다! 여명의 추기경님께서는 하이랜드 님께서 돌아오실 때까지 시내의 상황을 파악하고 계시라고 하셨습니다!"

목청을 돋우며 기사는 시선을 천장으로 향했다.

다만, '군영 설치를 지원'한다는 말을 할 때는 이쪽으로 의미심장한 눈길을 주었다.

바깥에 있는 네 마리의 말 중 두 마리는 왕의 사자이리라. 그들은 하이랜드의 본심을 알지 못한다. 그러니 기사는 진영 설치를 지원한다면서 최대한 방해하려는 생각이다.

그러나, 왕은 군까지 보냈다고 하니.

"군대는 언제쯤?"

"새벽녘에는 라우즈번을 포위할 것입니다!"

빠르다.

클리벤드 왕자를 경계하면서 행동하는 것이라면, 저쪽에서 알아채고 대책을 세우지 않게 하려고 비밀리에 움직였을 것이다.

"알겠습니다…. 애쓰셨습니다."

"예! 이만 물러가겠습니다!"

기사는 고함치듯 말한 뒤 뒤로 돌아 복도를 달려갔다. 복도에서 조금 떨어진 곳에 한스가 대기하고 있었으나, 과연 역전의 노장인지 당황하는 기색 하나 없었다.

"출타하십니까? 옷은?"

옷 갈아입는 틈도 아깝다 싶은데, 뮤리가 말했다.

"호화로운 것으로 빌려줘."

사치에 한번 맛을 들이면 끊지 못한다지만 설마 이런 상황에, 하며 뮤리를 돌아본 직후였다.

"성직자 차림으로 어슬렁대려고? 그러다 내 편한테 등을 베여."

냉정한 것은 뮤리 쪽이었다.

"알겠습니다."

하며 한스가 손뼉을 치자 옆방에 대기하고 있던 하녀들이 쓱 나타났다.

"역시."

"칭찬 감사합니다."

한스는 말은 싸늘하게 하면서도 입가를 살짝 올려 뮤리를 향해 웃었다.

뜻밖에 재치 있는 인물인 것 같다, 뮤리는 정말이지 누구와도 금세 친해지는구나, 하여 감탄이 되기도 하고 어이가 없기도 했다.

"오라버니, 옷 갈아입어. 그러는 사이에 어떻게 할지 생각해 보자."

뇨히라의 산에서 사슴몰이 사냥을 나설 때는 뮤리도 사람들에게 어엿하게 지시를 내리곤 했다.

해야 할 일이 눈앞에 생기면, 이럴 때는 마음을 좀 가라앉힐 수 있다.

"그러게요. 생각해 봅시다."

경솔하게 움직여선 안 된다. 시간은 한정돼 있고, 할 수 있는 일은 더 한정돼 있다.

"생각해 봅시다."

자신에게 다짐하듯 말하자, 뮤리가 등을 탁 쳤다.

늑대와 양피지

제 5 막

일단은 샤론 측에 이 사태를 전해야 한다는 데에 의견이 일치했다.

그런 한편, 샤론 측을 시벽 밖으로 도망치게 할 방법도 생각해야 한다. 왕이 새벽에 라우즈번을 군대로 포위할 생각이라면 이미 기병대와 척후병이 이곳을 감시하고 있을 수 있다. 많은 사람이 줄줄이 들판을 걸어가면 밤이라 해도 이내 발각되리라. 뮤리가 배를 타고 이곳으로 오면서 몸을 감출 데가 전혀 없다며 평야를 보고 불안해 했을 정도이니.

그렇다면 해로 이외에 선택지가 없다. 한스에게 항구에 있을 요제프에게 연락을 취해 달라고 부탁했다. 요제프라면 거절하지 않겠지만, 선원을 구할 수 있을지는 알 수 없다. 항해는 힘겨운 일이니 뭍에 있을 때는 먹고 마시고 노래하느라 난리다.

요제프 휘하의 선원들이 부디 절도 있기를 기도하며, 우리는 그러는 사이에 샤론에게 가기로 했다.

"그럼 가자, 오라버니. 떨어지지 마."

"…고삐를 잡고 있기만 하면 되는 거죠?"

도시가 커서 보는 눈이 너무 많으니 늑대가 된 뮤리의 등에 타고 거리를 횡단할 수도 없다. 그래서 한스에게 말을 빌렸으나, 불안한 소리가 절로 나간 것은 사람들이 돌아다니는 저녁 무렵 거리를 달릴 만큼 말을 모는 기술이 없어서…는 아니다.

고삐를 쥔 내 품 안에 있는 게 다름 아닌 뮤리라서다.

"응. 내 명령을 안 따르면 잡아먹겠다고 했으니까 내 말만 들을 거야."

숲의 짐승과 직접 대화를 할 순 없다고 하지만, 대충 분위기는 전해지는가 보다.

뮤리가 아래에서 노려봤을 때, 처연하게 울던 말의 울음소리가 아직도 귓전을 맴돈다.

뮤리의 노려보는 시선을 받은 말은 그야말로 죽을힘을 다해 달리리라.

"그럼, 간다!"

뮤리가 말 목을 탁 치자, 나와 뮤리를 태운 말이 밤의 라우즈번을 달린다.

시각은 뇨히라였으면 땅거미가 질 무렵. 이 정도로 큰 도시는 아직 술집은 닫을 기색이 없을 무렵. 호화로운 저택이 즐비한 지역에도 느긋한 밤바람을 맞으며 취기를 깨울 겸 말을 타고 돌아다니는 부자들이 적지 않다.

뮤리의 이빨을 겁낸 말은 그런 그들의 코끝을 스치다시피 하며 엄청난 속도로 달려 나갔다.

"뮤리, 뮤리! 너무 빨…."

이어서 허공에 붕 뜬 것은 번화한 큰길로 나선 순간, 주점에서 떨어진 건더기를 주워 먹으려 했는지 터덜터덜 걷고 있던 방목 돼지를 말이 주저 없이 뛰어넘는 바람에. 위장이 서늘해지는 부유감이 있고 난 후, 쿵 충격에 싸인다. 늑대인 뮤리의 등에 타고 거리를 달릴 때와는 비할 수 없는 공포였다.

무엇보다 말의 등 위에 올라타니 시야가 높고, 떨어졌다가는 끝이라는 확신이 있는 데다, 말발굽이 돌바닥을 때리는 충격이 엉덩이 안쪽에서부터 머리를 흔들어, 자세를 유지하는 사치를 허락하지 않는다. 그저 미친 듯이 고삐를 꽉 쥐고 떨어지지 않게 매달려 있는 게 고작이었다.

말은 고삐를 당기는 나의 엉성한 기술엔 파리만큼도 신경도 쓰지 않고 뮤리가 목을 두드리거나 갈기를 당기는 것에 맞춰 엄청난 속도로 달려 나갔다.

길에는 낮만큼은 아니어도 주정뱅이나 행인이 있어, 그들을 피할 때마다 두개골 속 내용물이 귀에서 튀어나올 것만 같고, 얼이 빠진 사람의 위를 뛰어넘을 때마다 신께 가호를 기도했다.

그러다가 돌연, 뒤에서 걷어차인 듯이 푹 고꾸라져 뮤리의 후두부에 코끝을 된통 부딪쳤다.

"응? 오라버니, 뭐 해? 어서 내려."

"~~……."

다행히 코는 무사했으나 고삐를 쥔 손은 긴장으로 굳어, 다시 뮤리에게 재촉을 받고서야 내릴 수 있었다.

말이 멈춰 선 곳은 징세인 조합 회관 앞이었다. 근사한 입구 옆에는 화톳불이 피워져, 벽에서 길 쪽으로 내걸린 윈필 왕국의 문장기를 비추고 있다.

그러나 이 징세인들은 바야흐로 저 왕국에게 버려질 참이다.

"샤론 씨가… 계시면 좋을 텐데요."

말에서 내리자 무너지려는 무릎을 다그쳐 간신히 버티고 섰다. 클라크가 있을 고아원이 아니라 먼저 이곳으로 온 것은 항구가 가까워서다. 혹시 샤론이 없으면 그대로 요제프를 만나러 갈 생각이었다.

"있는 것 같아. 바닷새가 우리를 보고 지붕 틈새로 안에 들어갔어."

집 지키는 개 못지않은 집 지키는 새인가.

"그럼 안으로."

하는데 머리 위 창문이 열렸다.

"닭!"

뮤리가 주위 눈도 개의치 않고 외치자 나무창에서 얼굴을 내밀었던 샤론이 잠자코 물러나 나무문을 닫았다. 뮤리의 머리에 꿀밤을 먹이고 있자, 잠시 후 문이 열렸다.

"무슨 일이냐?"

오른손에 검이 들어 있는 검집을 쥔 샤론이 나타났다. 닭이라고 불러서 한 대 치려고 들고 나온 게 아니라, 검이 필요할 것 같은 분위기여서 그랬으리라.

어떻게 전해야 할지 망설인 것은 잠깐.

"왕이 이 도시로 군대를 보냈습니다."

이 표현이 시사하는 가능성은 두 가지.

교회와의 사이에 전쟁이 일어났거나, 또는.

"징세인을 체포하려고."

샤론의 눈이 한순간 커졌다가 이내 감겼다. 으드득 소리가 들릴 만큼 얼굴을 찌푸린 후 무표정으로 돌아간다.

"왕은 여러분을 악인으로 만들려고 합니다."

"교회와의 전쟁은 그렇다 치고 제2왕자의 내란을 겁낸 건가."

이내 그런 결론을 냈다. 애당초 상황의 구도를 보면 샤론 측 징세인은 제2왕자를 위해 일부러 교회와 대립을 부추기고 있는 것이 눈에 보였고, 샤론은 그 점에 자각도 있었다.

"하지만 우리는 하이랜드 님께 명령을 받았습니다. 여러분을 구해 내라고. 그리고 우리는 배를 구할 수 있습니다."

배에 관해서는 희망적인 예상이긴 하지만. 한스에게 돈을 빌려서라도 배를 마련할 생각이다.

시선을 하늘로 두고 있던 샤론은 서서히 시선을 내려 우리를 보았다.

"구해 내? **무엇을**?"

샤론의 물음에 움찔한 것은 질문의 의미를 이해하지 못해서가 아니라, 너무 잘 알아서였다.

징세인들은 어릴 때 버려져 자랐다가 비로소 징세권이라는 도구를 손에 넣어 아비와 대화를 할 단초를 얻었다. 그러나 대성당은 문을 열지 않은 채 기만에 찬 대응으로 얼버무리려 했다. 그러다가 이젠, 다름 아닌 왕이 사다리를 치워 나락으로 떨어지려 하고 있다.

이기적인 권력자에게 계속 농락당해 온 저들의 고통을 나는 상상도 할 수 없다.

그래도, 이렇게 말하는 수밖에 없었다.

"샤론 씨, 도망칩시다."

"혼은 죽임을 당하고 몸만 살라고?"

상상이 갔던 대답이나, 샤론의 눈을 앞에 두고 더는 말을 이을 수가 없었다.

원한의 불씨조차 없다.

세상 모든 것에 정이 떨어진 눈이었다.

"우리는 이런 꼴을 당하기만 한다. 거치적거리면 버려지지. 여기에 모인 이들은 자신의 운명과 제대로 맞서 싸우는 일조차 허락되지 않아."

샤론의 뒤편으로 회관의 나무창이며 방문들이 희미하게 열리고 징세인들이 이쪽을 살피고 있었다. 호기심에서가 아니라, 존경하는 동료에게 무슨 일이 있나 해서 지켜보는 시선이다.

이들은 단순히 돈으로 묶인 게 아니다.

"하지만 샤론 씨."

어떻게든 말문을 연 것은 샤론이 다음에 무슨 말을 할지 쉽게 예상이 되어서.

"도망치지 않고 어쩌시게요? 마지막으로 검을 들고 대성당으로 쳐들어가면 뭐가 달라집니까?"

그 후엔 왕의 군대에 포위되고 폭도로 붙잡혀 재판을 기다리는 몸이 된다.

아이가 빵을 훔치기만 해도 한쪽 팔이 잘리는 세상이다. 샤론 측에게 무슨 일이 생길지는 낙관적일 수 없다.

"아무것도 안 달라져."

그리고 샤론은 단언했다.

"그래도 놈들의 목을 칠 때 기분은 후련하겠지."

비틀린 웃음에 오싹한 순간.

"에취!"

뜬금없는 재채기 소리에 돌아보다가 뮤리에게 밀쳐져 헛발을 디뎠다.

샤론 앞으로 나가 선 것은 코를 비비는 뮤리였다.

"하고 싶은 말은 빨리 해. 오라버니가 두고두고 후회하게 되면 위로하는 건 내 역할이니까. 그러니까 섣부른 연기는 안 해도 돼."

그런 소리를 하는 뮤리에게 얼이 빠졌다.

튕기듯 샤론을 보자, 딱 한순간 샤론이 고아원에서 아이들을 보며 지었던 온화한 표정을 보인 것 같다.

“징세인 전원이 검을 들 수 있는 건 아니다. 고아들도 있고. 최소한 우리만이라도 이 한을 검에 담지 않으면, 우리는 내일이라는 것을 다시는 못 믿게 된다.”

“하지만 아직은 양동작전 같은 거 펴지 않아도 바다로 전원 도망칠 수 있잖아? 요제프 아저씨의 배는 아주 크고 빨라.”

‘양동’이라는 말에 눈이 번쩍 뜨였다. 대성당을 치면 병사들의 주목이 쏠릴 테고, 그러는 사이에 다른 이들을 도망시킬 작정이다. 원한에 사무친 것처럼 군 것도, 자기를 설득하는 건 처음부터 무리였다고 내가 생각하게끔 하려 했을 뿐.

샤론은 시종일관 냉정했다.

“불가능해.”

어조도 주저 없이 싸늘하다.

“그 배는 상선이잖나? 노가 달려 있어도 그렇게 선체가 둥글면 속도도 별로 못 내.”

그에 비해 병사들이 싸움에서 타는 것은 꼬치고기처럼 가늘고 긴 선박에 노가 좌우로 빼곡히 뻗은 배다. 북방 도서지역의 바다에서 도망쳤을 때도 그런 배에 순식간에 따라잡혀 배의 옆구리를 강타당했다.

“하물며, 적지 않은 사람을 태워야 하니, 놈들의 눈을 피하는 한편으로 짐도 줄여야 하지.”

샤론은 손에 든 검을 검집째 땅바닥에 박았다.

물러서지 않겠다는 결의.

대성당을 상대로 싸우기로 마음먹은 시점에서 언젠가는 이렇게 될 줄 알고 있었던 게 아닐까.

차분한 샤론의 얼굴을 보다가 문득 깨달았다.

그렇지 않다.

샤론의 얼굴에는 좀 더 다른 의미가 있었다.

"샤론 씨."

나도 모르게 매달리듯 그 이름을 불렀다.

"내일에 대한 희망을 버리지 말아 주세요."

사람의 기색을 간파하는 데에는 일류인 뮤리가 어리둥절한 표정을 지었다.

한여름 태양 같은 뮤리는 상상도 되지 않는 일일 테니.

"…어떻게?"

그 말에 확신했다.

샤론의 저 차분한 모습은 여차하면 새의 모습으로 돌아가면 된다거나, 있는 대로 날뛰다가 붙잡혀 본보기의 도구가 되면 다른 이들은 목숨을 구할 거라는 냉철한 계산 끝에 나온 결론이 아니다.

거기에서는 비장한 결의조차 없는, 한없이 싸늘한 감정만이 느껴졌다.

샤론은 이제 세상에 기대하지 않는 것이다.

배를 타고 도망쳐 봐야 또 낯설고 싸늘한 육지가 이어질 뿐이라며 체념한 것이다.

"그런 쪽으로만 눈치가 빠른 건, 역시 신의 종복이라서인가."

샤론은 비뚜름하게 웃고는 어깨를 으쓱였다.

"세상이 아무리 가혹해도 목숨 걸고 지켜 주는 이가 있다는 것을 보여 주면 적어도 다른 사람들은 희망을 품을 수 있겠지. 다른 땅으로 가서도 내일에 희망을 걸고 살아갈 수 있을지도 몰라. 그게 진정한 의미에서의 구원이 될지 어떨지는… 모르겠지만."

중얼거리듯 그렇게 말한 샤론 본인은 희망을 품었다가는 짓밟히며 살아왔다.

그런 샤론이 나와 뮤리 사이로 시선을 내렸다.

정신이 들고 보니 뮤리가 내 손을 꼭 잡고 있다.

"아니, 구원이 되겠지."

온화하게 웃더니 흐르듯 쳐든 검의 자루 끝으로 내 가슴을 툭 쳤다.

"배 섭외는 맡겨도 되겠지? 그런데 항구에 있는 배는 상인과 어부들의 것이라 세금을 걷어 온 우리 징세인들을 위기에서 구해 줄 기특한 자는 없을 거야."

검 끝에서 샤론의 간절한 소망이 흘러드는 것만 같았다.

“물론입니다. 그리고 당신도….”

말을 차단한 것은 내 손을 뿌리치고 앞으로 나선 뮤리였다.

“내가 도울게. 닭 혼자서 뭘 하겠어?”

늑대인 뮤리라면 호로만큼은 아니어도 인간 병사와 싸울 수 있을 터. 마지막 순간엔 샤론을 입에 물고서라도 도망칠 수 있을지 모른다.

그러나 샤론은 고개를 가로저었다.

강하게, 몇 번이고 저었다.

“이건 내 이야기야. 부탁한다. 단 한 번이라도 나는 내 손으로 나의 길을 개척했노라는 확신을, 마지막으로 갖고 싶어.”

그리고 한층 강하게 검 자루 끝으로 가슴을 미는 바람에 발을 헛디뎠다.

샤론과의 사이는 고작 몇 발자국밖에 떨어져 있지 않은데, 영원처럼 보일 만큼 멀게 느껴졌다.

샤론의 뒤편에 있는 징세인들의 얼굴.

저들의 고통을 진심으로 이해할 수 있는 이는 저들뿐이다.

“배에 관해서 만큼은 좋은 소식을 기대하고 있겠다.”

샤론은 그렇게만 말하고는 몸을 돌려 회관 안으로 돌아갔다. 창에서 얼굴을 내밀고 있던 징세인들도 일제히 물러서고, 문 너머로 샤론의 큰 음성이 들려왔다.

샤론을 밧줄로 묶어 배에 태울 수 있을지도 모른다. 그러나 영혼까지 묶을 수는 없으니, 샤론의 영혼은 라우즈번 대성당에 사로잡힌 그대로.

뮤리가 놓은 손을 잡았다가, 풀었다가, 다시 잡는다.

그저 목숨을 연명하기만 하는 가축이 아니라 자신의 날개로 하늘을 날고, 자신의 발톱으로 양식을 움켜쥔다.

샤론의 결단은 뒤집을 수 없을 것이고, 누구도 그래선 안 될 것 같았다.

"뮤리."

이름을 부르자 뮤리는 소매로 얼굴을 훔친 뒤 돌아보았다.

"가요. 우리에겐 아직 할 수 있는 일과 해야 할 일이 있으니."

샤론을 설득하지는 못해도 쓸데없는 참견질은 신의 종복의 특기.

숨을 크게 들이쉬었다가 내뱉었다.

요제프가 도와준다 해도 샤론의 견해로는 도망칠 수 없다.

그러나 내게는 아직 붙잡을 수 있는 연줄이 있다.

"악마에게 혼을 팔아서라도, 라는 관용구가 있죠?"

샤론에게 부탁받았다.

아마도 샤론이 아직 어렴풋이 기대하는 희미한 빛줄기로서.

뮤리는 눈을 휘둥그렇게 떴다가 턱을 끄덕였다.

말을 달리자마자 라우즈번 거리에 밤의 종이 울려 퍼졌다. 종소리는 시각을 알리거나 시장이 서는 날을 알리거나 귀인의 방문을 환영하는 한편, 도시의 위기를 전하기도 한다.

불이 났거나, 외적이 습격했거나.

시정 참사회에 왕의 연락이 도달해 비상사태가 선포된 것이다. 지금쯤 시청사 앞에서는 선언문이 낭독되고 있으리라.

우리가 향하고 있는 곳은 불길한 종소리가 울려 퍼지는 거리 안에서도 한층 으스스한 일각이었다. 과거의 영화를 상상케 하는 만큼 되려 공허함이 감도는 곳.

밤의 어둠에 싸인 왕년의 곡물 공동창고는 침묵이 형태가 된 것처럼 어둠 속에 서 있었다.

"요제프 선장님의 배만으로는 샤론 씨 말대로 쉽게 따라잡힐지도 몰라요."

"그 여우가 타고 온 건 노가 달린 배였다고 했지?"

게다가 에이브의 연줄이 있으면 충분히 배를 띄울 수 있을 것이다. 배에 비용이 든다면, 에이브의 무한 자금이 있으니.

"하지만 말을 들어줄까?"

뮤리의 나직한 물음에는 대답할 수 없었다.

돌계단을 뛰어 올라가 문을 두드린다.

"에이브 씨! 접니다! 토트 콜입니다!"

상대는 에이브이니 시끄러운 시내에서 술이라도 마시고 있지 않을까 싶었지만, 그 성격으로 보아 자신의 잠자리를 텅 비워 둘 것 같지도 않다.

역시나, 문에 달린 감시창으로 날카로운 안광이 밖을 내다보았다.

"무슨 용건이오?"

"에이브 씨의 장사와 크게 관련 있는 일입니다."

달리 어떤 말보다 효과적일 게 틀림없다. 호위무사는 눈이 살짝 커지더니 "기다리시오." 하고는 안으로 사라졌다. 실제로는 그리 오래 걸리지 않았겠으나, 애가 타서 문을 다시 두드리려던 순간 걸쇠가 벗겨졌다.

"들어오시오."

"고맙습니다."

건물 안은 어둡고 착 가라앉아 있다.

복도에는 촛대조차 걸려 있지 않아 정말로 에이브가 있기는 한 건가 의심스러웠으나, 낮에 왔을 때처럼 바람이 흐르고 있어 창이 크게 열린 걸 알겠다.

그렇더라도 바깥에 바람은 없었던 것 같은데, 왜 여기에만 통풍이… 하고 이상하게 생각하다 보니 4층의 그 방에 다다랐다.

에이브는 발코니에 있었고, 테이블에는 촛대와 식사가 놓여 있다.

항구 불빛을 바라보며 우산 처자와 우아한 저녁 식사를 즐기고 있었던 모양이다.

"무슨 일이지? 약속한 시간까지는 아직 남았는데."

에이브는 그러면서 먹고 있던 올리브 열매의 씨를 발코니 너머로 뱉었다.

"에이브 씨, 당신의 거래도 제 소망도 모두 사상누각이었습니다."

커다란 의자에 대충 늘어져 기대듯 앉아 있던 에이브는 흥미가 당긴 듯이 자세를 바로 했다.

"무슨 뜻이지?"

"왕이 병사를 움직였습니다. 오늘 밤 중으로 도시를 포위하고 징세인을 체포하라며."

기사는 우리가 희망을 품도록 새벽이라고 했을 수 있다. 그렇지 않더라도 시간이 없다고 전하는 것은 거래의 상투적인 수법이라고 로렌스에게 들었다.

"하이랜드 님이… 당신들의 계획과 샤론 씨 측의 동기를 왕께 알리러 가는 도중에 사자와 마주쳤는지, 전언을 보내왔습니다. 저 종소리는 화재 경보가 아닙니다."

에이브는 이쪽을 물끄러미 바라본 후 시선을 거뒀다.

"…교회와의 전쟁 회피…만은 아니겠군. 그 말썽쟁이 왕자가 내란을 일으킬지도 모른다는 공포를 견디지 못한 건가."

테이블 위에서 일렁이는 밀랍의 부드러운 빛에 비쳐 에이브의 눈이 금색으로 빛난다.

"이 나라의 왕은 대대로 미덥지 못하지. 과연 양의 왕국다워."

내뱉듯 말한 뒤 손에 든 천을 뭉쳤다가 테이블 위에 던진다.

못마땅한 에이브의 표정에 우산 처자가 포도주가 든 항아리를 품에 안고 어쩔 줄 모른다.

"연회는 끝났다. 왕이 뭔가 결심을 했다면 그리 쉽게 뒤집히진 않지. 그런 왕에게 상인이 가까이 가 봐야 좋을 게 없어."

사람들이 따르는 법조차 멋대로 만들어 낼 수 있는 신분이니. 아무리 에이브라고 해도 맞설 수 없는 상대라는 뜻이리라.

"에이브 씨, 부탁이 있습니다."

밤바다를 바라보며 뭔가 생각하는 듯한 에이브에게 말을 걸었다.

"그렇겠지. 네가 친절한 마음에 그 사실을 전하러 왔을 리는 없을 테니."

그러면서 짓궂게 웃는 에이브에게 움찔했으나, 샤론 일행의 고뇌를 생각하면 지금 여기에서 기죽을 때가 아니다.

"배를 부탁드려도 될까요?"

에이브는 얼굴은 여전히 항구를 향한 채 시선만 이쪽으로 돌렸다.

노예상인이 사람의 값을 매기듯 싸늘한 눈이다.

"징세인들을 구해 달라고는 안 하나?"

"저도 로렌스 씨와 여행을 했고, 그 밑에서 오래 일했거든요."

에이브는 나직이 웃었다.

"후후, 그랬지. 교섭을 할 때 낮추고 들어가는 건 자기 입장이 위일 때여야 의미가 있지. 꽤 합격점을 줄 만한 서두였다."

"제 지인의 배만으로는 부족합니다."

에이브는 입을 다물고 코웃음을 쳤다.

"에이브 씨, 부탁합니다."

한 걸음 내딛고 말했다.

"어떤 대가를 치르면 움직이시겠습니까?"

배를 구할 수 있을지 없을지는, 물을 것까지도 없이 가능할 터.

그렇다면 요점은 에이브가 거기에서 이익을 보느냐 마느냐.

"그 몸이라도 팔겠다고?"

에이브의 물음에 움직인 것은 뮤리였다.

"대가는 당신 목숨일 수도 있다고 하면?"

나는 예상도 못 한 것을 천칭 위에 올린 뮤리에게 에이브는 눈이 휘둥그레지더니 웃었다.

"쿠쿠. 저 어딘지 모르게 음침한 늙은 늑대도 옛날엔 이런 느낌이었겠지."

호로를 늙은 늑대라 부르는 것은 세상이 아무리 넓다 해도 에이브뿐이리라.

“그 거래 제안은, 이야기는 나쁘지 않으나 마무리가 부족하군. 진심을 보일 거면 혼자 왔어야지. 그랬으면 내가 진지하게 고려했을 텐데.”

호위무사들이 한꺼번에 달려들어도 늑대인 뮤리를 막기는 어렵다. 그러나 에이브가 내 말대로 하게 만들기 위해 그런 난폭한 짓을 허락할지 말지는 상황에 달렸고, 아직은 그 수준이 아니다.

에이브는 조용히 계산한 결과, 우아하게 미소 짓고 있다.

“자기에게 돌아올 더러운 이익을 좇아 움직이다 보면 거기에 부응해 더러운 수단을 쓰는 것도 아무렇지 않게 되는데, 너는 정의감에서 움직이지. 수단은 한정돼 있어.”

왠지 딱하다는 듯 에이브는 말한 뒤 짤막하게 덧붙였다.

“징세인을 구한다고 내가 얻을 이익은 전혀 없지.”

배를 빌리는 것은 공짜가 아니다. 위험하다면 더더욱.

징세인들에게 재산이 있을 리도 없으니.

그렇다면 이렇게 말할 수밖에 없다.

“제가 당신을 위해 일하면 비용은 이내 갚을 수 있지 않겠습니까?”

여명의 추기경의 이름은 써먹을 가치가 있을 터.

그리고 샤론 측 징세인들의 목숨을, 미래를 구해 낼 수 있다면 더러운 일이라도 상관없다.

"각오를 좀 한 것 같긴 한데, 상대가 나라면 그렇게 더러운 일은 안 시킬 거라고 믿는 얼굴이군?"

에이브가 기쁜 듯이 웃으면 말로 형용할 수 없는 아름다움과 두려움이 느껴진다.

"그럼 안 됩니까?"

"안 될 건 없지. 상대를 확인하지도 않고 뛰어드는 건 어리석은 자들이 하는 짓이다. 그리고 뭐, 네 견해는 대충 맞고."

"과연 그럴까?"

뮤리가 짓궂게 말하자 에이브는 어깨를 으쓱였다.

"그라는 도구를 가장 효율적으로 쓰자면, 정의라는 양식을 부여하는 쪽이 나을 테니까. 안 그래?"

뮤리는 입을 꾹 다문 채 나를 힐끗 보았다. 분하지만 에이브의 말이 맞다고 생각하는 얼굴이다.

"보통 사람은 선과 악을 적당히 갖고 있지. 그러니 어중간한 결과밖에는 못 내. 대성당 놈들이 좋은 본보기잖아?"

그러고는 에이브는 의자에서 일어나 가볍게 기지개를 켰다.

밤의 항구를 참으로 아름답다는 듯이 바라보는, 우아한 귀족처럼 보였다.

"그러나 네게는 믿기지 않을 정도의 신앙심이 있지. 아니, 내 생각엔 그건 신앙심조차 아니야. 그냥 네 성격이지. 비뚤어진 것을 용납하지 못하는 성격. 이 세상은 올바르지 않으면 안 된다고 믿고 있다고도 말할 수 있겠군."

"칭찬하는 겁니까?"

"물론이지."

에이브는 대답하더니 테이블 위에서 소시지를 얇게 자른 것 하나를 집어 입 안에 던져 넣었다.

"너라는 존재는 신앙이든 정의감이든 뭐라고 하든 상관없는데, 아무튼 자기가 믿는 것을 화로에 지피면 쇠도 녹일 수 있지. 그런 식으로 아티프에서 여기까지 다양하게 비뚤어진 것을 바로잡아 왔을 거야."

"그럼, 당신이 배를 구해 주는 것쯤은 저렴한 거래 아닙니까?"

그렇게 말했을 때였다. 에이브는 이쪽을 돌아보고는 고개를 가로저었다. 냉철한 표정도, 짓궂은 표정도, 얼빠진 거래를 제안한 애송이에게 어이없어하는 표정도 아니었다.

몹시 서글픈 얼굴로 고개를 저었다.

"그건, 아니지."

"어째서요?!"

징세인을 구할 수 있을지 없을지는 에이브에게 달렸다 해도 과언이 아니다.

샤론은 이미 내일에 아무런 기대를 하지 않고, 적어도 다른 이들만이라도 희망을 품을 수 있도록 스스로 희생하려 한다. 그런 샤론에게서 부탁을 받았다.

한 걸음 내디디자 우산 처자가 사람을 부르려는 듯 입을 벌린다.

에이브는 그것을 손으로 제지한 뒤 말했다.

"너 같은 인물을 거래에 쓰면 푼돈을 버는 건 어렵지 않지. 하지만 징세인들을 배에 태워 왕이 쫓아오는 와중에 도망치게 하는 것의 대가로 삼는 건 어려운 거다."

"하지만…."

"너는 하이랜드 경을 왕에게 보냈지? 그러면 내가 도망치게 했다는 건 대번에 알게 돼. 지금 상태에서 나는 아직 사리사욕 때문에 대성당의 계획을 이용한 수상한 수전노에 지나지 않지만, 왕이 잡으려는 포획물을 도망치게 하면 명백한 반역자가 되는 거다. 나는 향후 10년… 아니, 다음 대의 왕이 이 일을 잊지 않는 한, 다시는 이 나라에서 제대로 된 장사를 할 수 없게 된다."

에이브는 우산 처자에게 미소를 지어 안심시킨 후 다시 이쪽을 본다.

"더욱이, 나는 상인이야. 천칭의 기울기를 보고 거기에서 이익을 끌어내는 것을 생업으로 삼고 있지. 그러니 나는 너를 믿을 수 없는 거다."

너를 믿을 수 없다는 말에 숨이 막혔다. 달리 그 어떤 욕은 맞을지라도 저 말만큼은 맞지 않는다고 생각하니까.

"후후. '얼빠진 얼굴'이라고 제목을 달아서 걸어 두고 싶을 정도군."

에이브의 짓궂은 웃음에 뺨이 뜨거워진다.

그것을 막은 것은 뮤리였다.

"오라버니, 나 때문이야."

그 말에 돌아보았으나 혼란스러웠다.

"어?"

"저 여자가 오라버니를 못 믿겠다고 하는 거, 나 때문이야. 그렇지?"

뮤리의 물음을 들은 에이브는 가만히 서 있었다.

뭔가 멀리 있는 눈부신 것을 보는 듯한, 손에 넣을 수 없는 것을 바라보는 듯한 얼굴이었다.

"그래, 맞다. 나는 너의 첫 번째가 될 수 없지. 그러니까 못 믿는다."

에이브는 나보다 열 살, 아니, 스무 살은 많은 연상일 터. 물론 재기발랄해서 그런지 꽤 나이를 먹었을 텐데도 전혀 쇠한 데가 없다. 오히려 어릴 적 만났을 때보다도 더 생기가 넘친다고 할 수도 있다.

그런 에이브가 노파처럼 서글픈 웃음을 지었다.

'연기'라는 생각조차 들지 않은 것은, 에이브 본인도 자기가 그런 표정을 짓고 있다는 자각이 없을 것이라서.

"그러니, 혹시 네가 거기 있는 계집애를 온천 김 속으로 돌려보낸다면 널 믿어 주마."

에이브는 악의는 눈곱만큼도 보이지 않고 그렇게 말했다. 내일도 동쪽에서 해가 뜬다면, 이라는 무의미한 맹세에 가까울 만큼 당연한 듯이 말했다.

"그 애를 산속으로 돌려보내고 내 곁으로 와서 의식주를 함께 하고 나한테 충성을 맹세한다면 조금은 검토해 보겠다."

덧붙인 말은 아마도 진심을 드러낸 게 겸연쩍어 그런 건 아닐까 싶었다.

"하지만, 그렇게는 못 하겠지? 게다가 너와 그 아이의 사이는 거리로 희미해질 것이 아니지. 네가 목숨이 위태로운 상황에서 떠올릴 것은 나와 맺은 계약이 아니라 거기 있는 그 아이일 게 뻔하니. 그리고 살아 돌아가기 위해서라면 그 어떤 수라도 쓰겠지. 신을 저버리고라도."

대꾸하지 못한 것은 쉽게 상상이 갔기에.

"그런 놈을 수하에 둘 순 없지. 유용하면 유용할수록 더 그래. 유용하면 한동안은 잘 풀려서 돈도 척척 쌓아 올리지. 그러고는 어느 날, 정말로 소중한 분기점에 이른 순간, 너는 내가 아니라 그 계집애를 잡을 거다."

에이브는 조용히 어깨를 으쓱였다.

“나는 목숨보다 소중한 돈과 너를 동시에 잃는 거지.”

자조하듯 웃는 에이브의 곁에 우산 처자가 가만히 서 있다.

에이브는 그쪽을 보고 다정히 웃는다.

늘 누군가가 누군가를 거듭 배신하고, 어제의 돈벌이를 내일은 날려 버릴지도 모르는 거래에 몸을 던진 자만의 사고방식.

하지만 거기에는 경험으로 뒷받침된 자만이 뿜어낼 수 있는 확고함이 있었다.

“그러니 안 된다. 나는 널 도와줄 수 없다.”

에이브는 논리의 도끼를 내리치고, 막을 닫았다.

“징세인은 살릴 수 없다. 그런 운명인 놈들이 분명히 있지. 나 자신도 이렇게 기어 올라온 게 기적이라고 느낀다. 그러니 드문 일은 아니지.”

저런 말을 하는 것이 거듭 타격을 주기 위해서가 아니라 에이브의 상냥함에서라는 것을 알기에 더 얼굴이 일그러졌다.

“너는 고뇌하고, 한탄하고, 신께 기도하면 된다. 그럴 때 곁에 헌신적인 소녀도 있으니. 성인전에 나오는 이야기 그대로 아니냐. 여명의 추기경으로서의 네 질은 한층 올라갈 것이다, 토트 콜.”

이름을 불리자 고개를 들었다.

눈앞에 있는 것은 어린 시절에 만난, 여러모로 돌봐 주었던 에이브다.

“너는 그 꿈결 같은 온천장에서 밖으로 나왔다. 그것은 무엇 때문이냐. 안온한 꿈속에 빠지기 위해서는 아니겠지.”

로렌스와도, 호로와도, 뮤리와도 다른 격려의 말. 에이브는 나를 미워하는 것도, 함정에 빠뜨리려는 것도 아니다. 그저 한 결같이 공평한 것이다.

“자, 이야기는 끝났다. 너는 네 손이 닿는 범위 내에서 발버둥 치거라.”

아무 말도 할 수가 없다. 샤론의 희망, 징세인들을 구하는 방법을 가진 인물이 눈앞에 있는데도 손을 내밀 수가 없다.

어두운 바닷속에 떨어졌을 때 올려다보았던 뱃전의 높이가 떠오른다. 불가능한 것은 불가능하다는 그 감각이 되살아난다.

구원이 있다면, 함께 빠지기를 마다하지 않는 뮤리가 곁에 있다는 믿음.

“자, 모처럼 네가 재빨리 정보를 가져다주었으니 나도 일을 해야 하겠군. 이만 가야겠다.”

그것은 음모를 꾸민 에이브 본인이 도망치기 위해서인가. 물론 그것을 비난할 수는 없다. 에이브와 징세인 사이에는 아무런 연관도 없고, 오히려 에이브는 나보다 훨씬 그들의 입장에 가깝다. 우산 처자에게 눈짓한 뒤 나란히 나가려는 에이브를 막을 수가 없다.

이곳에서 재빨리 도망친다 해도 비난할 수는 없다.

어?

문득 속으로 중얼거렸다.

에이브는 도망친다고 하지 않았다. 일을 해야 한다고 했지.

그러다 생각이 미친 것은, 에이브가 청탁받았다는 두 번째 계약이었다. 아르고 측을 처분하고 싶은 상회 본부로부터 청탁을 받았다는, 아르고 측을 함정에 빠뜨릴 이야기.

그러나 지금, 이 상황에서 대성당으로 가려는 건가 하는 생각에 엉겁결에 말이 튀어나갔다.

“에이브 씨, 대성당으로 가는 건 위험합니다. 샤론 씨 쪽이 무기를 들고 가 있을 테고, 왕의 사자는 시정 참사회를 움직여 도시의 군대를….”

거기까지 말하다 뒷말이 이어지지 않았다.

이쪽을 본 에이브의 얼굴에 압도됐다.

“에이브, 씨?”

“읏.”

에이브는 숨을 삼켰다가 퍼뜩 정신을 차렸다.

그리고 얼굴을 외면한다. 몹시 낭패한 표정이었다.

저 얼굴은 뭐지? 왜 나를 그런 얼굴로 봤지?

나의 멍청한 참견에 짜증을 낼, 어린애 같은 성격일 리 없는데.

의미가 있을 텐데.

어째서? 그보다 에이브는 지금 이 상황에서 무슨 일을 하려는 거지?

그뿐 아니라, 그건 틀림없이 나는 알아서는 안 되는 일인 것이다.

"그런 눈으로 나를 보지 마라, 콜."

곤란한 듯이 웃는 에이브.

하지만 나도 저 웃음에 속을 만큼 멍청한 양은 아니다.

나는 알아서는 안 되는 에이브의 일이라면, 아르고 측을 고발하는 이야기일 리는 없다. 그거라면 나도 이미 알고 있고, 왕국이 전쟁을 피하는 쪽으로 결단을 내린 지금, 아르고 측을 고발하는 것이 우리 쪽에 나쁜 의미를 띨 것으로는 보이지 않으니.

그럼 에이브가 달리 꾸미고 있는 일은 뭐지?

에이브의 눈을 빤히 응시한다. 뇌리를 스친 것은 세 마리 소가 뿔을 맞대고 있는 상황이었다. 징세인들에게서 이익을 끌어낼 수 없게 된 이상, 에이브에게 이용가치가 있는 것은 나머지 하나뿐이다.

대성당.

"콜."

조바심이 난 듯한 에이브에게 재차 이름을 불리자 튕기듯 돌아본 쪽은 발코니 너머 항구의 불빛에 희미하게 비친, 검은 바다.

에이브는 대주교와 성직자들이 짜낸 비틀린 아비의 마음을 배신했고, 청탁받은 배신을 위해 동료인 아르고 측마저 배신했다. 그 어둠의 깊이는 바닥이 없는 것처럼 보였다.

그럼 한 단 더 있어야 하는 것 아닌가? 이런 때를 위한 대책이 있어 마땅한 것 아닌가? 그것도 대성당과 관련한 것으로.

그러나 이 상황에서 에이브가 어슬렁어슬렁 대성당으로 갈 것으로는 생각되지 않았다. 대성당 주변은 이미 대혼란에 빠져 있을 게 뻔하다. 무엇보다 하이랜드가 이곳에서 소용돌이치는 음모를 왕에게 보고하러 가 있으니 그야말로 그 음모의 주역인 에이브가 그런 곳을 어정댔다가는 괜한 의심만 살 것이다.

그게 아니면 역으로 생각해, 대주교 측에 비호를 청한다?

그럴 수도 있겠다 싶지만, 위화감이 있다. 에이브가 그런 순순한 짓을 할 리가?

아니다. 에이브라면 틀림없이 대주교 측에 생색을 내려고 할 것이다. 그러면서 자신에게도 이익이 될 만한 대책을 마련할 터… 라고 생각하다 깨달았다.

"대주교님 일행을 방패로 쓸 생각입니까."

에이브는 표정을 바꾸지 않았다. 눈썹 하나 까딱하지 않는다는 표현 그대로.

그러나 저것은 훈련된 상인이기에 지을 수 있는 무표정이다.

감정을 읽히지 않겠다는 반사적인 행위가 오히려 그 심중을 소상히 밝힌다.
정답이었다.
에이브는 이곳에서 도망치려는데, 조건은 징세인들과 그다지 다르지 않다.
그런 점에서 확실하게 도망칠 유일한 방법은 왕이 신경 쓰지 않을 수 없는 상대방이다. 대성당의 대주교 일행을 끌어안는 경우에만. 그 또한 필시 에이브가 대주교 일행에게 도움을 청하는 것이 아니라, 징세인들의 소동에서 그들을 구출해 냈다는 형태로 교회에 생색을 낼 것이다.
그래서 그만 '일'이라고 말을 해 버린 것은 아닐까.
그러나 그래도 여전히 수수께끼가 있다.
에이브는 어떻게 대성당에서 대주교들을 데리고 나오려는 것인가.
거기에서 막힌 것이 표정으로 나왔던 것이리라. 에이브의 뺨이 풀어졌다.
"나중에 너희에게 편지를 보내 주마."
승자의 여유.
언제 무슨 일이 있을지 모르는 신분인 그들은 늘 주도면밀하게 준비한다.
대성당에서 대주교 일행을 데리고 나오는 일도 하이랜드가 임대한 대저택을 떠올리면 어렵지 않다. 왜냐하면 대성당은 이 도시의 중심이자, 아마도 그 저택보다 훨씬 역사가 오래되었을 테니….

"앗!"

두 가지 일이 벼락 치듯 이어졌다.

그리고 에이브의 행동은 빨랐다.

일보 직전에 몸을 틀어 에이브의 손을 막을 수 있던 것은, 일찍이 로렌스에게 에이브라는 인물의 맹렬함에 대해 들었던 덕분이다.

하지만 자세가 무너져 엉덩방아를 찧은 순간 밑에 깔렸고, 에이브는 그대로 멱살을 잡고 체중을 실어 내 머리를 바닥에 내리쳤다. 흐르는 듯한 동작에 충격을 받는 와중에서도 스스로 감탄했을 만큼 어떻게든 감지 않고 있던 시야 속으로 에이브가 허리에서 단검을 뽑는 것이 보였다.

이쪽도 망설일 생각 없다.

"뮤리!"

짐승이 포효했다.

에이브가 단검을 완전히 뽑을 새도 없이 은빛 덩어리가 몸 위를 지나갔다 싶은 직후, 에이브가 발코니 바닥에 엎어져 은빛 짐승에게 눌려 있었다.

"커헉… 쿨럭."

숨을 다시 들이쉬고, 머리를 부딪쳐 일어난 현기증을 가라앉힌다. 우산 처자를 경계했으나, 처자는 에이브의 모습에 울 것 같은 표정을 지을 뿐 무기를 쥐려 하지는 않았다.

"이 건물에 들어섰을 때부터… 쿨럭, 묘하게 신경이 쓰였습니다."

자리에서 일어나, 소란을 듣고 호위무사들이 복도에서 방으로 들어온 것을 본다.

발코니에서 주인을 물어뜯으려 하는 은빛 늑대를 보고는 아무리 그들이라도 겁을 먹었다.

"이렇게 바람 없는 조용한 밤인데, 어째서 이 건물 안은 이토록 바람이 잘 드는 걸까 하고."

「크르르르르….」

뮤리는 호위무사들을 노려보는 한편, 힐끗 나를 보았다.

뮤리도 알아채지 못했던 것이리라.

"이 건물은 이 구역에서도 오래되고 유서 깊은 건물이죠. 게다가, 예전에는 여기에 큰 배를 갖다 댔었다. 즉."

에이브는 뮤리에게 팔을 눌린 상태에서도 단검을 쥐고 놓지 않는다. 그 끈질김에 거의 감탄하며 말했다.

"지하통로가 있지요?"

대성당까지 이어진.

이런 변두리에 진을 친 것은 에이브의 미의식인지도 모르겠으나, 에이브의 미의식은 곧 돈벌이다.

"에이브 씨."

이름을 부르자 단검을 쥔 손에서 힘이 툭 빠졌다.

쨍강, 건조한 소리가 난 후 에이브가 말했다.

"너희들은 물러가 있어라."

그 말에 호위무사들은 항의하려 했으나 그것도 한순간이었다.

뮤리가 으르렁대며 이빨을 보인 것이다. 현랑 호로처럼 거대하지는 않아도 숲에서 마주쳤다가는 살려 달라고 비는 것 외엔 모든 게 무의미하다는 것을 알게 하기에 충분한 모습이다.

"…너한테 신중하지 못하다며 잘난 척을 해 놓고는 이 꼴이다."

에이브는 한숨을 섞어 가며 말했다.

"일이라고 무심코 입을 잘못 놀린 게 패인이었나."

에이브가 웃자, 뮤리가 누르듯 힘을 주었는지 곧 으윽 하고 신음한다.

"뮤리."

나무라자 꼬리를 크게 좌우로 흔든 뒤 불만스러운 눈빛을 보내온다.

"목숨은 살려 줄 건가?"

선처를 바라는 모습은 눈곱만큼도 없으나, 뮤리가 자기를 물어 죽이고 싶어 한다는 것은 알았으리라.

"당신한테 달렸습니다."

"……."

믿기지 않게도 에이브는 잠자코 숙고했다.

이런 상황에서 바로 그러마 하고 대답하지 않는다는 점에는 경의마저 들어 왠지 기뻤다.

"나한테 뭘 시킬 작정이냐."

대답 여하에 따라서는 스스로 혀를 깨물어 죽어 주겠다는 투다.

"샤론 일행은 대성당으로 쳐들어갔습니다. 그럼, 구해 낼 수 있겠지요?"

에이브는 뮤리에게 눌려 있으면서도 끔찍하게 싫은 표정을 지었다.

"…나는 그렇게 생각하지 않지만, 아니라고 하면 나는 이 녀석의 먹이가 되겠지?"

자리에서 일어나 목을 울려 대는 뮤리의 목덜미를 쓰다듬으며 에이브를 내려다보았다.

"당신은 싫겠지만, 그것밖엔 길이 없습니다. 대성당의 문을 열어 샤론 일행을 안으로 들인 후, 이곳으로 인도해 당신이 준비한 배에 태웁니다. 대성당의 성직자들이 같이 타면 왕은 손을 대지 못합니다. 아닙니까?"

"이론적으로는."

에이브는 그런 뒤 한숨을 쉬었다.

"해 보면 되겠지. 적어도 나나 너는 문제없이 목숨을 구할 것이고, 나도 얼굴을 내밀면 놈들과의 약속은 지킬 수 있으니까."

에이브는 대주교 측을 태연히 배신하면서도 여차할 때에는 구출할 계약도 맺었다. 누구의 편도 아니라 오로지 황금을 위해.

"그럼 안내하십시오, 뮤리."

뮤리는 이쪽을 돌아보고는 마지막 발버둥처럼 에이브의 가슴을 꾹 누른 후 앞발을 뗐다.

"뮤리, 클라크 부제님과 아이들을 어떻게든 데려오고 싶은데요."

그들은 고아원에서 돌아가는 상황도 알지 못한 채 도시의 위기를 알리는 종소리에 떨고 있을 것이다.

뮤리는 이런 상황에서도 어리광을 부리는 개처럼 목덜미를 비벼 대며 쓰다듬으라고 재촉했다. 복슬복슬하지만 뻣뻣한, 신비한 털을 쓰다듬어 주자 됐다는 투로 코웃음을 치고는 말했다.

「유비무환이라고 했지. 오라버니, 편지를 써 줘. 개한테 가지고 달려가게 할게.」

길을 오갈 때마다 뮤리는 떠돌이 개를 겁주곤 했다. 양의 화신인 일레니아에게 배운 것이라고 했다. 여차하는 때엔 시내에 있는 동물을 내 편으로 만들어 두라고.

"에이브 씨."

"알았다, 알았어. 어이, 들었지?"

에이브는 자포자기한 투로 호위무사를 향해 말했다. 호위무사는 뮤리가 말을 한 것이 믿기지 않는지 말 그대로 떨고 있었다. 당황한 모습으로 방에 있는 선반에서 종이와 잉크를 가져와 바닥에 놓았다.

"도주시키고 싶은 사람들을 이리로 불러오려는데, 상관없지요?"

에이브에게 확인하자 뿌루퉁하게 고개를 외면했다.

"하여간, 돈 안 되는 일만 있네."

에이브는 털썩 앉아 못마땅한 듯이 말했다.

비밀통로는 예전에 곡물을 대량으로 보관하기 위해 반지하로 만든 1층의 잡동사니가 쌓인 그 너머, 벽돌을 쌓아 만든 가짜 벽 뒤에 있었다.

가까이 가니 확실히 바람이 불고 있고, 벽돌 틈 사이로 휘이이잉 하는 작은 소리를 들을 수 있었다.

「크르르르….」

뮤리가 느릿느릿 다가가 앞발 일격으로 벽돌을 날린 뒤, 벽 너머에 나타난 쇠창살에 감긴 사슬을 물었다.

"어이, 열쇠 있는데."

에이브의 제지도 듣지 않고 사탕세공처럼 사슬을 물어뜯는다.

"…좋은 철을 쓴 사슬인데…."

그런 사슬을 물어뜯다니, 라는 뜻이 아니라 비싼 물건이었다는 뜻이리라.

"에이브 씨 쪽이 앞장서세요."

"…아무리 내가 죽음을 두려워하지 않는다고 해도 한도는 있다. 이 상황에서 습격하겠어?"

"글쎄요?"

에이브는 한숨을 쉬고는 호위무사들에게 눈짓해 지하통로 안으로 먼저 들여보냈다. 클라크 일행이 왔을 때를 위해 우산 처자와 장부가 창고에 남기로 했다.

에이브 곁에 뮤리가 있는 이상, 일단 배신은 못 한다.

"죄수가 따로 없군. 이러면 되겠나?"

고개를 끄덕이고 어서 걸으라고 재촉했다.

지하통로는 서늘하고 축축하기는 했으나 사람이 자주 드나들었는지 손질이 되어 있었다. 군데군데 벽에 설치된 촛대에도 그다지 오래되지 않은 녹은 초가 달라붙어 있다. 천장도 높고, 평범하게 서서 걸어갈 수 있으니, 옛 시대에는 진짜 전쟁에 쓰이기도 했으리라.

아무도 말을 하지 않는 가운데 그런 지하통로를 걸어가며 생각한 것은 에이브의 말이었다.

대성당의 문을 안에서 열어 샤론 일행을 숨겼다가 지하통로를 통해 에이브가 대기시킨 배에 다른 징세인들도 태워 도망친다. 성직자가 타고 있으면 왕은 손을 대지 못할 것이다.

이론상으로는 맞고, 에이브고 그 점은 인정했다. 애당초 에이브는 그 방법으로 무사히 도망칠 생각이었으니까.

그런데도 에이브는 징세인을 태우는 계획에는 부정적이었다.

새삼 뭔가 그 점에서 계략을 세울 것 같지는 않은… 아니, 이렇게 생각하면 방심하는 건가?

앞장서 가고 있는 에이브의 뒷모습에서는 아무것도 알 수가 없다.

게다가, 하는 수밖에 없다. 이제 시간은 남아 있지 않다.

"응?"

하고 에이브가 우뚝 선다. 뮤리도 귀를 세웠다.

"위치적으로 대성당으로 가는 징세인 집단이겠군."

희미하게 공기가 떨리고 있다. 머리 위로 수많은 사람이 걷고 있는 것이다.

"서두릅시다."

에이브는 어깨를 으쓱이고 다시 걸음을 내디딘다.

거기에서 소교구 하나쯤을 더 걸었을까. 지하통로의 끝에는 들어왔을 때처럼 쇠창살이 있었다. 뮤리가 입에 물고 철제 자물쇠가 비틀자, 불꽃을 튀기며 뜯겨 나가는 것을 에이브는 이번에는 잠자코 보고 있었다.

"보물창고?"

계단을 올라 손에 들고 있던 촛불로 비추자 은잔과 수많은 보석 장식품이 선반에 진열돼 있었다.

"돌아갈 때 몇 개 가져가면 노잣돈에 보탬이 되겠군."

에이브는 농담을 하고는 호위무사에게 눈짓해 문에 달린 자물쇠를 열게 했다.

"보물창고 안쪽에 자물쇠?"

"입구는 침입구도 되니까. 대성당 쪽에서 들어오면 그쪽 문이지."

오호라, 하고 고개를 끄덕였다.

"자, 네가 원하는 결과가 될지 어떨지는 신께서만 아시겠구나."

대성당에서 저런 소리를 하는 건 일부러 그러는 거겠지.

에이브 일행과 함께 보물창고를 나서자 돌로 된 한적한 복도가 나왔다.

벽에는 성전의 일부가 그려져 있기도 하고 교회 문장기가 걸려 있기도 했다.

거기에서 더 계단을 올라 머리 위를 막은 판을 치우자 대성당에서 가장 훌륭한, 예배를 드리는 공간의 설교단 뒤가 나왔다. 꼭대기를 우러르자 천장에 그려진 천사가 미소를 지으며 이쪽을 내려다보고 있다.

"……."

대성당이 거대한 것은 물론 알고 있었다. 그러나 내부는 상상 이상으로 텅 비어 있었다.

뮤리를 보자, 뾰족한 늑대 귀를 전후좌우로 움직이며 크르르 소리와 함께 에이브를 노려보고 있다.

"어이, 노려보지 마. 함정 아니야."

역시 상당히 텅 빈 느낌인 것은 기분 탓이 아니다. 인기척이 없었다.

"그리고 아무도 없는 게 아니야. 필경실에 틀어박혀 있겠지. 이쪽이다."

에이브가 이끄는 대로 따라간다. 발소리가 몹시 울려 다소 으스스했다.

게다가 아무래도 신경이 쓰이는 것은 멀리서 들려오는, 땅울림 같은 소리였다.

"광장에 배우들이 모이고 있는 거겠지."

대성당 정면 입구 쪽을 보고 있자 무엇을 신경 쓰는지 눈치챈 듯한 에이브가 그렇게 말했다.

"뭐, 시정 참사회의 병사들이 징세인들과 검을 마주하지는 않을 거야. 도시 위병들도 징세인들과 엇비슷한, 떠돌이에서 조금 나은 입장이니까. 신변의 위협을 감수해 가면서까지 징세인들과 싸우진 않겠지. 왕의 군대가 도착할 때까지는 서로 노려보기만 할 거다."

그러면 다행이겠는데, 하고 생각하고 있자 측랑이 나오고, 방이 몇 개나 늘어선 복도가 나왔다. 에이브는 주저없이 왼쪽을 돌아 문 하나를 천천히 두드렸다.

"나요. 에이브요. 문 열겠소."

문 위에는 '신 앞에서 침묵하라'는 글귀를 안은 악마의 조각상이 있다.

에이브가 문을 열자 잉크와 양피지의 진한 냄새가 감돌았다.

"대주교, 당신한테 손님이오."

에이브에 이어 방으로 들어가려 하자, 뮤리가 몸이 스칠 만한 거리까지 바짝 다가와 함께 들어갔다. 불시공격을 경계했다는 것을 뒤늦게 깨달았다.

"손님…?"

그리고 새하얗고 복슬복슬한 큰 덩어리가 느릿하게 움직인 것처럼 보였다. 긴 백발과 수염에 비만한 거구를 웅크리고 필경대 앞에 앉아 있던, 노성직자 한 사람이었다.

"이건… 진귀한 손님이."

뮤리의 모습에 놀랐다가 얌전히 앉는 것을 보고는 조금 안도한 듯했다.

"이쪽은 더 진귀한 손님이지. 여명의 추기경이오."

대주교는 눈이 휘둥그레져서 나를 보았다.

"이 어, 찌… 그대가…."

"토트 콜이라고 합니다."

인사는 했으나 어떤 표정을 지어야 할지 몰랐다. 이 인물이 대주교라면, 샤론 측 이야기를 알면서도 다양한 계략을 써서, 죄를 깨끗이 인정하는 것도 비밀리에 대화하는 것도 거부한 채 제 몸 하나 지키는 데만 급급했던, 경멸해야 할 타락한 성직자다.

그러나 대주교라 불린 노성직자는 뇨히라의 탕에서 자주 볼 수 있는 고위 성직자들과 전혀 다를 게 없었다. 성깔이 있어 보이기는 하나 지식도 경험도 풍부하고, 성직에는 매우 열심. 마찬가지로 술과 고기도 아주 좋아하고 젊은이를 능가하는 대식가.

악인은 아니다.

그렇다고 선인도 아니다.

"…라우즈번 대주교구의 대주교, 프라이스 야기네… 이오만…."

야기네는 당황했는지, 배꼽 있는 데까지 오는 희고 긴 수염을 잡았다.

"에이브 군, 어째서, 나를?"

"계약이오. 여차하면 당신을 데리고 나가겠다는 계약."

"여차하면…?"

"종소리를 못 들었나? 왕이 이 도시를 포위하고 있소."
야기네는 조금 놀란 표정을 지었으나 그렇다고 의자에서 바로 일어서지도 않았다.
지친 듯이 한숨을 쉬었을 뿐.
"그런가. 그런데 저이는 왜 여기에?"
"저는 징세인 여러분을 돕고 싶습니다."
말에 끼어들자 야기네가 이쪽을 보았다.
"대주교님, 대성당의 문을 열어 주십시오."
"문을? 아니, 잠깐, 잠깐만 기다려 주시게. 왕이 이 도시를 포위해? 하지만, 무엇 때문에? 교회를 상대로 전쟁을 결의했나?"
야기네가 에이브를 보자, 에이브는 어이없다는 한숨을 지었다.
"그 반대요. 징세인이 당신들을 몰아붙이려 하는 바람에 왕국은 교회와 전쟁이 날 것을 두려워했소. 왕은 징세인을 체포하러 온 거요."
"어, 어찌 그런…! 징세인은 왕권 밑에서 행동하고 있는데… 게다가 교회와의 화해뿐이라면 그럴 필요는 없지 않은가."
"징세인이 누구의 뒷배를 얻고 있는지 생각해 보시오. 저 말썽꾸러기 왕자요."
노주교는 눈이 커졌다가 이마에 손을 얹었다.
"클리벤드 왕자… 그자가 아직도 왕위를 포기 안 했나."

"대주교님이 주교좌에 집착하는 것 또한 마찬가지 아닙니까?"
에이브와 야기네의 대화에 최대한 가시를 박았다.
에이브는 얄궂은 웃음을 짓고, 야기네는 어깨를 추켰다.
"…부정은 못 하겠소. 그러나."
"이유가 있다고 말씀하시고 싶겠죠. 저는 그런 이야기는 질리도록 들었습니다. 다들 각자 사정이 있다는. 대주교님이 여기에 혼자 남아 있는 것도 그런 거죠?"
나머지는 어떻게 되었는가.
진작 도망쳐서 이 야기네가 마지막 책임을 홀로 맡고 있다.
"…나는 대주교요. 여기를 떠나게 되는 건 신께서 나를 부르러 오실 때뿐이지."
"부르러 온 게 나라서 안됐군."
에이브는 어깨를 으쓱이며 말한 뒤, 근처에 있는 서대를 주먹으로 탁탁 쳤다.
"어서 준비하시오. 계약대로 배를 대기시켜 놨으니."
"자, 잠깐. 방금 여명의 추기경이 한 이야기는?"
야기네는 그러면서 나를 보았다.
필시 샤론 일행이 마음에 걸려서일 것이다.
아무리 봐도 사람 좋아 보이는 얼굴에 뭐라 말 못 할 초조함이 인다.
"샤론 일행은 이리 차이고 저리 차인 끝에 내일을 믿지 못하게 됐습니다. 그래도 자신을 희생해 아이들과 동료를 최대한 도망시키면, 도망친 동료는 누군가가 구해 줄 거라는 희망을 품을 수 있다는 생각에 검을 든 겁니다.”

죽음을 각오하고 대성당으로 쳐들어간다고 뭐가 어찌 되겠냐는 물음에 샤론은 말했다.

아무것도 달라지지 않는다. 그저, 놈들의 목을 칠 때 후련해지겠지.

그 비틀린 웃음은 연기가 아닌, 샤론의 거짓 없는 일면이다.

하지만 샤론이 그토록 사무친 원한 끝에 그동안 대치했던 인물이 이 야기네라는 걸 알았을 때, 어떤 기분일지 상상하면 토할 것만 같은 슬픈 감정만 솟는다.

야기네가 눈 밑이 거무칙칙해져서는 욕설을 퍼부으며 온갖 수단을 써 살아남으려 발버둥 치는 추악한 악인이라면 샤론은 마음 편히 검을 휘두르겠지.

그러나 의자에 앉아 이쪽을 보고 있는 야기네는 그런 악인과는 거리가 멀다. 대성당에는 수많은 성직자와 견습생, 일꾼이 모여 있었을 텐데 야기네 혼자만 남아 있는 것만 봐도 분명하다.

더욱이, 야기네 혼자만 선인이고 나머지는 모두 악인일 리도 없을 것이다. 대성당 안에서는 연거푸 토론이 벌어지고, 교회 조직 내에서도 윈필 왕국에서는 가장 큰 규모에 가까운 대성당으로서 교회의 입장을 유지하는 한편으로 샤론 측을 어찌 처리해야 할지, 신앙심, 양심, 아비 된 마음, 그리고 지위에 대한 집착도 물론 고려해 지혜를 짜냈을 게 뻔하다.

저들에게는 저들의 명분이 있다.

그것은 야기네의 비통한 얼굴을 보면 알 수 있다.

하지만 현실적으로는 아무도 구제되지 못했다.

그리고 지금이라면 아직 도울 수 있다.

"대주교님, 대성당 문을 열겠습니다. 그리고 샤론 일행을 안으로 들여 지하통로를 통해 에이브 씨와 함께 바다로 도망칩니다. 괜찮으시겠지요?"

야기네는 입을 꾹 다물고 침을 삼킨다.

여기에서 대주교의 허락을 구할 필요는 원래는 없다. 뮤리에게 명령해 좌중을 제압한 가운데 알아서 열게 하면 그만이니까.

그래도 허락을 구하는 것은 야기네가 결단을 내리게끔 하고 싶었기 때문이다.

샤론 일행 앞에서 한없이 도망칠 게 아니라 직접 마주하기를 바랐다.

"대주교님."

다그치자 야기네는 눈을 꾹 감고 말했다.

"여명의 추기경, 한말씀 드려도 되겠소."

"무엇을요? 새삼 더 뭘 말씀하시겠다는 겁니까?!"

그렇게까지 도망을 치려 드냐며 어이가 없어 소리친 직후였다.

"도망쳐서 갈 곳은 있소?"

허를 찔렸다.

그런 쓸데없는 질문에 놀랐고, 내 안에 그에 대한 해답이 없는 것에 놀랐다.

"문을 열어 징세인들을 안으로 들이는 것은, 할 수 있고. 지하통로를 지나, 이 에이브의 배에 태우는 것도, 가능하지. 허나…."

야기네는 말을 하며 생각하듯, 희고 긴 수염을 연신 쓰다듬었다. 이마에 주름을 잡고 뺨에 홍조를 띤 채 도움을 청하듯 천장을 우러르며 말을 이었다.

"그러나, 그래…. 그렇게 되면 우리는 갈 곳이 없지. 그건 악수(惡手)를 두는 거요."

"어째서요?!"

왕은 교회와 싸우고 싶어 하지 않는다. 그렇다면 대주교가 탄 배는 습격할 리 없다. 어디로든 자유롭게 갈 수 있을 테고, 괜찮아 보이는 곳을 찾아서 내리면 그만이다.

"에이브… 자네도 같은 생각인가?"

야기네는 곤혹스러운 듯이 에이브를 보았다. 에이브는 한숨을 쉬고는 나를 쳐다보았다.

"콜. 모양새의 문제다."

"모양새?"

"징세인들이 분노에 차서 무기를 들고 대성당으로 쳐들어왔다. 문이 열리고 밀려든다. 그런데 그 후에 무슨 기적이 일어난 건지 그들은 대주교를 데리고 항구에 있는 배로 감쪽같이 도망쳤다. 그게 다른 사람 눈에는 어떻게 보일 것 같냐?"

"……."

아연하여 멍하니 서 있었다.

"아무리 봐도 대주교를 인질로 삼아 도주한 것 같지? 왕은 화해교섭이 파탄 날 것을 우려해 혈안이 되어 땅끝까지라도 쫓아올 거다. 윈필 왕국의 잘못이 아니라는 걸 입증해야 할 테니까. 그런 한편으로 교회는 어떻게 나올까?"

에이브가 차례를 넘기자 야기네가 괴로운 듯이 대답한다.

"교황께서는… 여명의 추기경에 의한 일련의 활약을 듣고, 이대로 좌시할 수 없다며 상황을 뒤집기 위해 왕국과의 전쟁에 적극적이오. 그러하니… 왕국이 화해의 손을 명확히 내밀기 전에 화근에 불을 붙이고 싶어 할 테지."

그런 상황에서 징세인과 윈필 왕국에 있는 대성당의 대주교가 같은 배를 타고 있다는 보고가 들어간다면.

"여지없이 침몰이지. 나라면 그렇게 해. 죽은 사람은 말이 없으니까. 교회는 배를 자기네가 침몰시켜 놓고도 태연히 윈필 왕국이 한 짓이라고 할 거야. 절호의 사냥감이지."

에이브는 즐거운 듯이 말했다.

"그뿐 아니라."

야기네는 그렇게 덧붙이기 전에 미안하다는 듯이 나를 보았다.

샤론 측을 구해 낼 수 없어 미안하다며 사과하듯.

"문을 열면, 우리가 아무 일 없이 당신 생각대로 배를 탈 수 있을 것 같소?"

샤론의 원한에 찬 눈은 그게 전부는 아니어도 절대 연기일 것 같진 않았다.

"당신의 신변 안전은 적어도 제가…."

"아니. 여명의 추기경. 그런 뜻이 아니오."

야기네는 마침내 자리에서 일어나 신께 호소하듯 서글픈 기백을 담아 말했다.

"그들이 나를 갈가리 찢는다면 차라리 낫지. 그러나, 그렇게 하지 않으면 어쩔 거요? 나를 갈가리 찢지도 않고, 그러면서 나 같은 자와 같은 배를 타는 것을 마다할 수도 있소! 나에게는 상상이 되오. 그들이 내 앞에 서서 분노하지도, 불쌍해 하지도 않는 눈빛으로 지하통로로 밀어넣는 모습이. 그리고 그들은 통로를 막고, 왕의 군대를 기다리는 게 아닐지!"

샤론은 냉정하고 냉철하다. 원한의 불길 옆에서 차분히 천칭을 바라보는 눈도 가졌다.

예컨대 대성당의 문이 열려 안으로 들어온 샤론 일행이 나를 발견하고, 대주교를 방패 삼아 배를 타고 도망치라는 말을 듣는다. 다른 누구도 아닌 샤론이니, 에이브나 야기네의 말처럼 왕과 교회 양쪽 모두에게 표적이 되는 불리한 상황에서 바다에 남겨질 수도 있음을 알아채겠지.

그러면 어찌할까.

쉽게 상상이 간다.

샤론은 대주교를 놓아주고 자신들만 대성당에 남을 것이다.

그렇게 미끼 역할을 하는 것이다.

"문을 열어선 안 되오. 여명의 추기경."

야기네가 앞으로 나서자 뮤리가 크르르 위협한다.

그러나 야기네는 늑대인 뮤리는 전혀 눈에 들어오지도 않는 듯이 다가왔다.

"문을 열어선 안 되오. 문을 닫은 채로 있으면 아직 가능성은 있소. 문을 열어서 징세인들을 안으로 들이면 그들이 대성당으로 쳐들어왔다는 결정적인 증거를 남기게 되오. 그렇게 되면 왕이 취할 수단은 처형뿐이오. 폭도의 머리를 베었으니 없던 일로 해 달라며 교황청에 교섭하겠지. 징세인들을 구하려면 문은 닫고 있을 수밖에 없소. 그렇게 하면 내 손으로 징세인을… 아니, 내 아들딸들을 변호하는 길도 남게 되오! 그게 실낱같은 희망이오!"

자신의 몸을 구하기 위해 지어낸 이야기로 보기엔 너무도 앞뒤가 맞았다.

하지만 여기까지 와서 샤론 일행을 버리라는 건가? 구해 낼 수 있을지도 모르는 배가 지하통로로 가면 바로 있는데?!

야기네가 샤론 측을 변호하겠다는 말도 거짓은 아니겠으나, 그게 어디까지 통할지는 의문이다. 왕은 클리벤드 왕자의 내란도 경계해야 하니 향후 똑같은 문제가 발생하지 않도록 왕국 내의 징세인들에게 자신의 정책을 보여야만 한다.

샤론 측의 목을 날려야 할 이유는 수두룩하다.

"하지만, 그럼… 우리는…."

말이 이어지지 않고, 숨도 제대로 쉴 수 없었다.

야기네가 이쪽을 본다.

고통을 함께 나눈 친우와 같은 얼굴로.

"우리가 아들딸과 도저히 마주할 수 없었던 것은, 그게 전쟁의 계기가 될지도 몰라 두려워서였소. 우리가 그들과 대화를 했다는 사실이 어딘가에서 새어 나가게 되면 그 즉시 대성당이 함락됐다는 소리가 나올 수 있었으니."

그런 까닭에 아무리 비겁해 보이더라도 왕국과 교회의 전쟁이라는 거대한 비극으로 가는 것보다는 낫다는 생각에 계략을 짰다.

"여명의 추기경."

야기네는 숨을 크게 들이마셨다가 토했다.

"거기 있는 늑대는 사람이 아닌 자 아니오?"

가슴 철렁했다.

뮤리를 들켰다. 야기네에게 위험한 패를 잡혔다.

굳은 내 얼굴을 야기네의 맑고 푸른 눈이 다정하게 응시하고 있다.

"역시 그랬군. 샤론의 아비는 나요."

야기네는 그러고는 뮤리를 보며 한쪽 무릎을 바닥에 꿇었다.

"저 눈은 나를 물어 죽이고 싶은 눈이군."

뮤리는 크르르 소리를 내며 몸을 바짝 낮췄다. 언제라도 덮칠 수 있도록. 그런 척을 하는 것은 아니리라.

"샤론에게 이야기를 듣고 내가 일방적으로 아내를 버린 냉혈한이라 생각했겠지. 그러나, 이것만은 알아주시오. 남녀 사이에는 한 가지 문제만 있는 게 아니오."

"댁이 대주교가 아니었으면 설득력이 있었겠지."

에이브의 헤살에 야기네는 쓴웃음을 지었다.

그리고 이해했다. 그래, 그렇구나.

야기네와 샤론의 어머니 사이가 틀어진 것에는 성직자인 야기네의 이기적인 이유만은 아닌, 다양한 이유가 있었을 것이다.

"뭐… 내가 성직자인 게 한 가지 원인, 이었던 것은 맞소. 처음엔 서로의 입장을 헤아렸던 것이, 어느 사이엔가 뒤틀렸고 마지막엔 서로를 비난하는 추한 이별이 되었지. 나는 미숙하고 어리석었소. 지금도 그건 그렇지만…."

거짓말을 하는 것처럼 보이진 않았다. 몸을 낮춘 뮤리가 나의 분노를 북돋우려 하는 것처럼 기를 쓰듯 목을 울려 대는 것만 봐도 분명했다.

샤론의 어머니가 다시는 인간과 얽히지 않겠다고 결심한 것은 사실일 수 있다.

하지만 그것은 평범하게 사람과 사람인 부부 사이에서도 있을 수 있는, 이런저런 이유에서였을 가능성도 당연히 있다. 성직자와 사람이 아닌 자의 여로라고 해서 늘 특별하고 기적적이란 법은 없으니.

"여명의 추기경."

야기네는 몸을 일으킨 뒤 부드럽게 미소 짓고는, 목에 건 교회 문장을 쥐고 천천히 고개를 숙였다.

"내 딸을 위해 분노하고, 한탄하고, 이런 곳까지 와 준 것에 감사하오. 진심으로 예를 표하오."

나는 눈앞의 야기네에게 뭐라 말을 해야 할지 알 수가 없었다.

내가 해 온 일은 전부 무의미하고, 세상을 혼란스럽게 할 뿐이었던 게 아닌지.

“그리고 에이브. 샤론이 구해 내고 싶어 하는 이들을 구할 수 있도록 도와주겠지?”
“보물창고에서 대금을 좀 가져가도 된다면?”
“그야 물론 상관없지. 내가 가져간 것으로 해 두지.”
“그렇다면 가능하지. 당신이 탄 배로 불빛을 펑펑 터뜨려 시선을 끌어들이는 한쪽에서 어부의 배라도 조달하지. 당장 쓸 생활비도 마련해 주고.”
야기네는 고개를 끄덕였다.
“고아원 아이들은 성실한 부제가 읽고 쓰기를 가르쳤지. 자네의 상회에 고용해도 손해는 안 볼 거야.”
그 말에 에이브가 쓴웃음을 지었을 때.
방 바깥, 복도 너머에서 사람들의 소리가 들려왔다.
「오라버니.」
신분을 감출 필요가 없어졌다고 여겼는지 뮤리가 소리 내어 불렀다.
“클라크 부제님이에요?”
뮤리가 고개를 끄덕이기에 몸을 돌려 복도로 나갔다. 마침 예배당 중앙에서 측랑으로 고개를 내민 클라크와 눈이 마주쳤다.
“추기경님!”
“부제님!”
클라크는 그러다 이내 뒤를 돌아보며 뭔가 다독이는 몸짓을 했다.

그러자 제지를 뿌리치듯 사람들이 나타났다.

손에 나무 봉과 냄비를 든 아이들이었다.

"우리가 상대하겠다!"

"이 녀석들! 아니라니까! 적이 아니야!"

클라크는 혈기 왕성한 아이들을 어떻게든 진정시키려 애썼다. 그런 모습에 다리에 힘이 풀릴 만큼 안심했다.

"죄송합니다. 기어코 따라오겠다며 말을 듣지 않고… 곡물 공동창고에서 기다리라고 했는데도."

"아닙니다."

"그건 그렇고… 대체 어떻게 된 겁니까? 샤론 일행은요?"

그 물음에 상황을 전하려 했으나 머리가 제대로 돌지 않는다.

게다가 가는, 너무도 가는 실낱같은 희망을 샤론 측에 남겨 두고 클라크 일행만 도망치라고 하기가 너무도 괴로웠다.

"그게…."

"클라크, 라고 했지?"

뒤에서 야기네의 음성이 들렸다.

"대주교님!"

"샤론을 위한다면 아무것도 묻지 말고 우리 지시를 따라 주지 않겠나? 자네 일행이 무사히 도망쳐서 앞으로도 살아갈 수 있도록 해 주겠네."

클라크는 대주교의 느닷없는 말에 입을 반쯤 벌린 채 굳어 있었다.

"저 아이들이 자네 고아원의 아이들인가?"

야기네는 그런 클라크는 놔두고 클라크를 지키려 하고 있는 아이들에게 미소 지었으나, 아이들은 적의에 찬 눈빛을 보내왔다.

그런 것엔 신경 쓰는 기색 없이 야기네는 미소만 짓고.

"당장 쓸 생활비는 저기 있는 에이브가 뒤를 봐줄 걸세. 다만, 그래도 앞날을 생각하면 불안하니, 특허장을 써 주지."

클라크는 그제야 목에 걸린 것을 삼킨 양 목젖을 꿀꺽 움직인 뒤 말했다.

"잠시만요, 대주교님. 대체 무슨 말씀인지… 게다가 저는 그저 부제에 불과합니다. 특허장이라니…."

"자네는 더는 부제가 아니게 되는 것이지."

야기네는 장난스럽게 말하고는 비책을 전수하듯 손을 내밀었다.

"라우즈번 대주교구 대주교, 프라이스 야기네의 이름으로 명한다. 그대를 신의 비호와 기적 아래 새로운 수도원의 원장으로 임명한다."

"…예?"

"수도원 건설 특허장을 내리겠네. 고아원 운영은 거기에서 하면 돼. 수도원은 교회도 트집을 잡지 못할 테니. 운영비는 에이브가 틀림없이 거액의 기부를 해 줄 테고."

하며 돌아보자 팔짱을 끼고 벽에 기대어 있던 에이브가 인상을 찌푸렸다.

"댁이 거기 있는 꼬맹이 녀석들한테 읽고 쓰기를 가르쳐서 쓸 만한 놈들로 만들어 준다면 대가는 지불하지."

야기네는 단순한 사색가가 아니라 세상 물정에 통달한 인물이었다.

"자, 준비들 하시오. 성전에 나오듯 바다를 가르고 고난에서 도망칠 수는 없어도 대지 아래를 통해 도망치는 것도 비슷한 것일 테지."

한층 밝게 말하고는 야기네가 손뼉을 딱 쳤다.

"자, 뭣들 하시오. 모든 것은 때가 있다고 신께서도 말씀하셨소. 바른 행위도 바른 때, 바른 곳에서 해야 악행으로 변하지 않는 법."

지금이라면 클라크 일행은 아직 구할 수 있다.

클라크는 대주교에게 기가 죽은 듯 끄덕이고는 우물쭈물하기는 했으나 아이들에게 지시를 내린다.

"여명의 추기경은 어쩌시겠소."

야기네의 물음에 아무 대답도 하지 못했다.

"나로서는 도시에 남은 샤론 일행을 위해 왕이나 누군가를 설득해 주었으면 싶은데. 왕족 중 누군가의 후원을 받고 있다 하지 않았소?"

"하이랜드. 서출이지만 실력은 꽤 있지. 왕국 내에 아군도 많고."

에이브의 설명에 야기네는 안심한 듯이 미소 지었다.

"그랬군. 그렇다면 다행이오. 나는 얼마든지 비난해도 좋으니 샤론 일행이 어쩔 수 없이 봉기한 것으로 해 주시오. 나는 부정하지 않고 똑같은 보고를 교황님께 드릴 테니."

그렇게 하는 수밖에 없다.

천천히 체념하듯 수긍하려던 그때였다.

"샤론도 도망치는 것 아니었습니까?"

클라크였다.

"샤론 일행이 시내에 남다니… 하지만, 샤론 일행은 바로 저기에 있는데요!"

얼이 빠진 아이들을 두고 클라크가 달려온다.

"클라크, 그건…."

"대주교님! 무슨 생각이십니까! 문을 여세요! 아직은 샤론 일행을…."

야기네에게 덤벼들어 멱살을 잡는 클라크를 에이브의 호위무사가 떼어 내려고 몸싸움을 한다.

저런 대화는 방금 했다. 불가능하다. 나는 소리치는 클라크를 보고 있을 수밖에 없었다.

나는 논리로 깨달았고 수긍했다.

그러나 클라크는 샤론을 좋아한다. 희망을 품고 지하통로를 달려왔을 것이다.

그리고 문 하나 차이로 뜯겨 나가는 절망은 얼마만한 것이겠는가.

클라크를 부르지 말았어야 했나.

그런 생각을 하고 있는데, 축 늘어진 손 밑으로 뻣뻣한 털이 와닿았다.

「…….」

뮤리가 붉은 눈으로 이쪽을 보고 있다.

해는 동쪽에서 뜨고, 강은 흐르고, 산은 움직이지 않는다.

그렇게 호소하는, 고요한 무언의 눈빛이었다.

"대주교님!"

클라크는 그렇게 외치다가 복도 한복판에서 무너져 내린다.

이것이 바른 선택이라고 현명한 척 말할 수는 있다.

그러나 사람은 논리만으로 살아가지 않는다. 논리만으로 모든 게 끝날 것 같으면 애당초 이런 상황에 빠지지 않았을 테고, 사람은 그렇게 현명하진 않다.

내가 새인 샤론을 어깨에 얹고 귀족 같은 차림으로 돌아다녔을 때의 거리 풍경을 떠올린다.

사람들은 고귀한 신분이라 착각하고 두려워하며 길을 열었다.

세상은 그런 일이 겹겹이 쌓여 이루어지고, 이 대성당이 이렇게까지 거대하고 호화로운 것 또한 사람의 그런 기질 때문이라고 아르고는 말했다.

바른 일을 하면 늘 바르다.

그런 게 어디 있나.

사람이 불완전한 이상, 세상 또한 불완전.

그런 뒤틀린 맷돌 사이에 가엾은 누군가가 끼어 으스러진다.

야기네는 통곡하는 클라크를 설득하고, 에이브는 호위무사들에게 지시를 내려 도망칠 준비를 시작한다.

뮤리는 곁에서, 끝까지 나를 부축해 주려고 한다.

이것은 하나의 결말인 것이다.

납득하지 못하는 것은 나의 이기심인지도 모른다.

"자, 일어나게. 자네는 이제 수도원 원장이니. 늠름해야 신도들도 따라오지."

야기네의 재촉에 클라크는 느릿느릿 일어섰다.

"마, 마지막으로… 한 번, 샤론을…."

그렇게 중얼거렸으나 야기네는 고개를 젓는다. 천천히, 그러나 단호히.

"그럴 순 없네. 문을 열면, 그것은 바로 전쟁으로 이어지고 말

테니. 설령 그게 아니라고 내가 병사들에게 선언한다 해도 그 말을 얼마나 믿어 주겠나. 징세인들은 무기를 손에 들고 집결했는데. 여기로 쳐들어오겠다는 뜻인 게지. 안타깝지만, 우리네 사람들 눈에는 악인도 기도하는 자세를 취하면 그냥 경건한 기도 자세로 보이게 돼 있고, 그 반대도 그러해."

클라크는 눈을 감고 고개를 숙였다.

"게다가, 여명의 추기경도 편을 들어줄 걸세. 샤론 일행은 꼭 살아남을 수 있을 게야."

아무리 생각해도 명확한 답은 할 수가 없다.

하지만 이렇게 대답하는 것 말고는 길이 있겠는가.

"맡겨, 주십시오."

야기네의 지친 듯한 웃음은, 백을 흑이라 하지 못하는 나의 성격을 꿰뚫어 보았을 뿐더러, 그러니 미안하게 생각하는 감정이 뒤섞인 것처럼 보였다.

샤론 일행을 위해 나는 어디까지 거짓말을 할 수 있을까. 야기네가 악하다고 규탄하며, 그래서 샤론 측은 어쩔 수 없이 대성당으로 왔던 것이라 주장할 수 있을까.

샤론 일행을 구해 내려면 그러는 수밖에 없다는 걸 알면서도, 거짓을 말하는 것이 과연 올바른 행위냐는 망설임이 이 마당에 이르러서도 든다.

그것을 용납하면, 교회라는 조직이 악습을 간과해 온 데에도 어느 정도 바른 면이 있다고 용납하는 셈이 되니.

무엇보다, 그렇게까지 한다고 과연 샤론 일행을 구해 낼 수 있을지 확실치 않다.

이게 뭔가.

대의니 형식이니 내세워 사람들의 진정한 마음을 있는 그대로 사람들에게 전하지 못하는 답답함에, 신께서 만드신 이 세상이란 것이 얼마나 불완전하고 시시하냐며 원망하고 싶어진다.

"자, 가시밭길이겠으나, 이 또한 신께서 주신 시련일 걸세."

야기네가 클라크 일행의 앞날에 모범을 보여 준 것만이 구원이었다.

적어도 저들은 무사히 도망칠 테고, 앞으로의 생활도 걱정 없다. 배로 도망친 다른 징세인들도 수도원이라면 숨어 지낼 수 있을 것이다. 뮤리가 꿈처럼 이야기했듯 그곳은 일종의 성역이자 불가침한 곳이니.

그래서 횡포가 극심한 곳도 있긴 하다. 나도 어릴 적 로렌스의 여행을 따라다녔을 때 그런 수도원을 가 본 적이 있다.

하지만 클라크라면 제대로 된 수도원을 만들겠지.

야기네와 함께 걸어가는 그 뒷모습에 대고 기도밖에는 할 것이 없었다.

그뿐 아니라, 정식 수도원 시설로 고아원이 생기는 것은 샤론의 소망이기도 할 것이다.

샤론은 대성당에서 기부금이 들어오고 있다는 걸 눈치채고도 침묵하고 있다고 클라크는 말했다. 아마도 마음속 어딘가에서는 대주교와 성직자들이 정식으로 고아원을 인정해 주기를 기대하고 있지 않았을까.

대성당 앞에 모인 징세인들의 모습을 상상해 본다.

샤론은 어떤 얼굴을 하고 있을까.

동료를 격려하기 위해, 양동작전을 펴기 위해, 시정 참사회의 병사들에게 욕설을 퍼붓고, 돌을 던지고, 검을 휘두르고 있을까.

그러나 그들의 가슴속에 있는 것은 원한만이 아니다. 거기에는 기도가 있고, 그 기도는 어떤 의미에서 결실을 보려 하고 있다. 클라크와 아이들은 지하통로를 지나, 다른 징세인들과 합류하여 무사히 도망칠 테니. 겉만 보자면 샤론의 기도를 신께서 들어주신 것으로도 보인다.

하지만 그게 다 뭔가.

"콜, 우리도 가자. 여기에 있는 걸 남들이 보면 일이 귀찮아진다."

에이브의 말에 고개를 끄덕였다. 천천히, 죄인처럼 걸음을 내디딘다.

그리고 예배당 중앙으로 들어가 설교단 뒤에 있는 알록달록한 유리로 만들어진 신의 얼굴을 우러렀다.

쿠웅, 하고 먹먹한 소리가 뒤에서 들리는 것은 징세인들이 대성당 문을 치고 있는 소리이리라. 문은 두툼한 나무로 만들어진 데다 쇠로 보강돼 있다. 성을 공격할 때 쓰는 도구가 아닌 한 부수진 못할 것이다.

그런데도 문을 치면서 자기네 쪽으로 주의가 쏠리게 애쓰고 있다.

저들의 마음을 헛되이 할 수는 없다.

「오라버니.」

에이브가 지하통로로 들어가고, 뮤리가 나를 부른다.

다시 문을 치는 소리가 났다.

그 소리를 필사적으로 무시하듯 설교단 뒤편 비밀 입구로 향한다.

"신경 쓰지 마라."

에이브가 어깨에 얹은 손의 다정함이 되레 고통스럽다.

저 문을 열어야 하는 것 아니냐는 생각과 열어서 어쩔 거냐는 생각이 교차한다.

그래도 다리는 움직여 계단을 내려가자 지하 복도에서 야기네가 클라크에게 무언가를 건네고 있었다.

"이것은 내 이름이 아니라 대대로 대주교였던 이들의 이름이 들어간 특허장일세. 만에 하나 내가 파문을 당하더라도 효력을 띨 게야. 안심하게."

“…알겠습니다.”

클라크는 무릎을 꿇고 비책을 받는 신도처럼 양피지 두루마리를 받아 들었다.

수도원 건설을 위한 특허장 수여.

원래 같으면 여기에는 샤론이 있어야 했다.

그리고 화해와 축복의 종이 울리는 가운데 저것을 받아야 했다.

그런 모습을 상상하자 가슴속이 있는 대로 흐트러졌다.

“어서 가세.”

야기네가 클라크를 재촉한다.

보물창고로 가는 문은 열려 있다.

모든 것이 한 가지 결말을 향해 움직이고 있다.

그 자리에 우뚝 선 채, 이대로 그냥 가는 것을 영 납득할 수가 없었던 까닭은….

“콜.”

에이브가 어이가 없는 듯 노여움이 섞인 음성으로 불렀다.

뮤리도 옷소매를 물고 난폭하게 잡아당긴다.

야기네가 미안한 듯이 이쪽을 본다.

나만이 이 자리에서 따로 논다.

그러나 거기에는 이유가 있었다.

“잠시만요.”

그렇게 말하자 에이브는 하늘을 우러르고, 야기네는 눈이 커지고, 클라크는 의아해했다.

「크르르르….」

뮤리마저도 소매가 찢어져라 잡아당긴다.

그것을 제지하고 버틴 것은 확신이 있었기 때문이다.

"추기경, 당신의 고통은 이해하오만…."

"아닙니다. 그게 아닙니다."

"아니라니?"

머리를 흔들고, 눈을 감고, 상상한다. 대성당을 하늘에서 내려다보는 새가 된 것처럼 상상한다.

지금 대성당 앞에는 샤론을 비롯한 징세인들이 끈질기게 버티듯 진을 치고 있을 것이다. 그 주위에는 시정 참사회에서 나온 병사들이 긴 창을 손에 들고 모여 샤론 측을 견제하고 있을 것이다. 거기에서 더 바깥쪽으로는 시벽 멀리에서 왕의 군대가 행진해 오고 있을 것이다.

그 모든 상황에서 누구 하나 그러고 싶어 그런 행동을 하고 있다고는 보이지 않았다. 모든 것은 대의명분이라는 겉껍데기를 위해서다.

왕은 징세인이 잘못했다고 입증하기 위해, 샤론 일행은 자기네야말로 붙잡혀야 할 자들이라는 것을 입증하기 위해, 시정 참사회의 병사들은 왕의 명령에 따르고 있음을 입증하기 위해.

그럼 나는?

정말로 이 연극에 참여해도 되는 건가?

아니, 아니다.

여기에 이상 따윈 없다. 더 피상적이고 형이하학적인, 쓸데없는 이야기에 지나지 않는다.

그리고 겉껍데기로 어떻게든 처리될 이야기라면 아직은 방도가 있을 것이다.

요컨대.

"이 연극을 다른 관점으로 볼 순 없겠습니까?"

전원이 눈살을 찌푸렸다.

"대체 무슨…."

"다른 관점?"

「…….」

나보다 훨씬 세상일을 잘 아는 이들이 나란히 어이없는 눈빛을 보내온다.

유일하게 기대를 품은 눈빛을 한 것은 클라크였으나, 거기에 있는 것은 샤론을 생각하는 마음뿐, 나의 능력을 기대하는 것은 아니리라.

그렇더라도 일단 떠오른 생각은 가시지 않았다.

"수도원이요."

그렇게 중얼거리자 에이브와 야기네와 뮤리가 서로 얼굴을 마주했다.

“수도원이요. 그 특허장 말입니다.”

하고 손으로 가리키자 전원의 시선이 클라크의 손으로 쏠린다.

“있지 않습니까. 샤론 측이 대성당 앞에 모인, 정당한 대의명분이!”

그 외침에 에이브는 머리를 긁었다. 정령을 봤다며 수선을 떠는 주정뱅이를 보는 것 같은 눈빛을 하고.

“콜, 진정해라. 너는 지금 혼란스러운 나머….”

“오오오오오오오오오오!!!”

포효한 것은 야기네였다.

“신이시여! 신이시여! 그렇군! 신이시여, 당신께서 길을 제시해 주셨군요!”

야기네는 하늘을 우러르더니 거구를 흔들며 달려와, 뮤리가 경계하며 끼어들 새도 없이 덮쳐들었다.

포옹, 이라고 부를 수도 있겠으나, 그것은 돌진 그 자체였다.

“신이시여! 저는 당신께 감사드리옵니다! 이 총명한 젊은이를 보내주신 것을 감사드리옵니다!”

몸이 붕 뜰 만큼 꽉 끌어안은 후, 야기네는 뒤를 돌아보았다.

“그래요! 그런 방도가 있었소! 성당 문을 열고 샤론 일행을 들여도 어떻게든 해결될 길이 있소!”

말도 안 된다며 에이브가 입속말로 중얼거렸으나, 나도 야기네의 뒤에서 말을 보탰다.

"문을 열어도 대성당이 징세인들에게 굴복했다고 보이지 않고, 징세인들이 폭력을 행사하러 온 것도 아니라는 것을 입증할 장면이 딱 하나 있습니다!"

"제정신이냐? 실제로 징세인은 무기를 들고 모여 있는데. 저걸 봉기가 아니면 뭐라고 해?"

에이브의 물음에 숨을 크게 들이마신 뒤 답했다.

"청원이지요."

사람에게는 맞는 일, 안 맞는 일이 있다. 에이브는 자신이 하고 싶은 일이 있다면 음모를 꾸며서 저절로 손에 들어오게끔 모색할 것이다. 그러나 세상에는 좀 더 정면으로 부딪치는 방법도 있다. 그것은 때로 폭력적으로 행해지기도 한다.

왜냐하면 그만큼 절실한 마음에서 나서게 된 것이니까.

"고아들을 위한 수도원을 짓고 싶다는 청원입니다. 윈필 왕국 내에서 교회가 성무를 정지한 지 몇 년째. 오래도록 기다렸으나 이제 인내에 한계가 왔다. 문을 열어 우리의 청을 들어 달라. 신의 이름을 걸고 당신들의 자비를 보여 달라고 하는 것이라면, **다소 거칠어질 수도 있는 것 아니겠소**?"

"아니, 그건…."

주춤하는 에이브에게 야기네는 말했다.

"에이브, 자네의 협력도 필요해. 왕국의 예전 귀족이었던 자네가 고향에 금의환향하기 위해 징세인들을 후원하게 되었다고 하면 교황청도 좋게 받아들일 걸세. 무슨 뜻인지 알 테지?"

에이브는 에이브 자신이 말하듯 박쥐처럼 위치를 바꿀 수 있는 몸이다. 교회에게는 골치 아픈 징세인들에게 교회의 아군이 될 수 있는 에이브가 깊이 관여하게 된다면 일단은 안심할 수 있지 않겠는가.

아니, 에이브가 벌레 씹은 표정을 짓고 있는 것은 교황청이 안심하도록 교섭하라는 야기네의 말 너머의 뜻을 알아챘기 때문이리라.

"…들어오는 건 있겠지?"

야기네는 거대한 배를 불쑥 내밀더니 양팔을 쳐들었다.

"당연하지!"

바로 대답을 하더니 야기네는 내 쪽을 휙 돌아보며 산적 같은 웃음을 지었다.

"여명의 추기경이 여기 있잖소! 수도원이든 고아원이든, 온갖 진영에서 가호를 구해 기부가 쇄도할 거요!"

샤론 일행을 구해 내기 위해 흙탕물이라도 들이마실 각오로 에이브를 찾아갔었다.

여기에서 도망치면 그게 거짓이 된다.

"…제 이름이, 꽤 영향력이 있다던데요."

에이브를 향해 머뭇대기는 했어도 그렇게 말했다.

에이브는 얼굴이 시뻘게질 정도로 눈을 부라리더니 버럭 소리쳤다.

"맘대로 해!"

공격을 하는 데는 익숙해도 공격을 당하는 데는 익숙지 않은가.

야기네는 어린애처럼 어깨를 으쓱인 뒤, 얼이 빠져 있는 클라크를 불렀다.

"주역은 자네일세, 클라크."

"제, 제가요?"

"샤론을 좋아하지? 아비로서, 자네에게라면 맡길 수 있지."

클라크는 물고기처럼 눈이 둥그레져서 야기네를 쳐다보았다.

"그러나, 일단 일을 수습하려면 연출이 좀 필요해. 밖에 있는 이들을 완전히 입 다물게 할 거창한 연극이. 좋은 생각 좀 있소?"

의미심장한 시선을 보내온다.

날개를 펼치면 숲을 뒤덮을 정도의 황금 날개를 가진 독수리와 연인 사이였던 남자다. 대주교가 되기까지 아마도 기적 한두 번은 **연출**했었을 터.

그리고 내 곁에 있는 게 누구인지 떠올릴 수밖에 없다.

"…맡겨 주십시오."

하고 대답하자 뮤리가 불만스러운 울음을 냈으나 목덜미를 쓰다듬어 침묵시켰다.

나중에 어떤 떼를 쓰고 나올지를 생각하면 마음이 침울해지지만, 이대로 지하통로를 지나 도망치는 쪽을 고려하면 그 어떤 것을 원해도 들어줄 생각이다.

"좋아. 그럼 준비에 들어갈까? 몇 년 만에 성무를 재개하는 거요! 청원을 받아들일 준비를 합시다!"

앞으로 나아가기 위해.

절대 운명에 떠내려가기만 하는 게 아니라, 거기에 저항하기 위해.

"여명의 추기경, 아니, 콜."

야기네가 말했다.

"고맙소."

아직은 모른다고 대답할 수밖에 없었는데, 그런 자신감 없는 말이 마음에 들지 않았는지 뮤리가 불만스럽게 장딴지를 깨물었다.

종 막

자, 그 순간 열린 대성당의 거대한 문. 가엾은 고아들을 위해 무기를 손에 들고 달려온 이들에게 대성당이 신의 자비를 보여준….

그렇게 노래한 후에 현을 튕기자 낭랑히 음이 울려 퍼진다. 수많은 관객이 음유시인의 노래에 귀를 기울이고 있었다.

그러나 대성당은 악행의 도가니, 신께서 저버린 악의 소굴이 아니었던가? 그리 의심하는 이들도 적지 않았으나. 그러나, 아아, 그러나.

챠라랑~

라우즈번 어디를 가도 볼 수 있는 공연으로, 필시 지금은 어느 도시든 이런 상황일 것이란다. 그런 소리를 들으니 또 식욕이 없어지는데, 그 대신 내 몫까지 먹어 줄 이가 있다.

"오라버니, 다 식어."

"이것도 먹어요."

하면서 그릇에 쌓인 양고기를 뮤리 앞으로 내밀자 눈을 반짝이며 덥석 문다.

"내가 내는 거다. 그리 급히 먹지 않아도 계속 나올 텐데."

웃는 이는 에이브. 새로이 고기를 주문하고 있는 이는 하이랜드였다. 음식점 '황금 양치'의 지배인에게 직접 주문을 한 하이랜드는 실내 쪽으로 설치된 창에서 들려오는 시인의 노래에 쓴웃음을 지으며 말했다.

"그나저나, 예인이란 이들은 참으로 기량이 대단하군."

음유시인의 음성이 아니라 그가 노래하는 기적을 말하는 것이리라.

"쓸데없는 재주도 어떻게 보이느냐에 따라 기적으로 보일 수 있지. 교황청도, 왕국도 그런 걸 봤으니 입을 다물게 되지 않았나."

에이브는 그러면서 뮤리를 보았으나, 뮤리는 난 모른다는 얼굴로 고기를 뜯고 있다. 모르는 척하는 게 아니라 정말로 모르고 있을 수도 있다.

"대성당 안에서 교회의 거대한 문장기를 무수한 새 떼가 물고 나와 날아올랐다지? 그걸 내 눈으로 못 본 것이 통한이야…."

하이랜드는 진심으로 아쉬운 듯 말한다.

"게다가 그 광경을 온 시내의 떠돌이 개, 돼지, 닭이 모여 축복했다지 않나. 길거리에서 동물에게 재주를 부리게 하는 자들은 많이 봤지만, 그렇게 장대한 것은 본 적이 없어."

"하이랜드 경. 내 돈주머니가 얼마나 가벼워졌을지는 꼭 기억해 주시오."

일은 그렇게 정리되었지만, 사실은 몇 층으로 겹이 져 있다.

일단 가장 표면적인 이야기는 징세인이 고아를 위해 봉기해 대성당이 그것을 받아들이자, 신의 축복으로 기적이 일어난 것으로 되어 있다.

그것을 한 겹 벗겨 내면, 에이브가 자금을 대고 예능인들을 끌어모아 소동을 어떻게든 수습하기 위해 기적을 연출했다는 것으로 되어 있다. 이것은 하이랜드를 포함한 왕족들에게 제시한 설명이다. 그렇게 한 것은 뮤리를 비롯한 일들을 숨겨야 하기도 했고, 무엇보다 그것은 기적이 아니라는 것을 알려야 했기 때문이다. 윈필 왕국은 앞으로도 교회와 계속 싸워 악폐를 바로잡게 해야 한다. 신의 기적에 겁을 먹고 맞서 싸우기를 주저하게 되어서는 본말전도다.

그리고 마지막 한 겹을 벗기면, 내막은 이렇다.

뮤리가 떠돌이 개를 부려 동물들을 모으고, 떠돌이 개에게 편지를 받은 샤론이 어처구니없는 구경거리에 도박을 걸어 보는 안을 승낙하자, 샤론이 새 떼를 모아 기적을 연출하는 것이 성사되었다.

사람들이 무기와 횃불을 손에 들고 모여 있는 가운데, 대성당에서 하늘을 나는 문장기가 튀어나온 직후, 특허장을 손에 들고 나온 클라크와 야기네. 클라크는 야기네에게 특허장을 받아 그것을 샤론에게 건넸다.

일부 당자사들 외에는 전원이 당황한 와중에 이 상황에 새로운 의미가 강제로 부여되었다.

청원은 받아들여졌고, 신의 자비가 내려졌노라고.

왕국이니 뭐니 다 상관없이, 신의 가르침을 따르면 반드시 구원받을 죄 없는 아이들을 위해서, 라는 명분이 반듯하게 서 있다.

그리고 대성당의 종이 울리자, 하늘에서 한 마리 흰 비둘기가 내려와 샤론의 어깨에 앉았다.

무슨 일이 일어났는지 영문 몰라 하고 있던 시정 참사회 병사들이 좌우지간 그 자리에 엎드린 것은, 신의 뜻을 목격했으므로.

또는 뭔가 굉장한 일이 일어났다며 혼란스러워하는 자기 자신을 납득시키기 위해.

"유감인 것은 이번에는 여명의 추기경의 이름이 울려 퍼지지 않은 점이랄까."

하이랜드는 다소 농담처럼 그렇게 말했다.

나는 방법만 생각해 내고 그 자리에는 함께하지 않았다.

하지만 새로운 수도원이 잘 운영되도록 돕기는 해야 한다.

"게다가, 그대는 진정 그 자리를 받아 주지 않을 건가?"

하이랜드의 쓸쓸한 눈빛에 뭐라 대꾸하지 못했다.

"클라크와 샤론도 그러길 바라는 듯하던데."

"아닙니다. 저는 아직 그런 자리에 걸맞지 않습니다. 어디까지나 후원을 받고 있다, 그런 모양새로."

클라크는 새로운 수도원의 수도원장, 그리고 고아원의 원장이 된 샤론은 수도원 부원장직을 내게 제안했다.

수도원 건설은 에이브가 자금을 대고, 하이랜드가 토지를 빌려주고, 대성당 특허장이 뒷받침되어 있지만, 윈필 왕국과 교회 사이에서 미묘한 위상이 될 것은 눈에 훤했다.

쉽게 이용당하지 않도록 주춧돌이 될 존재가 있어야 한다.

그것이 여명의 추기경이라는 이름이라는 판단이지만 수도원의 부원장 자리는 간곡히 사양했다.

대신, 수도원에서 후원을 받아 신학의 길을 지향하는 형식을 취하기로 했다.

참배자가 와서 기부금이 모일 수 있도록 성유물 대신 성전의 세속어 번역서를 한 권 기증하기로 약속했다.

그것이 있으면 수도원의 권위가 올라가 수많은 성직자가 참고로 하기 위해 찾아올 것이라 하여.

"게다가 성전 건만 해도 저는 과대평가라고 생각합니다. 번역은 저 혼자 힘이 아니라 이 나라에 계시는 많은 고위 성직자분들이 도와주신 결과예요."

"글을 써도 읽어 주는 사람이 없으면 소용없지. 그대의 문장은 라우즈번 사람들에게 인기이지 않나."

그걸 널리 알린 것은 클라크인데… 라는 식으로 포위망이 좁혀진다.

나는 이제 한동안 마음이 거북하게 생겼다.

"그보다, 시간은 괜찮습니까? 클라크 부제님과 샤론 씨가 출발하는 날이 오늘이지요?"

"아, 그렇군. 저 녀석 먹는 모습을 보는 게 재미있어 잊고 있었네. 아무튼, 건물 짓기 좋은 땅이길 바라. 돈만 자꾸 나가네."

"숙소 건설, 상가 조성의 특권은 내가 봐주지. 수입은 나쁘지 않을 거야."

"기대하고 있습니다, 하이랜드 경."

에이브와 하이랜드는 격의 없이, 라고 하기에는 다소 가시 돋친 느낌이기는 해도 협력 체제를 취해 샤론 일행의 수도원을 지원해 주었다.

"그럼, 마차를 불러오지."

하이랜드가 자리에서 일어서자 에이브도 따라 일어난다.

"야, 뮤리."

"아, 됐어. 실컷 먹게 둬."

"이따가 싸 갈 수 있도록 해 두지."

즐거운 모습의 에이브와 하이랜드에게 오라비로서 부끄럽기 그지없다.

두 사람이 방을 나선 뒤 한숨을 쉬고 뮤리를 바라보았다.

"뮤리, 왜 그렇게 내내 기분이 별로예요?"

그 소동이 있고 난 직후엔 오히려 기분이 좋았었다.

샤론 일행을 구해 냈고, 이야기가 잘 마무리된 것에 크게 기뻐했다.

그런데 갑자기 며칠 전부터 영 기분이 별로다.

내가 착각한 게 아니라면, 내가 수도원 부원장직을 거절한 뒤로.

“오라버니 바보.”

그러면서 고기를 질겅대는 모습에 내 목이 물어뜯긴 듯한 기분이 들어 엉겁결에 목을 쓰다듬고 만다. 뮤리는 꿀꺽 고기를 삼키고는 새로운 고기를 손에 들고 에이브가 잔뜩 가져다준 검은 후추를 술술 뿌리면서 말했다.

“닭이랑 덜떨어진 그 부제는 수도원에서 함께 살 거잖아?! 왜 나랑 오라버니는 그렇게 못 하는데?!”

역시 원인은 그것인가 하며 고개를 외면했다.

뮤리는 크르르 소리를 내고는 나를 노려보며 고기를 먹고 있다.

대답은 정해져 있었다.

“수도원은 기도와 사색의 장소예요. 뮤리는 그런 곳에서 못 살아요.”

“어째서?!”

“어째서라니.”

어이없는 한숨을 쉬고 가까이 있던 부드러운 아마천을 집어 뮤리의 턱으로 가져갔다.

“이런 식으로 고기를 먹을 수 없다고요. 그래도 돼요?”

뮤리는 얼굴 모양이 달라질 만큼 입 안 가득 고기를 물고 우적우적 씹고 있다.

분풀이로 저러고 있다는 건 알지만, 그건 그것대로 뮤리의 씩씩한 모습이다.

"게다가, 함께는 살아도."

그러면서 테이블에 팔꿈치를 기댄 뒤 곁에 앉은 뮤리에게 얼굴을 가까이 가져갔다.

"결혼은 못 해요. 그래도 좋아요?"

뮤리는 나를 빤히 보다가 고기를 씹어 꿀꺽 삼킨다.

입술은 세모꼴로 솟아 있다.

"안 좋아. 하지만 오라버니는 나랑 결혼하고 싶어서 닭이 한 부탁을 거절한 거 아니잖아."

바른 지적에 쓴웃음을 지은 뒤 몸을 바로 한다.

"나는 아직 사색과 기도의 장소에 들어가기엔 일러요. 게다가 나는 이번 일로 내가 해 온 행동이 미친 영향의 크기를 절감했어요. 그걸 그냥 놔둘 수 없고, 내가 정말로 올바른 일을 하고 있는지도 좀 더 숙고해 봐야 한다고 생각했어요."

변명의 여지 따위 한 점도 없다고 생각했던 교회에도 핑계가 있고, 사리사욕의 범벅이던 상인들에게조차 고려해야 할 핑계가 있었다.

세상에는 아직 내가 알아야 할 일들이 너무도 많다.

"오라버니 바보. 바른 일을 하고 싶은데 숙고 같은 게 뭔 필요야.”

그리고 당연히 뮤리에게도 핑계가 있다.

“지금 당장 나랑 결혼하는 것보다 바른 일이 어디 있어?”

평소와 다름없는 왈가닥 뮤리.

지친 듯이 웃자, 바로 노려본다.

운명에 농락당하는 이들이 있고, 저항하는 이들이 있다.

나는 무력한 존재일 뿐이나, 할 수 있는 일은 아직 있을 터.

“그래도 뭐, 이번에 오라버니는 루워드 아저씨 정도는 아니었지만, 꽤 멋졌던 것 같아.”

그러면서 뮤리가 고기를 다 뜯어먹은 양의 뼈를 던지자, 카랑하고 그릇이 듣기 좋은 소리를 냈다.

“오라버니가 앞으로도 멋진 모습을 보여 줄 거라면 함께 여행해 줄게.”

멋대로 따라온 게 누군데, 라는 말은 결코 입 밖에 내서는 안 된다.

손에 들고 있던 천을 펼쳐 다시 접은 후 뮤리의 입가에 살짝 갖다 댄다.

“그건 약속 못 하지만, 한심스러운 점은 고쳐야겠다고 생각하고 있어요.”

뮤리는 당연한 얼굴로 입가를 닦아 주는 대로 가만히 있다가 이렇게 말했다.

"그럼, 역시 내가 곁에 있어 줘야겠네."

씩 올라간 입술 밑으로 날카로운 송곳니가 반짝인다.

이 도시의 대소동에서 앞으로 나아갈 수 있었던 것은 틀림없이 뮤리의 덕분이었다. 그 결과, 윈필 왕국과 교회가 당장에라도 전쟁에 돌입할 위험은 사라졌고, 샤론과 야기네는 제대로 대화를 나눌 수 있었다.

그리고 나 역시 괴롭기만 한 현실을 억지로 받아들이지 않고 끝났다.

"그러네요."

"그렇다니까. 앞으로 쭉, 쭈~욱."

뮤리는 즐겁게 말하고는 깔깔대며 웃었다.

개인실 벽에 달린 창으로 시인의 노래가 들려온다.

의자에서 일어나 뮤리의 손을 잡고 살짝 당겼다.

"자, 다음 여행을 준비해야죠."

뮤리는 붉은 눈을 빛내며 내 손을 꼭 마주 잡고 힘차게 일어난다.

"다음에도 맛있는 것을 먹을 수 있는 도시로 가고 싶다!"

"놀러 가는 거 아니에요."

"노는 게 아니라, 인생을 즐기고 있는 거야!"

"그런 말은 또 어디서 배웠어요…?"

"안 가르쳐 줘!"

뮤리는 장난꾸러기 소녀처럼 이를 씩 내보이며 웃었다.

내일도 즐거울 것을 의심하지 않는 그 웃음에 덩달아 따라 웃지 않는 것은 불가능한 이야기.

문을 열고 복도로 나선다.

앞으로도 역경은 있을 테고, 괴로운 일도 있겠지.

하지만 우직하게 그 하나하나를 헤쳐 나갈 수 있을 것 같은, 그런 기분이 들었다.

"자, 오라버니! 다음 모험이야!"

왜냐하면, 내게는 이토록 마음 든든한 내 편이 있으니까.

문을 닫은 뒤, 팔에 매달리다시피 하는 뮤리와 걸어간다.

방에 남겨진 것은 음유시인의 명랑한 노래와 다 먹고 난 양의 뼈.

무언가를 암시하는 것 같은데, 그럼 또 어떠랴 싶었다.

4권 끝

◈작가 후기◈

당기면 한없이 늘어난다고 소문난 원고 마감일입니다만, 이번에 자체 신기록을 갱신했습니다. 늘 신세를 지고 있습니다. 하세쿠라입니다.

이번에는 『늑대와 향신료』 21권에 앞서 『늑대와 양피지』 4권이 나올 예정이었습니다만, 다 쓴 원고가 좀… 그래서 다시 쓰게 되었는데, 그게 그렇게 바로 끝나지 못해서 21권용 이야기를 먼저 쓰고 출판해 시간을 버는 잔재주를 부렸습니다.

그렇게 확보한 시간이었습니다만, 수정에 손이 많이 가고, 유예받은 시간은 점점 더 사라지고, 지금 이 후기는 편집부에서 쓰고 있습니다. 관계자 여러분, 정말 죄송합니다.

하지만 수정한 만큼 내용은 좋아졌다, 라고 생각합니다! 스토리는 거의 바뀌지 않았는데, 몇 가지 요소를 바꾸기만 했는데도 이토록 달라지다니… 하며 쓰면서 놀랐습니다. 쳐낸 쪽을 좀 업그레이드해 비교하며 읽어 볼 수 있으면 재미있지 않을까 하는 생각도 듭니다만.

원고가 그런 상태였던 한편, 병행하여 〈늑대와 향신료 VR〉이란 것도 제작 중이었습니다. (지금도 제작 중이지만!) 『늑대와 양피지』의 뮤리와 콜은 나오지 않습니다만, 뮤리의 부모인 호로와 로렌스가 나오는 VR 애니메이션입니다. 작년 말(2018년 말)에서 올해 초에 걸쳐서는 클라우드 펀딩에도 도전해 많은 지원을 받게 되었습니다. 고맙습니다! 그 작업과 굿즈 제작 등 아직 한참 멀었습니다만, 좋은 물건이 나올 듯하여 저도 매우 기대가 큽니다.

다만, 그런 작업에 집필 시간이 압박을 받아 원고가 늦어지는 것은 부정 못 하니 괴로울 따름입니다. 게다가 그 외에도 제작하고 싶은 것이 생겨서 더 뭉그적뭉그적….

그러나 헤이세이도 끝났으니 기합을 넣고 열심히 해야지요!

『양피지』도 『향신료』도 조금 더 빨리 간행할 수 있도록 노력할 테니 앞으로도 계속 잘 부탁드립니다.

그럼 다음 권에서 다시 만나요!

하세쿠라 이스나

늑대와 양피지

늑대와 향신료의 새로운 이야기

늑대와 양피지 [4]

2020년 1월 10일 초판 발행

저자 하세쿠라 이스나 | **일러스트** 아야쿠라 쥬우 | **옮긴이** 박소영
발행인 정동훈 | **편집 전무** 여영아
편집 팀장 최유성 | **편집** 김태헌 노혜림
발행처 (주)학산문화사 | 서울특별시 동작구 상도로 282 학산빌딩
편집부 02.828.8838(전화), 02.828.8890(팩스) | **영업부** 02.828.8986(전화), 02.828.8989(팩스)
홈페이지 www.haksanpub.co.kr | **등록** 1995년 7월 1일 | **등록번호** 제3-632호

ISBN 979-11-348-3788-4 04830
ISBN 979-11-256-9364-2 (세트)
값 7,500원

대 마도학원 35시험소대 13

야나기미 토키 지음 | 킷푸 일러스트

황혼으로 물든 세계에
새로운 희망을 가져오는
액션 판타지, 완결!!

잔존하는 마력의 위협에 대응하기 위해 '이단 심문관'을 육성하는 교육기관인 대 마도학원에는 열등생들이 모인 '제35시험소대'가 있다. 이 세계의 신인 오토리 소게츠를 죽이고 세계를 구할 방법은 딱 하나. 하지만 그것은 타케루에게 가혹한 희생을 강요하는 것이니…. "나는 네 곁에서 너를 지킨다." "무엇을 하든 나는 너를 지지해!" 동료들의 마음. 그리고… "쭉, 당신 곁에 있습니다." 단짝의 마음을 안고, 타케루와 35시험소대는 최후이자 최대가 될 싸움의 막을 올린다. "대 마도학원 35시험소대… 상황, 개시!!"

(주)학산문화사 발행